그 남자의 퀸

그 남자의 퀸

초판 1쇄 찍은 날 | 2017년 11월 7일
초판 1쇄 펴낸 날 | 2017년 11월 14일

지은이 | 황서형
펴낸이 | 예경원

편집 | 유경화 · 주승아

펴낸곳 | 예원북스
등록번호 | 제396-2012-000132호
등록일자 | 2012. 7. 25
YRN | 제1-0202호

주소 | 경기도 고양시 일산동구 호수로 646-24 위너스21 Ⅱ 206A호 (우) 10401
전화 | 031-819-9431 팩스 | 031-817-9432
http://cafe.naver.com/yewonromance
E-mail | yewonbooks@naver.com

ISBN 979-11-6098-662-4 03810

※ 이 도서의 국립중앙도서관 출판시도서목록(CIP)은 서지정보유통지원시스템 홈페이지(http://seoji.nl.go.kr)와 국가자료공동목록시스템(http://www.nl.go.kr/kolisnet)에서 이용하실 수 있습니다.

E W O N B O O K S • R O M A N C E • S T O R Y

그 남자의 퀸

황서형 장편 소설

C • O • N • T • E • N • T • S

프롤로그

눈부신 햇살, 기분 좋은 바람. 그 사이로 공기처럼 떠다니는 평화로움과 고요함. 2층 베란다에서 내려다보는 정원은 가을 정취가 물씬 풍겼다.

실내도 집주인의 성격이 느껴질 정도로 깔끔했고 정원도 다르지 않았다. 모양과 크기와 색이 다른 나무들과 곳곳에 놓인 크고 작은 수석들이 묘하게 어우러져 인공적인 느낌이 전혀 들지 않았다.

석은 담배를 꺼내 물고 불을 붙였다. 길게 연기를 뿜어내자 청량한 바람의 느낌이 사라지고 매캐한 냄새가 맴돌았다.

타다닥, 담배를 반쯤 피웠을 때쯤 대문 앞 계단을 뛰어오르는 발자국 소리가 들렸다. 나무 사이로 둥근 머리가 먼저 보이고 이

내 교복을 입은 여학생이 모습을 드러냈다. 동시에 베란다 문이 열리고 친구 현준이 다가와 커피를 건넸다.

"방금 전에 마셨잖아."

"그건 차. 이건 커피."

석은 어이없어 하면서 커피 잔을 받아 든 뒤 담배 연기를 길게 뿜어냈다.

"나도 하나 줘."

"뭘?"

"담배."

"다시 피우는 거야?"

1년 전 금연을 선언한 현준은 그가 가끔 담배를 피울 때마다 몸에 좋은 것도 아닌데 웬만하면 끊으라며 잔소리를 했었다.

"오늘만."

"한 번이 두 번 되는 거야."

"아예 끊을 시도조차 하지 않는 너보다 낫겠지."

이 상황에서 금연 운운하는 것도 웃기고 잔소리를 할 생각은 더더욱 없었다. 담배를 테이블에 올려놓자 현준이 하나를 꺼내 입에 물었다.

"저 녀석 뭐 하는 거야?"

연기를 길게 뿜어낸 현준이 혼잣말처럼 중얼거렸다. 석은 담배를 비벼 끄고 다시 하나를 꺼내 불을 붙였다.

"누구야?"

"공주."

"공주?"

"진 사장님 딸."

계단을 빠르게 올라온 여학생은 당장 집 안으로 달려갈 것 같더니 나무 아래 쪼그리고 앉아서 움직이지 않았다. 손가락으로 잔디를 요리조리 헤집는 걸 보니 뭔가를 찾는 것 같아 보였다.

"늦게 얻은 딸이라 공주처럼 자랐는데……."

현준의 목소리는 안타까움이 짙게 묻어 있었다. 진 사장의 가족과 오랜 친분이 있는 현준과 달리 그는 직접 만난 게 손가락에 꼽을 정도였다. 그러니 이렇게 된 상황에 대한 연민도 안타까움도 그다지 없었다.

"고3인데……. 저 녀석을 어떡하면 좋을까."

"사람은 환경의 동물이야. 적응하겠지."

"아는데 지금은 그 말이 잔인하게 들린다."

현실은 원래 잔인한 법이지. 석은 문득 떠오른 생각을 굳이 입 밖으로 꺼내지 않았다.

그사이 여학생은 자리에서 일어나 손을 탈탈 털었다. 고개를 이리저리 까닥거리다 그와 시선이 마주쳤다. 이내 햇살처럼 밝게 웃으며 손을 흔들었다. 분명 그의 곁에 있는 현준을 보는 거겠지만 시선을 뗄 수 없을 정도로 미소가 눈부셨다.

석은 눈을 가늘게 좁혀 떴다.

"오빠!"

가까이 있으면 당장이라도 달려와 품에 안길 것처럼 꽤 반가워하는 표정이었다. 2층 베란다에서 내려다보고 있는데 그 표정이 어찌나 눈이 부시던지 석은 눈을 꾹 감았다 떴다.

"언제 온 거야?"

"좀 전에. 왔으면 빨리 들어올 것이지 거기서 뭐 하는 거야?"

"개미."

"개미가 왜? 너랑 놀고 싶대?"

"아니, 내가 개미랑 놀 군번은 아니지. 오빠 거기서 딱 기다려."

석은 여학생이 집 안으로 들어간 뒤에도 그 자리를 뚫어지게 쳐다보았다. 잠깐 마주친 눈동자가 잔상처럼 눈앞에서 어른거렸다. 어깨 아래까지 닿는 윤기 나는 머리카락, 뽀얀 피부, 반짝반짝 빛나던 눈동자, 붉은 입술로 오빠라고 부르던 목소리는 맑고 투명했다.

며칠 전 우연히 봤던 그 모습은 잔뜩 성난 고양이 같더니 지금은 애교 부리는 귀여운 새끼 고양이를 닮았다.

"예쁘지?"

"……."

"처음 봤을 때 천사가 눈앞에 있는 줄 알았다니까."

현준은 두 개의 담배를 피우고 하나 남은 것마저 꺼내서 입에 물었다. 불을 붙이려다 말고 힐끗 그를 쳐다보았다.

"왜, 아쉬워?"

"무슨 소리야?"

"담배."

"오늘만이라며? 넓은 마음으로 양보할게."

"눈물 나게 고맙다."

"날 왜 이곳으로 데려온 거야?"

석은 내내 궁금했던 걸 돌려서 묻지 않았다. 갑자기 현준이 전화를 해서 진 사장을 함께 만나자고 했을 때도 집으로 오게 될 줄은 몰랐다. 그의 회사 근처라며 같이 움직이자고 하기에 차에 탔는데 진 사장의 집으로 초대를 받았다고 했다. 썩 내키지는 않았지만 싫다고 하기도 애매해서 함께 온 거였다.

"혼자 오기 싫어서, 라고 하면 너무 속보이겠지?"

"혹시 나한테 뭘 기대한 거라면……."

"처음엔 그럴 의도였어. 네가 도와주면 급한 불이라도 끌 수 있지 않을까 했지. 지금은 아니야. 좀 전에 전화받았는데 불을 끄기엔 너무 늦은 거 같아."

담배에 불을 붙인 현준은 한숨처럼 연기를 길게 내뿜었다. 늘 긍정의 아이콘처럼 웃음을 달고 다니던 친구의 모습이 오늘은 짙은 그늘이 느껴졌다.

"안 내려갈 거야?"

"아직 담배가 남았잖아."

"엄청 반가워하는 거 같아서."

"우리 공주? 오랜만이거든. 고 3이라 집으로 오지 않으면 볼 수 없으니까."

"꽤 친한가 봐?"

"날 엄청 좋아하기는 하지. 내가 어디 가도 빠지는 외모는 아니잖아."

석은 가소롭다는 듯 피식 웃었다. 늘 듣던 소리라 대꾸하고 싶은 생각도 없었다.

"물론 나보다 네가 더 잘난 놈이라는 건 알지. 재수 없는 놈."

"내가 너보다 잘나서 손해 본 것도 없으면서 왜 재수 없는 놈이야?"

"빈말이라도 한 번쯤 날 추켜세우지를 않지. 그러니까 재수 없는 놈 맞는 거고."

담배를 피우는 동안 현준을 쓸데없는 소리를 했고 그는 대충 맞장구를 쳤다. 마지막 한 모금을 깊게 빨아들였다가 내뿜는 찰나 베란다 문이 열리고 카랑카랑한 목소리가 들렸다.

"오빠! 담배 끊었다더니 거짓말한 거야?"

현준이 난처한 표정을 짓더니 얼른 담배를 재떨이에 비벼 껐다. 이내 얼굴 가득 미소를 머금고 두 팔을 활짝 벌렸다.

"우리 예쁜이 오빠한테 안겨야지 뭐 하는 거야?"

"담배 냄새 질색하는 거 알면서 누구보고 안기라는 거야?"

"그래서 싫다는 거야?"

"당근이지."

가방만 내려놓고 왔는지 교복을 그대로 입고 있었고 표정은 불만이 가득해 보였다. 성큼 걸어와 재떨이를 보고는 잔소리를 늘어놓았다.

"아주 연기를 들이마셨네. 도대체 몇 개나 핀 거야?"

"내가 다 피운 거 아니야."

"하나만 피웠다고 할 거지? 당연히 오늘만 피웠다고 할 거고."

석은 난간에 몸을 비스듬히 기댄 채 둘의 대화를 듣고 있었다.

불만 가득한 표정으로 눈을 찡그리는 여학생의 목소리는 마치 현준을 꾸중하는 것처럼 들렸다.

현준은 조금 난처한 표정이면서도 기분이 좋은지 실실 웃기만 했다.

"오늘만 피운 건 맞아."

"어디서 구라를 쳐?"

"너 오빠 못 믿어?"

"내가 오빠를 몰라? 그리고 지금 누구한테 호랑이 담배 피우던 시절 멘트를 날려?"

"하, 참. 진짜 금연하고 오늘 처음 피운 거야. 여기 증인도 있어. 내 말이 맞지?"

두 사람의 시선이 그를 향하자 석은 비스듬히 기댔던 몸을 바로 세우고 모른 체 거실 안으로 들어섰다.

"야, 강석. 너 그냥 가면 어떡해?"

현준이 소리치는 걸 무시하고 계단을 내려왔다. 1층은 아무도 없었다. 딱히 특별한 것 없는 평범한 집 분위기인데 왠지 느낌이 서늘했다. 완벽한데 뭔가 빠진 것 같은 느낌이랄까.

그가 오는 걸 진 사장은 모르고 있었는지 놀란 표정이더니 이내 반갑게 맞았다. 차를 마시는 동안 일상적인 대화만 오고 갔다. 진 사장은 뭔가 하고 싶은 말이 있는 듯한 눈치였지만 그를 불편하게 하지는 않았다. 대화 중간 진 사장의 핸드폰이 여러 번 울렸는데도 받지 않았다.

저녁 준비가 되는 동안 2층에서 편하게 있으라고 했고, 진 사장은 처리할 일이 있다며 서재로 들어갔다. 화장실에서 손을 씻고 나와 서재를 지나칠 때 진 사장이 통화하는 소리를 잠깐 들었다.

'지금 제일 답답한 사람은 나야. 나라고 주고 싶지 않은 줄 알아? 없어. 없어서 못 준다고. 식구들 건드리지 마. 그땐 무슨 짓을 할지도 모르니까. 협박은 내가 아니라 네놈이 하는 거야. 사람을 어떻게 이렇게까지 몰아붙여? 벼랑 끝에 겨우 서 있는데 그예 밀어내야겠어?'

시종일관 목소리는 절박함과 분노가 뒤섞여 있었다. 전화를 끊고 다시 걸려온 전화를 받을 때쯤 2층으로 올라갔었다.

석은 혼자 소파에 앉아 있는 게 부담스러워 정원을 한 바퀴 돌아볼까 하고 현관으로 향했다. 막 문손잡이를 잡고 돌렸을 때였다.

"아악!"

조용한 거실에 귀를 찌르는 비명 소리가 들렸다. 몸을 홱 돌린 석은 반쯤 열려 있는 서재로 황급히 달려갔다. 열린 문틈으로 바닥에 주저앉은 여자의 뒷모습이 보였다.

문을 벌컥 열어젖힌 그는 눈앞에 펼쳐진 광경에 멈칫했다.

반쯤 비어 있는 술병, 책상에 엎드려 있는 진 사장. 그리고 알코올 냄새와 함께 섞여 있는 피비린내. 성큼 다가가 진 사장의 몸을 일으켜 의자에 기대게 했다. 얼굴, 머리카락, 옷까지 온통 붉었다.

"무슨 일이야?"

현준이 먼저 뛰어들어 왔고 그 뒤로 하얗게 질린 여학생의 모습이 보였다.

"119에 연락해."

하나

낮게 가라앉은 하늘은 터지기 일보 직전의 시한폭탄처럼 보였다. 바람까지 불어서 현장 분위기는 을씨년스럽기까지 했다.

석은 기초공사가 끝나고 높이 올라간 철근 구조물을 바라보며 담배를 꺼내 물었다. 며칠 동안 가을비가 마치 한여름 장맛비처럼 쏟아져 한동안 공사를 할 수 없었다. 안 그래도 이번 달은 비 오는 날이 많아 공사를 제대로 하지 못했는데 또 비 소식이 있어서 답답했다.

"너무 조용한 거 아니야?"

"네?"

조용히 곁을 지키고 있던 구 비서가 무슨 뜻이냐는 눈빛으로 그를 쳐다보았다.

"숫자를 세도 되겠어."

"아, 현장 직원들 관리는 목 소장이 알아서……."

"그래서 네 알 바 아니다?"

"네? 아, 아닙니다."

석은 반도 피우지 않은 담배를 비벼 끄고 현장 사무실로 향했다. 거침없는 걸음걸이에 구 비서가 뒤쫓아오며 무슨 말인가를 하려다 말고 그의 표정을 보고 입을 꾹 다물었다.

계단을 막 올라가려고 하는데 안에서 목 소장의 목소리가 들렸다.

"또 커피야?"

"지금껏 일하다가 잠깐 커피 한잔하는 거예요. 인부들도 쉬는 시간이고요. 뭘 쫓아다니면서 잔소리를 하십니까?"

"잔소리를 할 만하니까 하지. 그동안 비 때문에 일 못했잖아. 또 비 온다는데 일할 수 있을 때 열심히 해야 할 거 아니야?"

계단을 먼저 올라간 구 비서가 문을 열기 전 그를 돌아보았다. 잠깐 고민하다 고개를 저었다.

"내가 열심히 안 한 건 또 뭡니까? A동이 B동보다 공사 빨리 진행되는 거 아시잖습니까? 막말로 일 안 하면 돈도 안 받는데……."

"요즘 왜 이렇게 삐딱해? 나한테 뭐 서운한 거 있어?"

"글쎄요. 그건 내가 아니라 소장님이 더 잘 아시겠죠."

"알긴 뭘 알아? 괜한 트집 잡을 생각하지 말고 일이나 열심히 해. 그래야 또 다음 현장도 우리가 맡을 수 있을 거 아니야."

"말은 바로 해야죠. 우리가 아니라 소장님이겠죠. 내가 아무것도 모르는 줄 아십니까?"

"그건 또 무슨 소리야?"

석은 시간을 확인했다. 벌써 5시가 가까워지고 있었다. 아침 일찍 공항에 도착해서 곧장 거제도로 향했고 대전을 거쳐 이곳 곤지암을 살펴본 뒤 회사로 돌아가야 한다. 거제도와 대전은 건물이 모두 올라가서 실내 인테리어에 들어갔기 때문에 비가 와도 공사를 할 수 있는데, 아직 외부 공사가 마무리되지 않은 이곳은 날씨에 영향을 받을 수밖에 없었다.

"저 이 바닥 올해로 20년 차입니다. 눈 감고 있어도 어떻게 흘러가는지 다 보인다고요. 누구를 눈 뜬 봉사로 아나."

"이 자식이 도대체 뭔 소리를 하는 거야? 네가 20년 차면 난 거기서 강산 한 번 더 변한 세월이야! 어디서 무슨 소리를 들었는지 모르겠지만 난……."

"좋아요. 막말로 내가 여기 아니면 일할 곳이 없는 것도 아니고 뒤끝 구린 마음으로 일하는 거 싫으니까 물어나 봅시다. 이틀 전에 B동 팀장이랑 술 마셨죠?"

"마셨다 왜? 내가 술 마시는 것도 너한테 보고하고 마셔야 하는 거냐?"

"지난번에도 나 빼고 둘만 만난 거 압니다. 그것도 근무 시간에. 나만 보면 일, 일 하면서 누가 봐도 B동 팀장은 시간만 대충 때우는 거 다 보이는데 차별하는 거잖아요. 혹시 둘이 물건 빼돌리고 뒷돈 챙기는 거 아닙니까?"

퍽, 우당탕 하는 소리가 들렸다. 석은 턱을 들고 닫힌 문을 뚫어지게 쳐다보았다. 현장 일을 모르지 않다. 몇 년 동안 일당을 받고 일하기도 했고 직접 팀을 꾸려서 현장 생활을 한 적도 있었다.

"제가 먼저 들어가 보겠습니다."

구 비서가 듣고 있기 민망했는지 안으로 들어가려는 걸 막았다.

"목 소장 절대 그런 사람 아닙니다. 실력은 말할 것도 없고 뒷거래를 할 정도로 야비한 사람……."

"시끄럽다."

우당탕하는 소리가 한 번 더 들린 뒤 안에서는 한참 동안 말이 없었다. 석은 돌아서서 담배를 꺼내 물었다.

"내가 일하면서 절대 하지 않은 것 중에 하나가 내 것 아닌 거에 욕심부리지 않는 거야. 돈을 못 벌면 못 벌었지 남의 것은 탐하지 않는다고. 그런데 뭐? 이 자식이 말이면 단 줄 아나."

"압니다. 알아요. 그러니까 내가 부를 때마다 개새끼처럼 쪼르르 달려오잖아요. 하지만 요즘 하는 행동을 보면……."

"B팀장 일 오래 못할 거 같아. 이런 말 하면 안 되는데 넌 입 무거운 놈이니까 그냥 모른 척해. 와이프가 아프단다. 모아놓은 돈은 없고 마음을 못 잡는 거 같아서 내가 좀 달래줬어. 나라도 돈이 있으면 도와주겠는데 너도 알다시피 버는 족족 나가기 바쁜데 꿍쳐 놓은 게 있어야 말이지."

설명을 듣고 이해를 했는지 A팀장의 목소리가 한결 누그러졌다.

"그런 일이 있으면 말을 할 것이지. 아 씨, 되게 아프네."

"아프냐? 그러게 왜 말을 그따위로 해?"
"누가 봐도 오해할 말 하니까 그렇죠."
"너라도 제발 열심히 일해. 강 사장 성격 칼인 거 몰라?"
대화의 상대가 그에게로 향하자 구 비서가 힐끔 눈치를 봤다. 석은 느긋하게 담배 한 대를 다 피웠다. 바닥에 비벼 끄고 구 비서를 지나서 문을 벌컥 열고 안으로 들어갔다.
갑자기 나타난 그를 본 두 사람의 표정이 얼음땡을 당한 것처럼 눈만 화등잔만 하게 뜬 채 움직이지도 못했다.
"칼도 종류가 많은데 전 어떤 칼입니까?"
"네?"
놀란 표정이던 목 소장은 그가 안에서 하는 소리를 다 들었다고 생각했는지 멋쩍게 뒷머리를 긁적였다.
"오해하지 마세요. 욕한 거 아닙니다."
"욕을 하든 말든 상관 안 합니다. 제가 소장님께 원하는 건 현장 일이고 안전하면서 완벽한 결과죠. 소장님의 개인적인 감정이나 행동이 제 일에 지장을 주지 않는다면 상관없습니다. 하지만 아니라면……."
"아, 그런 거 아닙니다. 그냥 우리끼리 한 이야기니까 신경 쓰지 마세요. 그런데 연락도 없이 웬일입니까? 출장 간다고 들었는데 언제 오신 겁니까?"
"아침에요. 잠깐 둘만 이야기했으면 좋겠는데."
눈치 빠른 구 비서가 팀장을 데리고 밖으로 나가자 석은 자리에 앉았고 목 소장이 커피를 준비해서 테이블에 내려놓았다.

"사람들 다루기 힘드십니까?"

"아니야. 어디까지 들었는지 모르지만 B동 팀장 놈이 개인적인 문제가 있어서……. 알다시피 일은 잘하잖아. 사람은 구할 수 있는데 아까워서 그러지."

목 소장과는 전에 그가 현장 일을 할 때 만난 인연으로 처음 건설업에 뛰어들 때부터 일을 맡기고 있었다. 직원들 관리를 잘해서 따르는 사람도 많고 무엇보다 책임감이 강했다.

다 좋은데 딱 하나 마음에 걸리는 게 있다면 잔정이 많다는 거였다.

"집에서 쫓겨나지 않으시려면 정신 차리세요."

"나야 늘 정신을 차리고 있지."

석은 커피를 한 모금 마시고 잔을 내려놓았다. 성질 급한 목 소장은 뜨거운 커피를 단숨에 들이켜고는 얼굴이 벌게져서 쿨럭 기침을 했다.

"B팀장 와이프 상태가 어떤데요?"

"응? 거기까지 들었어? 간이 안 좋대나 봐. 수술을 해야 하는데 적은 돈이 아니다 보니……."

"그래서 새로운 담당자는 알아보신 겁니까?"

"그래야 하는데 그동안 같이한 정도 있고……. 어쨌든 그건 내가 알아서 할 테니까 신경 쓰지 마."

"어떻게 알아서 할 건데요?"

석은 대답을 못하는 목 소장을 빤히 쳐다보다 자리에서 일어섰다. 다른 현장들에 비해 늦게 시작했고 소위 전문가라고 하는 사람들의 말을 빌리자면 외지고 볼거리가 없어서 투자한 만큼 소득은 없을 거라고 했었다. 하지만 그의 생각은 달랐고 계획대로 밀어붙였다.

"일정에 차질 있으면 안 됩니다."

"걱정 말라니까."

"지난번 거제도에서 사고 있었던 거 아시죠? 안전에 특별히 신경 써주세요."

"첫째도 안전, 둘째도 안전. 내가 잠꼬대도 안전 안전 하는 사람이야."

그가 피식 웃으며 사무실을 나오자 목 소장이 차까지 따라나와서 인사했다. 차에 올라탄 뒤 넥타이를 느슨하게 풀고 의자에 몸을 기댔다. 온몸에 거미줄 같은 피로가 칭칭 감겨 있는 느낌이었다. 목 주변이 뻐근했다.

석은 창밖으로 스쳐 지나가는 풍경을 바라보다 눈을 감았다.

"사장님."

구 비서는 몇 번 룸미러를 힐끔거리다 석을 불렀다. 피곤한지 핸드폰이 진동음을 내는데도 눈을 뜨지 않았다. 피곤한 건 알지만 혹시나 중요한 전화일지도 몰라 깨워야겠다는 생각이 들었다.

잠이 꽤 깊이 들었는지 몇 번 불렀을 때에야 전화를 받았다. 간단히 통화를 끝내는 걸 보니 중요한 전화는 아닌 듯했다.

"……."

고속도로 접어들고 한참 지날 때까지 석은 핸드폰을 빤히 쳐다보기만 할 뿐 별다른 말은 하지 않았다. 왠지 기분이 좋아 보이지 않았다. 서너 번 대답만 하고 끊은 통화 내용이 마음에 안 들었나. 아니면 현장에서 목 소장과 팀장이 하는 대화가 마음에 걸려서인가.

'강 사장 성격 칼 같은 거 몰라?'

목 소장이 그 말을 했을 때 격하게 고개를 끄덕일 뻔했었다. 일할 땐 정말 전장에서 칼을 휘두르며 진두지휘하는 장군을 보고 있는 것 같은 착각이 들 때도 있었으니까.

한 번 결정하면 돌아서 가는 법이 없다. 가끔은 후진도 하고 옆길로 샐 법도 한데 오로지 직진밖에 모른다. 곁에서 지켜보는 사람은 간이 쪼그라들어 아슬아슬한데도 불도저 같은 성정은 도무지 변하지를 않는다.

"회사로 가실 거죠?"

대답이 없어 룸미러로 슬쩍 보니 석은 창밖을 응시하고 있었다. 전에 없이 꽤 피곤한 얼굴이었다.

일주일 넘게 출장을 가 있는 동안 석은 하루 두세 시간밖에 잠을 자지 않았다. 아무리 무쇠 같은 몸이라지만 저러다 쓰러지는 게 아닐까 걱정이 될 정도였다.

"어디 있을까?"

너무 작은 소리라 순간 잘못 들은 게 아닌가 했는데 룸미러를 통해 마주친 시선은 대답을 요구하는 눈빛이었다. 단박에 무슨 뜻인지 알아챘다.

"현장에 있을 때 연락을 받았는데 친구 만나고 봉천동으로 갔답니다."

"거기는 왜?"

"그것까지는 모르겠습니다."

석은 또 한참 동안 말이 없었다. 구 비서는 표 나지 않게 고개를 흔들었다. 석이 저런 눈빛과 표정일 땐 정말이지 머릿속을 들여다봤으면 좋겠다.

오로지 직진밖에 모르는 남자인데 딱 하나 안 되는 건지 못하는 건지 지켜보면서 답답할 때가 한두 번이 아니다.

모르면 누구에게든 물어보든가. 왜 저리 결단을 못 내리고 망설이는지, 도대체 무슨 생각인 건지 알 수가 없었다.

"봉천동으로 가."

"지금 말입니까?"

구 비서는 속으로 나직이 한숨을 내쉬었다. 제발 집으로 가라는 말이 나올 리 없을 거라는 걸 알았지만 회사가 아닌 봉천동이라니.

가봐야 잠깐 지켜보는 것밖에 하지 않을 거면서.

톨게이트를 지났을 때부터 빗방울이 떨어지더니 봉천동에 도착했을 땐 제법 굵은 빗줄기가 쏟아졌다.

"혼자 있을 테니까 먼저 들어가."

"괜찮습니다."

몸은 피곤하지만 어차피 지켜보다 돌아갈 게 뻔했다. 이대로 두고 가면 마음이 편할 리 없다. 아무리 오랫동안 곁에 있었지만 저런 모습일 땐 물가에 내놓은 아이 같아 조마조마했다.

"사장님."

갑자기 석이 문을 여는 바람에 구 비서는 황급히 우산을 챙겨서 차에서 내렸다.

"수고했어. 가서 쉬어."

냉큼 우산을 씌어줬건만 석은 말할 틈도 주지 않고 운전석에 올라탔다. 이러지도 저러지도 못하고 서 있다 어쩔 수 없이 돌아가기로 결정했다.

"그럼 내일 뵙겠습니다."

어차피 빗소리 때문에 들리지도 않을 텐데 인사를 한 구 비서는 택시 정류장을 향해 걸었다. 비까지 오는데 오늘 같은 날은 집에 가서 쉴 것이지, 가면서도 신경이 쓰여 몇 번을 뒤돌아보았다.

'사람 붙여.'

4년 전 처음 그 말을 할 때만 해도 이해를 못했었다. 돈 관계가 얽힌 것도 아니고 개인적인 친분이 있는 것도 아닌데 사람을 시켜 지켜보라니, 이유를 알 수 없었다.

몇 달 후 그만두라고 했고 얼마 후 다시 사람을 붙이라고 할 때도 설명은 듣지 못했다. 지난 4년 동안 석은 사람을 붙였다 그만두는 일을 세 번 번복했다. 그 또한 이례적인 일이었다. 뭔가를 시작하거나 관심을 두면 그만두는 법이 없는데, 그렇다고 앞에 나서는 것도 아니고 지금껏 지켜보는 것밖에 하지 않았다. 도무지 저 속을 알 수가 없었다.

"도대체 뭐야?"

속 시원하게 말을 하면 도와주든 이건 아니라고 충고라도 할 텐데, 가타부타 말을 하지 않으니 생각할수록 고구마 몇 개를 통째로 삼킨 기분이었다.

하기는 충고를 한다고 들을 사람도 아니지.

정류장에 도착해서 뒤돌아보니 굵은 빗줄기 속에 덩그러니 주차된 차가 꼭 석을 보고 있는 느낌이 들었다.

"진짜 머릿속을 해부해 봤으면 좋겠네."

우산을 썼는데도 무릎 아래까지 흠뻑 젖어서 축축했다. 문 앞까지 와서도 한참 망설이다 결국 안으로 들어섰다.

"어서 오…… 수영이구나."

수영은 반갑게 인사하다 점점 목소리가 잦아드는 양순을 향해 밝게 인사하며 다가갔다.

"근처에 왔다가 잠깐 들렀어요."

"그랬구나. 잘 왔어. 이쪽으로 와서 앉아."

제법 큰 식당은 저녁 시간인데도 손님이 별로 없었다. 가까운 의자에 앉자 양순은 잠깐 기다리라고 한 뒤 안으로 사라졌다. 잠시 후 수건 한 장과 따듯한 차를 들고 나왔다.

"일단 좀 닦고 차 마셔. 식사 준비하라고 했으니까 먹고 가."

"아니에요. 그냥 차 한잔이면 돼요."

"여기까지 왔는데 밥도 안 먹고 그냥 가겠다는 거야?"

한때 양순은 모친인 김 여사와 친자매나 다름없이 지냈다. 양순이 위자료 한 푼 없이 쫓겨나다시피 했을 때 누구보다 마음 아파했던 모친은 이곳 식당을 오픈할 때와 집을 구할 때도 도움을 많이 주었다고 들었다.

두 분이 친한 만큼 수영도 이모라 부르며 따랐지만 부친은 양순을 썩 마음에 들어 하지 않았다. 가끔 적당히 거리를 두라는 말을 할 때마다 모친은 평소와 다르게 날을 세우곤 했었다.

"학교는 잘 다니고 있고?"

"네."

"에구, 네가 고생한다. 아르바이트하는 것도 힘든데 공부까지. 도대체 네 엄마는 무슨 생각이라니? 애를 아주 피 말리려고 작정을 한 것도 아니고."

수영은 혀까지 차는 양순을 보며 흐릿하게 웃었다. 몇 번 공부를 그만두겠다고 했다가 겪은 일을 생각하면 치가 떨렸지만 모친을 편들 수도 함께 불만을 토로할 수도 없었다.

"그래도 시간 참 빨라. 대학 입학한다고 했던 게 엊그제 같은데. 이제 얼마 안 남았으니까 조금만 고생해."

"졸업을 한다고 달라지기는 할까요?"

"무슨 그런 소리를 해? 넌 뭘 해도 잘할 거야."

수영은 설핏 웃음을 머금고 젖은 몸을 대충 닦은 수건을 한쪽으로 내려놓았다. 잘 마시겠다는 인사를 하고 차를 한 모금 마셨다.

"근처에는 무슨 일로 온 거야?"

"아르바이트 면접 봤어요."

"아르바이트를 더 하려고? 지금도 매일하고 있잖아."

"화, 목 하던 곳을 그만두었거든요."

"그랬구나. 이제 얼마 남지 않았는데 이틀 정도는 쉬는 게 낫지 않겠어?"

지금도 빠듯한데 그럴 수 있는 상황이 못 된다. 부족한 거 없이 넉넉했던 환경은 어느 날 거짓말처럼 산산조각이 났다. 부서지고 깨지고 무너진 곳에서 그녀는 생존을 걱정해야 했었다.

그런데도 대학은 다녀야 했다. 김 여사의 반대가 상상 이상으로 심했기 때문에 어쩔 수가 없었다. 2학년 끝나고 너무 힘들어서 휴학을 하겠다고 했다가 처음으로 뺨까지 맞았다.

'그래서 휴학하고 돈 벌겠다고? 고작 고등학교 졸업장 가지고 도대체 뭘 하면서 돈 벌 건데? 벌어봐야 푼돈이겠지. 그 돈으로 이 지긋지긋한 생활에서 벗어날 수 있을 거 같아? 넌 지겹지도 않니?'

처음으로 악을 쓰며 대들었다. 대학 졸업하면 뭐가 달라지냐고, 나 또한 지긋지긋하다고, 힘들어서 정말 다 내려놓고 싶다고.

힘든 거 안다. 조금만 참아라. 달래주길 기대한 건 아니지만 그 정도로 난리를 칠 거라고는 생각도 못했다.

"네 엄마는 아직도 집에만 있니?"

"네."

마지못해 대답하자 양순이 혀를 쯧쯧 찼다. 기다렸다는 듯이 언젠가도 했던 말을 다시 주절주절 늘어놓았다.

"그 나이에 왜 그러고 있는지. 딸이 아르바이트한 돈으로 생활하면서 어떻게 돈 벌 생각을 안 할까 몰라. 그래 놓고 대학은……. 내가 또 쓸데없는 소리를 했네. 안쓰러워서 그래. 내 맘 알지?"

"이모."

"응. 왜?"

수영은 어금니를 꽉 물고 마음을 다잡았다. 이틀 아르바이트하던 곳도 끊겼는데 오늘 과외하는 학생 하나가 타 지역으로 이사를 가게 될 것 같다고 연락이 왔다. 며칠 전 집을 보고 간 사람이 다시 보러 왔는데 아무래도 계약을 하게 될 것 같다고.

상황이 이렇다 보니 당장 아르바이트를 구해야 한다는 생각에 머리가 터질 것 같았다.

"저 여기서 일하면 안 될까요?"

"여…… 기서?"

"과외 학생 하나가 이사를 갈 거 같아요. 금방 다른 아르바이트를 구할 수 있으면 좋은데 요즘……."

"수영아."

수영은 가만히 양순을 바라보았다. 오는 내내 이게 잘하는 짓인가 수도 없이 고민했었다. 며칠 알아봤는데 학교나 집 근처는 딱히 일할 곳이 없었다. 더구나 지금은 과외를 구하기도 쉽지 않았다.

"여기 일하는 거 힘들어."

"저 식당에서 일해봤어요. 주말 빼고 평일엔 과외 하나밖에 없으니까……."

"나도 마음 같아서는 일하라고 하고 싶어. 그런데 보다시피 지금 저녁 시간인데 손님이 이 정도야. 며칠 전에도 일하는 사람 하나 그만두게 했어."

다른 일할 곳을 찾을 때까지만이라도 할 수 있게 해달라는 말이 목구멍까지 올라왔지만 꾹 삼켰다. 자존심 때문이 아니다. 그딴 건 이미 오래전에 시궁창에 던져 버렸다.

급한 마음에 혹시나 하고 찾아왔는데 오는 게 아니었다는 후회만 밀려왔다.

"대신 다른 곳이라도 일할 데가 있는지 내가 알아볼게."

"괜히 신경 쓰게 해서 죄송해요."

"죄송은 무슨. 내가 도움을 못 줘서 더 미안하지. 너무 조급하게 생각하지 마. 아르바이트 자리야 알아보면 구할 수 있을 거야. 그나저나 식사 준비해 달라고 했는데 왜 이렇게 안 나오는지 모르겠네."

수영은 얼굴이 화끈거려서 더는 양순을 마주 보고 있을 수가 없었다. 가방을 들고 자리에서 일어섰다.

"왜 일어나?"

"면접 한 군데 더 보러 가야 하거든요."

"밥 먹고 가. 금방 나올 거야."

"시간이 안 될 거 같아요. 차 잘 마셨습니다."

인사를 하고 돌아서는데 양순이 그녀의 손을 잡아 세우고 어떻게 할 사이도 없이 주머니에 뭔가를 쑥 집어넣었다.

"얼마 안 돼. 맛있는 거 사먹어."

"아, 아니에요. 저 돈 있어요."

"그냥 받아. 언제든 근처 오면 꼭 들르고. 어휴, 내가 너 보면 정말 짠해서……."

눈물까지 글썽이는 걸 보니 더 있을 수가 없었다. 감사하다는 인사를 하고 도망치듯 밖으로 나왔다. 어둑해진 거리는 여전히 굵은 빗줄기가 줄기차게 쏟아지고 있었다. 마음은 싸늘한데 주머니엔 불덩이가 들어 있는 것처럼 화끈거렸다.

닫힌 문 뒤로 남자의 목소리가 들렸다.

"어차피 사람 구해야 하는데 왜 안 된다고 했어요? 딱 봐도 싹싹한 게 홀에서 일하면 잘할 거 같은데."

"내 돈 주고 일시키는데 불편한 사람을 왜 써?"

"이모라고 하는 거 같던데, 조카 아니에요?"

"조카는 무슨. 그냥 아는 사이야."

"어쨌든 아는 사이면 더 좋죠. 가끔 자리 비우실 때 계산대 맡겨도 되고. 지난번처럼 돈에 손대는 일은 없을 거 아니에요."

"모르는 소리 마. 아는 사람이 더 무서운 거야. 더구나 망한 집하고 엮여서 좋을 거 없어. 한 번 잘해주면 찰거머리처럼 달라붙을 수도 있고 애초에 싹을 잘라내는 게 상책이지. 눈치가 없는 건지 여기가 어디라고 찾아와. 내 참."

더는 이야기를 듣고 있을 수가 없어 빗속으로 뛰어들었다. 식당에서 우산을 들고 오지 않았다는 것도 몰랐다. 머릿속에서 찰거머리라는 말이 둥둥 떠다녔다. 피부에 닿는 빗줄기가 마치 가시처럼 콕콕 찔러댔다.

'수영아, 이모가 너 좋아하는 케이크 사왔어. 우리 수영이는 나날이 더 예뻐지는 거 같네.'

늘 우리 수영이, 우리 수영이 했던 사람이 이젠 찰거머리란다.

그동안 도와달라고 한 적도 없고 반 한 끼 공짜로 먹은 적도 없었다. 내 집처럼 드나들던 집에 그날 이후 발걸음을 딱 끊었을 때부터 어렴풋이 짐작하고 있었지만 저렇게까지 생각하고 있을 줄은 몰랐다.

시뻘겋게 벌어진 상처 위로 또다시 날카로운 칼날이 후벼 파는 것 같았다. 몰매를 맞은 것처럼 몸이 아팠다. 흠뻑 젖은 몸이 너무 무거워서 걸음이 점점 느려졌다. 다리가 후들거리고 이를 악물어도 턱이 덜덜 떨렸다.

'나도 징그러워. 내 몸에 벌레가 달라붙어 있는 거처럼 끔찍하다고! 이런 내 기분을 알기나 해?'

아, 수영은 버스 정류장까지 한 걸음을 남겨두고 바닥에 털썩 주저앉았다. 기억하고 싶지 않은데 또다시 환청처럼 들려오는 목소리.

흐릿한 기억이라 꿈인지 현실인지 아직도 불분명했다. 다만 그녀는 어렸던 것 같고 집에서 부모님이 말싸움을 하고 있었다는 것.

그때 아빠가 뭐라고 했더라.

'말이면 단 줄 알아? 그게 엄마라는 사람이 할 소리야?'

모든 게 안개 속에 갇힌 것처럼 어렴풋한 기억인데 엄마의 목소리는 선명하게 기억한다. 어쩌면 꿈이었을지도.

가끔 이상한 꿈을 꿨었다. 어딘지도 모르는 길을 하염없이 헤매던 끔찍한 꿈, 그런 날이면 그녀는 이유 없이 아팠다.

"싫어."

생각하기 싫다. 할 수만 있다면 뇌를 박박 문질러서 지워 버리고 싶었다. 얼굴 위로 쏟아지는 빗물이 어느 순간 뜨끈해졌다.

울고 싶지 않은데, 다시는 울지 않겠다고 다짐했는데 눈앞이 뿌예져서 앞이 보이지 않았다.

'넌 벌레야.'

형체가 없는 시커먼 괴물이 그녀의 귀에 속삭였다. 벌레, 찰거머리.

들리는 건 줄기차게 쏟아지는 빗소리뿐인데 악마의 속삭임은 점점 더 또렷해졌다.

'낳지 말았어야 했어. 낳는 게 아니었는데, 낳고 싶지 않았다고.'

수영은 귀를 틀어막았다. 기억을 차단하고 싶었다. 할 수만 있다면 후벼 파서 긁어내고 싶었다.

"아니야. 아니야. 그만. 그만!"

귀를 틀어막고 악을 쓰던 수영은 고개를 번쩍 들고 주머니에서 꾸깃꾸깃 구겨진 5만 원짜리 한 장을 꺼내 들고 박박 찢었다. 더는 찢을 수 없을 정도로 찢어서 허공에 던졌다. 고인 빗물 위로 누런 조각이 둥둥 떠내려갔다. 그 모습을 멍하니 쳐다보다 눈을 꾹 감았다 떴다.

찰박찰박, 발자국 소리가 들린 건 그때였다. 일어나야 하는데 몸이 말을 듣지 않았다. 후두둑 빗소리가 더 요란해지고 머리 위로 커다란 우산이 드리워졌다. 얼마나 불쌍해 보였으면, 처연한 웃음이 새어 나왔다.

"괜찮아요. 감사합니다."

겨우 일어나 등 뒤에 있는 사람은 쳐다보지 않고 걸음을 뗐다. 우산이 그녀를 따라왔다. 정류장 안으로 들어섰는데도 한 걸음 뒤에 서 있는 사람은 움직이는 기척이 없었다.

누군지 흠뻑 젖은 몰골로 마주 보고 싶지 않은데 인사를 더 해야 하나.

텅 빈 거리는 오가는 사람도 없고 넓은 도로는 간간이 차가 지나갈 뿐 그녀가 타야 할 버스는 오지 않았다. 평소엔 잘도 보이던 택시도 지나가지 않았다.

갑자기 어깨에 커다란 손이 닿고 몸이 종잇장처럼 홱 돌려졌다.

제일 먼저 시선이 닿은 건 검은 양복 사이 하얀 와이셔츠였다. 흠뻑 젖은 그녀와 달리 남자가 입고 있는 옷은 햇볕에 잘 말린 옷처럼 뽀송뽀송해 보였다.

천천히 시선을 끌어 올렸다. 두툼한 목, 넓은 어깨, 꾹 다문 입술, 반듯한 콧날, 날카로운 눈매. 짙은 눈썹, 짧게 자른 머리.

무심하게 바라보던 수영은 눈을 커다랗게 떴다. 시선 안으로 남자의 얼굴이 선명하게 박히는 순간 숨이 턱 막혔다.

"마셔."

수영은 남자가 내민 노란색 액체를 빤히 쳐다보기만 했다. 유리잔을 반쯤 채운 액체에서 진한 알코올 냄새가 풍겼다. 살짝 인상이 구겨졌다.

"일단 마시고 씻어."

남자는 처음 마주쳤을 때처럼 표정이 없었다. 목소리 또한 서늘하고 강압적이었다. 거절하면 강제로라도 마시게 할지도 모른다는 생각이 들었다.

마셔야 하나, 못 마실 건 뭐야.

남자가 잡아끄는 대로 차에 올라탔고 어딘지도 모르는 곳을 달릴 때도 아무것도 묻지 않았다. 당연히 친절한 설명 따위 듣지도 못했다.

오피스텔 주차장에 도착해서 20층 이곳까지 올라오는 동안 남자는 그녀의 몸에 손 하나 대지 않았다. 아무 생각 없이 그를 따라왔다.

"안 마셔도 될 거 같으면 욕실로 들어가."

강제라도 마시게 할 것 같은 말투더니 그녀가 움직이질 않자 남자가 홱 돌아섰다.

"마실게요."

수영은 남자가 건넨 잔을 받아 들고 마른침을 삼켰다. 딱 한 번 술을 마신 그날 이후 다시는 술 근처도 가지 않겠다고 다짐했는데 그깟 다짐 따위 지금 무슨 상관인가 싶었다.

숨을 참고 단숨에 들이켰다.

"윽."

목에서 불길이 확 치솟는 것 같았다. 쿨럭쿨럭, 기침이 쏟아졌다.

"한 잔 더 주세요."

빈 잔을 받아 든 남자의 짙은 눈썹이 쓱 추켜 올라갔다. 진심이냐고 묻는 눈빛이었다.

"비싼 술인가요? 그럼 돈 드릴게요."

"돈?"

"한 잔 더 마시면 정신 차릴 수 있을 거 같아서요."

남자의 시선이 그녀의 눈동자를 찌를 듯이 파고들었다. 수영은 피하지 않고 마주 봤다. 말없이 돌아선 남자가 다시 한 잔의 술을 가져오는 동안 그녀는 그 자리에 꼼짝도 않고 서 있었다. 또 한 잔의 술을 단숨에 들이켜고 숨을 깊게 몰아쉬었다. 연거푸 마신 술로 머리가 어지러웠지만 견딜 만했다.

"욕실이 어디예요?"

남자가 가리킨 곳으로 걸음을 옮길 때마다 바닥이 흥건하게 젖었다. 신경 쓰지 않았다. 그녀를 데려온 건 강석 저 남자니까.

욕실 안으로 들어온 수영은 문을 닫고 그 자리에 주저앉았다. 아무 생각도 나지 않았다. 그저 서러웠다. 가슴을 치고 올라오는 서러움은 금세 눈앞이 뿌예질 정도로 눈물로 차올랐다. 굵은 눈물이 볼을 타고 주르륵 흘렀다.

"나 왜 우는 거니?"

새삼스럽게 벌레라는 말이 떠올라서? 혹시나 하고 찾아갔던 양순에게 찰거머리라는 말을 들어서? 아니면 강석을 만나서?

도대체 이렇게 가슴이 쥐어짜는 듯한 서러움이 밀려오는 이유가 뭔지 알 수가 없었다.

'늦어도 11시 30분까지는 들어와. 많이 양보한 거야. 꼴란 아르바이트한다고 밖으로 나도는 거 용납 못해.'

불현듯 김 여사의 말이 떠올랐지만 이내 털어냈다. 단 하루만이라도 아니, 몇 시간만이라도 숨 막히는 공간에서 벗어나고 싶었다. 설사 다시 만나지 않기를 바란 석과 함께 있다고 해도 지금은 상관없을 것 같았다.

"일단 씻자."

수영은 야무지게 눈물을 닦아내고 자리에서 일어섰다. 몸이 휘청했지만 벽을 짚고 길게 숨을 내뱉었다.

그때 똑똑 노크 소리가 들렸다.

"문밖에 갈아입을 옷 갖다 놨어."

발소리가 멀어지자 문을 살짝 열고 옷을 집어 들었다. 트레이닝복인 반팔 티셔츠와 반바지는 대충 보기에도 엄청 컸다. 문을 잠갔는지 다시 확인하고 젖은 옷을 벗고 샤워 부스 안으로 향했다.

시간이 지날수록 점점 술기운이 도는 것 같아 이대로 있다가는 제대로 서 있지도 못할 것 같았다.

머리를 감고 샤워를 한 뒤 석이 준 옷으로 갈아입고 젖은 속옷과 옷을 대충 헹궈서 꽉 짰다. 몸으로 번지는 알코올 기운을 떨치기 위해 찬물로 몇 번 더 얼굴을 씻었다.

욕실에서 나오자 석은 소파에 앉아 있었다.

"옷을 좀 말려야 할 거 같은데 혹시 드라이어나……."

그녀의 말이 다 끝나기도 전에 성큼 다가온 석이 옷을 받아 들고 주방 옆 문을 열고 나갔다. 아마도 세탁실인 듯했다. 세탁기 작동하는 소리가 들리고 잠시 후 석이 그녀에게 다가왔다.

"두 시간 정도면 될 거야. 나와 있는 게 불편하면 방에 들어가 있어."

"괜찮아요."

"뭐가?"

"네?"

"뭐가 괜찮으냐고?"

"……."

"이 집에 나밖에 없는데 정말 괜찮아?"

수영은 무슨 말을 해야 하는지, 그가 어떤 대답을 원하는지 알 수가 없었다. 먼저 아는 체를 했고 이곳까지 데려온 건 그였다. 불편해하란 소리인가.

"역시 술이 도움이 되나 봐요."

"무슨 소리야?"

"어색하고 불편한 상황이기는 한데 이상하게 아무렇지가 않아서요."

"용감한 건지 무모한 건지."

"한번쯤은 용감해지거나 무모한 행동을 한다고 세상이 무너지지는 않겠죠."

"한 번은 아니지."

수영은 파르르 떨리는 입술을 꽉 물었다. 그가 한 말이 독한 술보다 더 강한 열기가 되어 온몸을 훅 치고 들어왔다.

석을 처음 만났을 때 느낀 건 남자 그 자체였다. 오빠라고 부르며 따르던 현준과는 또 다른 느낌이었다. 담배를 피우는 현준에게 잔소리를 하면서도 온몸의 신경은 내내 말 한마디 안 하고 서 있던 남자에게 향해 있었다. 짧은 시간이었지만 남자의 존재감은 엄청났다. 강렬하다 못해 무언가에 충격을 받은 것 같은 느낌이었다.

2년 후 석을 다시 만났을 때 그녀는 취한 상태였다. 엄마와 싸우고 화가 나서 무작정 집을 뛰쳐나왔고 미친 듯이 걷다가 눈앞에 보이는 클럽에 들어갔었다.

꽤 많이 마신 상태에서 화장실을 갔는데 낯선 남자가 그녀의 앞을 가로막았다. 굳이 이유를 묻지 않아도 알 수 있을 정도로 남자의 눈빛은 더러운 욕망으로 가득했다. 실랑이가 있었고 그때 그 남자를 단숨에 제압한 건 믿을 수 없게도 석이었다.

가끔 힘들 때마다 떠올렸는데 갑자기 나타난 그를 보자 취하기도 했고 감정이 널을 뛰었다. 그래서 그에게 끌려 호텔 방으로 들어간 뒤 미친 짓을 했었다.

한 번만 안아달라고.

'후회할 짓 하지 마.'

그는 취한 그녀를 위해 룸으로 데려왔을 테지만 그녀는 겁 없게도 더 큰 걸 바랐다. 석은 시종일관 말투도 표정도 변함이 없었다.

그의 말을 무시하고 옷을 벗었다.

'나한테 뭘 바란다면 들어줄 용의는 있어. 하지만 지금은 아니야.'

석은 끝까지 냉정했다. 옷을 모두 벗고 그의 목에 팔을 둘렀을 때도 꿈쩍도 하지 않았다. 검고 깊은 눈동자는 당장이라도 그녀를 집어삼킬 듯이 이글이글 끓고 있는데 목소리는 일말의 감정도 없어 보였다.

'하룻밤이에요. 정말 안 되나요?'

그땐 정말 간절했었다. 뭐라도 하지 않으면 미칠 것 같았다. 하지만 석은 그녀의 유혹에 반응하지 않았다.

키스를 하려 하자 고개를 돌리며 피했고 몸을 바싹 붙여도 물러나지는 않았지만 그녀의 몸에 손대지 않았다. 마치 바위를 안고 있는 느낌이 들 정도였다. 그의 거부에 당장 키스를 하지 않으면 죽을 것처럼 달려들었다. 입술이 닿는 순간 몸이 번쩍 들렸고 그의 품에 안겨서 침대에 눕혀졌다.

그가 마음을 바꿨다고 짐작했는데 석은 한참 동안 그녀를 바라본 뒤 방을 나가 버렸다. 그때까지도 수영은 그가 돌아올 거라고 생각했었다.

취하기도 했고 어느 순간 잠이 들었다. 정신을 차렸을 땐 호텔룸에 혼자 있었다.

"머리가 정말 좋은가 봐요. 좋은 기억도 아닌데 굳이……."

"머리가 좋은 건 맞고, 좋은 기억이 아닐 이유는 없지."

놀리는 건지 아니면 진심인 건지 덤덤한 그의 목소리는 감을 잡을 수가 없었다. 한동안 미친 짓을 했다는 수치심 때문에 자다가도 벌떡벌떡 일어나 머리를 쥐어뜯으며 후회했었다. 하지만 이젠 아니다.

지난 일에 매달려 있을 정도로 여유 있는 시간을 보내지도 못했고 당장 오늘 일을 걱정하면서 살기도 벅찼으니까.

"그쪽 기억까지 내가 어떻게 할 수는 없으니까 마음대로 해요."

뻔뻔하다고 해도 어쩔 수 없었다. 그날 일을 떠올리는 것만으로도 낯이 뜨거워지고 민망하지만 옷이 마를 동안 이곳에 있을 수밖에 없다.

"커피 한잔 주실래요? 내가 타서 마셔도 되고요."

"앉아 있어. 내린 거 있으니까 가져다줄게."

수영은 그가 주방으로 향하자 참았던 숨을 길게 내쉬었다. 아무렇지 않은 척했지만 긴장이 되어서 숨도 제대로 쉬지 못했다.

거실 소파에 앉아서 등을 돌리고 서 있는 석을 물끄러미 쳐다보았다. 그사이 그도 샤워를 했는지 짧은 머리카락은 살짝 젖어 있고 하얀색 티와 검정색 면바지를 입은 뒷모습은 근사했다.

떡 벌어진 어깨와 넓은 등, 운동을 하는지 군살 하나 없는 날렵한 몸매와 남자답게 생긴 두툼한 허벅지까지.

남몰래 그의 벗은 몸을 훔쳐보는 것도 아닌데 심장이 두근두근 날뛰었다.

"설탕?"

"아니요. 그냥 주세요."

커피를 테이블에 내려놓은 그가 맞은편 소파에 긴 다리를 꼬고 앉았다. 석은 그녀를 빤히 쳐다볼 뿐 아무 말도 하지 않았다. 마시고 있던 커피는 아직 남아 있는데 손도 대지 않았다.

"괜찮아?"

"뭐가요?"

"술."

"아, 그러게요. 아까는 어지럽고 그랬는데 지금은 뭐……."

어깨를 으쓱하자 그가 보일 듯 말 듯 미소를 짓고 커피 잔을 집어 들었다. 그저 단순히 커피를 마시는 것뿐인데 동작 하나하나에 시선이 갔다. 잔을 잡고 있는 길고 굵은 손가락, 찻잔이 입술 사이에 닿자 잠시 후 그의 목울대가 크게 움직였다.

수영은 잔을 내려놓는 그와 시선이 마주치자 황급히 고개를 돌리고 주변을 살펴보는 척했다.

넓은 거실은 깔끔했다. 소소한 인테리어 소품 하나 없이 소파와 유리 테이블, 벽걸이 텔레비전이 다였다. 넓은 베란다 유리창엔 커튼도 달려 있지 않았다. 고급스러운 대리석 바닥과 천장에 달린 커다란 사각 등이 그나마 휑한 느낌과 썰렁함을 달래주는 것 같았다.

"학교, 이제 얼마 안 남았네."

"네."

"힘들지 않아?"

"아니라고 하면 거짓말이죠."

공부 아르바이트, 차라리 일만 했으면 바랐던 적도 있고 둘 다 포기하고 싶을 때도 많았다. 도대체 김 여사는 왜 그렇게 대학 졸업장에 연연하는지 알 수가 없었다.

이제 기말고사만 남았다. 자의든 타의든 4학년이 되었을 땐 오기라도 꼭 졸업을 해야지 생각했었다. 힘들지만 잘 버텨왔고 조금은 뿌듯한 생각도 들었다.

아르바이트가 문제가 되기 전에는.

수영은 속으로 한숨을 삼키며 적당히 식은 커피를 물처럼 쭉 들이켰다. 독한 술을 마셔서인지 목이 탔다.

테이블에 내려놓은 빈 잔을 물끄러미 쳐다보고 있는데 석이 자리에서 일어나 주방으로 향했다. 금방 돌아와 얼음과 물이 가득 든 커다란 유리잔을 그녀의 앞에 내려놓았다.

"목말라 하는 거 같아서."

"고맙기는 한데 왠지 기분이 묘하네요."

"왜?"

"뭐랄까. 이 정도로 센스가 있거나 눈치가 빠르다는 생각은 안 들었거든요."

그가 무슨 뜻인지 더 설명을 하라는 듯 그녀를 물끄러미 쳐다보았다.

"그렇다고요. 어쨌든 잘 마실게요. 진짜 목이 말랐거든요."

반쯤 비운 잔을 내려놓으려다 다시 입안 가득 물을 머금고 꿀꺽 삼켰다. 차가운 기운이 몸으로 번지자 취기로 올랐던 열기가 조금은 가라앉는 느낌이었다.

"저녁은?"

"식사까지 챙겨주려고요?"

"어려운 게 아니라서."

내내 여유로워 보이는 그의 표정과 말투가 슬쩍 신경을 긁고 지나갔다. 분명 도움을 받은 입장인데 뭔가 자꾸 거슬렸다.

도대체 석은 그녀를 어떻게 보게 된 것일까. 언제부터 봤던 걸까. 비 오는 거리에 주저앉아 울고 있는 모습을 봤으면서 어째서 아무것도 묻지 않는 것일까. 설사 우연히 봤다고 해도 모른 척해도 됐을 텐데 왜 이곳으로 데려온 걸까.

"꽤 친절한 성격인가 봐요."

"내가?"

"오늘도 그렇고 지난번에도 그랬고 또……."

"친절하다는 말은 못 들어봤는데. 그렇게 보였다면 뭔가 이유가 있겠지."

"무슨 이유요?"

"글쎄."

행동은 친절한데 대화할 때는 아닌가 보다. 아리송한 말투에 궁금증만 더 일었다. 하기는 저 남자만 이해가 안 되는 건 아니지.

석을 따라와 샤워를 하고 그의 옷을 입고 있지 않은가. 누가 봐도 이상한 상황인데 긴장은 되지만 겁은 나지 않았다. 왠지 석은 그녀에게 나쁜 짓을 할 것 같지는 않았다. 이 대책 없는 믿음은 도대체 어디에서 비롯된 건지.

"호칭을 어떻게 해야 할까요?"

"지난번엔 이름을 불렀던 것 같은데."

"그때는 취했었고, 그렇게 불렀다가 건방지다는 말까지 들은 거 같은데 아닌가요?"

"그래서 어떻게 부르고 싶은데?"

"원하는 대로 불러 드릴게요. 여기서 나가면 부를 기회가 또 있을지는 모르겠지만."

마주 보고 대화를 하고 있는데 굳이 호칭이 문제 될 건 없었다. 단지 대화가 끊기는 게 어색할 것 같아 물었을 뿐.

그는 고민이 되는지 깊은 시선으로 그녀를 바라보면서 턱을 가만히 쓸었다.

"오빠만 아니면 돼."

"오빠요?"

"현준이처럼 진수영을 동생으로 볼 생각 없거든."

"나도 그래요."

"……."

"현준 오빠와는 오래전부터 친하게 지냈어요. 나 또한 친하지도 않은 사람한테 오빠라고 부를 생각 없어요."

"그게 다야?"

"뭐가 더 있어야 하나요?"

외국으로 나간 현준과 연락을 안 한 지는 꽤 되었다. 떠난 뒤에도 가끔 전화는 왔었다. 늘 그녀를 걱정했고 힘내라는 말을 해줬지만 어느 순간부터 마음이 편치 않았다.

현준은 다를 거라고 믿지만 부친의 일 이후 주변 사람들이 어떻게 변했는지 지켜봤기에, 더는 실망을 하고 싶지 않아 최근에는 전화를 받지 않았다. 문자로만 가끔 답장을 보냈다.

"현준이 약혼한 건 알고 있나?"

"네."

"기분이 어땠어?"

"뭐가요?"

수영은 석이 무슨 뜻으로 그녀의 기분을 묻는지 알 수가 없었다. 봄쯤 통화를 할 때 이야기를 들었다. 오랜만에 전화가 왔는데 아르바이트를 하는 중이라 짧게 통화할 수밖에 없었다. 약혼 상대가 그녀가 알고 있던 여자가 아니라 조금 놀라기는 했었다. 현준은 그동안 만나는 여자가 꽤 있었고 만날 때마다 나름 진지해 보였다. 바람둥이라고 놀리기도 했지만 연애를 한다고 다 결혼을 하는 게 아니라는 걸 모를 정도로 그녀는 순진하지도 어리지도 않다.

"이해가 안 가서 그러는데요. 현준 오빠 약혼과 내 기분이 무슨 상관이라는 거죠?"

"상관없다면 다행이고."

점점 알 수 없는 말이라니. 다시 한 번 석은 대화 상대로 결코 좋은 사람이 아니라는 생각이 들었다. 중간중간 대화가 끊기기는 했지만 그럭저럭 시간이 흘렀다.

침묵이 불편할 즈음 세탁실에서 작은 알림 음이 들렸다.

"옷이……."

"내가 가져올게."

수영은 석이 세탁실로 향하자 소파에 다시 앉았다. 남아 있는 물을 마시다 말고 눈을 커다랗게 떴다.

"안 돼."

잔을 내려놓고 후다닥 세탁실로 향했다. 넓은 거실을 가로지르는 발걸음이 제법 빨랐다.

"내가 할……."

문을 벌컥 열고 소리치던 말은 입속으로 쏙 들어갔다. 이미 그가 건조까지 된 청바지와 티셔츠 그리고 속옷까지 얌전히 들고 있었다.

젖은 옷을 줄 때는 티셔츠 속에 속옷을 감췄었는데 그 생각을 하지 못했다.

“마음에 들어.”

“…….”

“속옷 말이야.”

누가 물어봤어요! 왜 묻지도 않은 말을 하냐고요!

속에서 훅 끓어오른 더운 열기가 얼굴로 몰렸는지 피부가 홧홧하게 달아올랐다. 차마 말도 못하고 쳐다보고 있던 수영은 어금니를 물고 눈을 꾹 감았다 떴다.

석이 레이스가 곱게 달린 검은색 실크 팬티를 품평이라도 하듯 이리저리 살피며 중얼거렸다.

“너무 작은 거 아닌가?”

“이리 줘요!”

확 낚아채서 돌아선 순간 뒤에서 쿡쿡 웃음소리가 들렸다. 변태, 저질. 창피하고 부끄럽고 원망스러운 마음에 남의 집이라는 생각도 못하고 욕실 문을 부서져라 닫았다.

둘

듬성듬성 사람들이 앉아 있는 넓은 카페는 한산했다. 수영은 식은 커피를 한 모금 마신 후 유리창 밖으로 시선을 돌렸다. 아침저녁으로 선선한 바람이 불기 시작한 지 얼마 지나지 않아 가로수의 이파리들이 물들기 시작했고, 어느새 인내심이 없는 이파리들은 제대로 붙어 있지 못하고 바닥을 뒹굴었다.

벌써 가지가 휑한 곳도 있었다.

"어휴, 무슨 날씨가 사흘 굶은 시어머니 같아. 아침엔 춥고 낮엔 덥고 가을 날씨 맞아?"

수영은 툴툴거리며 앞자리에 털썩 주저앉는 명지를 보며 픽 웃었다.

"뛰어왔어?"

"당근 뛰어왔지. 여기가 지하철에서 좀 거리가 있잖아. 근데 왜 자꾸 웃어?"

"시어머니가 사흘 굶으면 어떻게 되는데?"

"뾰족한 화살을 수도 없이 날리겠지. 화살받이가 된 며느리는 온몸에 피를 철철 흘리면서 둘 중 하나를 선택하는 상황이 생길 거고."

"선택?"

"들이박든가 시월드에서 탈출하든가, 화살을 맞아가면서 살 수는 없지 않겠어?"

"남편을 사랑해도?"

"사랑과 내 삶이 존중받지 못하는 건 별개라고 생각해. 솔직히 그런 상황까지 갔다는 건 남편의 잘못도 어느 정도 있을 테고."

명지는 뜨거운 연애를 하고 싶다고 하면서도 결혼에 대해서는 꽤 현실적인 생각을 하는 친구였다. 결혼은 사랑의 결승점이 될 수 없다. 팍팍한 현실에서 연애는 삶의 활력소가 되지만 결혼은 현실이라면서.

"누가 알면 몇 년 결혼 생활 한 줄 알겠다."

"꼭 경험을 해야 아는 건 아니잖아. 어쨌든 결론은 너무 덥다는 거야. 아. 목말라. 나 주문하고 올게."

명지가 자리를 떠나자 수영은 커피 잔을 집어 들다 말고 손등에 길게 난 생채기를 물끄러미 쳐다보았다. 상처는 아물었지만 자국은 쉽게 없어질 것 같지 않았다.

'이 시간까지 어디 있다가 오는 거야? 너 오늘 아르바이트 안

갔다며? 근데 어디서 뭘 하다가 이 시간에 기어들어 와?'

일주일 전 석의 집에서 돌아왔을 때 11시 30분에서 딱 10분 늦었다. 아르바이트할 곳을 알아보고 오느라 늦었다는 말이 끝나자마자 책과 노트가 날아왔다. 너무 순식간에 일어난 일이라 피할 수가 없었고 무의식중에 손으로 막다 손등에 상처가 나고 말았다.

김 여사가 그렇게 날뛸 땐 건드리지 말아야 하는데 그날은 화가 나서 참을 수가 없었다. 대꾸를 했고 쏟아지는 잔소리를 모두 들어야 했었다.

'네가 돈 몇 푼 번다고 내가 우습지? 어디서 말대꾸야? 차라리 죽자. 너하고 나 이렇게 구질구질하게 살지 말고 같이 죽어!'

그 순간 정말 죽어버릴까 하는 생각도 들었다. 왜 이렇게 살아야 하는지, 이렇게 사는 게 무슨 의미가 있는지 함께 죽어버리자고 소리치고 싶은 걸 겨우 참았다.

어려서부터 김 여사의 성격은 극과 극을 달렸다. 좋을 땐 다정하고 따듯한 아내, 엄마였다가 화가 나면 물불 가리지 않았다. 분이 풀릴 때까지 물건을 집어 던지고 곁에 있는 사람을 못살게 굴었다.

오죽하면 어린 나이에도 아빠가 불쌍하다는 생각이 들었을까.

"나 바보인가 봐."

멍하니 창밖을 보고 있는데 주문을 하고 돌아온 명지가 자신의 머리를 쿡 쥐어박았다.

"왜?"

"더운데 뜨거운 커피가 웬 말이냐고."

"원래 뜨겁게 마시잖아."

"그렇기는 한데 오늘은 시원한 아이스 아메리카노 마실 생각이었거든. 아무 생각 없이 뜨거운 걸로 주문하고 왔지 뭐야."

"지금이라도 바꾸든가."

"몸은 시원한 걸 원하는데 내 입은 뜨거운 게 좋으니 그냥 마셔야지 뭐."

"시원한 물 가져다줄까?"

"커피 나오면 그때 내가 가져오면 돼. 그나저나 아르바이트는 구했어?"

수영은 고개를 가로저었다. 기말고사까지는 한 달 반 정도 남았다. 편의점과 주말만 하는 커피숍, 과외 하나를 그대로 할 수 있다 해도 월세와 생활비를 충당하기엔 부족했다.

지난달 김 여사가 다리를 다쳐서 입원을 하는 바람에 생각지도 못한 돈이 나갔다. 움직일 수 없으니 간병인을 써야 했고, 퇴원을 하고도 한동안 물리치료를 받았다.

"오늘 중으로 연락 준다는 곳이 있기는 한데 시간이 겹칠 거 같아서 걱정이야."

"조급하게 생각하지 말고 차라리 기말 끝나고 나서 일찍 취직하는 방법은 어때?"

그럴 수 있다면 얼마나 좋을까. 취업문이 지옥문이라는데 쉽게 취직한다는 보장도 없고 주말 아르바이트하던 곳에서 병원비를 가불한 상태라 당장 무슨 일이든 더 해야 한다.

명지는 대학 들어와서 친해진 친구라 그녀의 사정을 자세히 알지 못한다. 쉬지 않고 아르바이트를 하는 이유가 엄마한테 손 벌리지 않고 학비를 벌기 위한 건 줄 알고 있었다.

"그런 그렇고 오늘 왜 만나자고 한 거야?"

"왜는 왜야? 오늘 아르바이트 없잖아. 너 마지막 강의가 휴강인 줄 알았으면 나도 빠졌을 텐데. 방학 내내 얼굴도 못 봐, 개강해도 끝나면 바로 아르바이트. 우리가 견우와 직녀도 아니고 이럴 때라도 얼굴 제대로 봐야 하지 않겠어?"

"내가 그렇게 보고 싶었어?"

"웬 애교야?"

두 손으로 턱을 괴고 방실방실 웃자 어이가 없는지 명지가 눈을 곱게 흘겼다.

"날 이렇게 보고 싶어하는데 이 정도 애교는 해줘야지."

"그만해. 적응 안 된다. 어쨌든 오늘 진수영 시간은 내 거야. 우리 영화 보고 맛있는 거 먹고…… 잠깐만 커피 나왔나 보다."

잽싸게 일어난 명지는 금세 커피와 케이크 한 조각을 들고 돌아왔다.

"단 거 싫어하면서 웬 케이크야?"

"너 좋아하잖아. 오늘은 이 언니가 풀로 쏜다."

"됐어. 영화표는 내가 살게."

"나야말로 됐거든? 영화는 무료 쿠폰 두 장 있고 저녁은 아빠가 예약해 주셨어. 오늘은 그냥 즐거운 시간 보내면 돼."

시간은 금방 지나갔다. 속이 펑 뚫리는 시원한 액션 영화를 보고 패밀리 레스토랑에서 저녁까지 먹고 나니 8시가 가까워졌다.

"남자 주인공 너무 멋있지 않아? 신인인데 연기도 잘하고 표정이며 눈빛 목소리, 넓은 가슴에 근육질 몸매까지 와우, 장난 아니게 섹시하더라."

명지는 식사하는 내내 영화 속 남자 주인공을 극찬하더니 커피를 마시면서도 입을 가만히 두지 않았다.

"넌 왜 말이 없어? 영화 재미없었던 거야?"

"재미있었어."

"근데 왜 이렇게 조용해?"

"말할 기회를 줘야 하지. 그리고 네가 말할 때마다 나 계속 맞장구쳤고 고개 끄덕였거든?"

"그랬나? 난 또 너무 조용하기에 취향 아닌 영화를 봐서 그런가 했지."

"취향이 아니기는, 너무 재미있게 봤어. 모처럼 눈 호강도 실컷 했고."

"그치? 와웅, 신인이라는데 어쩜 그렇게 완벽할 수가 있지? 딱 한 번만 그 남자 배우한테 안겨봤으면 소원이 없겠다."

수영은 빙그레 웃으며 고개를 설레설레 흔들었다. 눈빛까지 반짝반짝 빛나는 걸 보니 정말 푹 빠진 듯했다. 한동안 모델로 데뷔했다가 앨범도 내고 얼마 전 영화를 찍었다는 모 배우한테 심취해 있더니 오늘부로 갈아탈 모양이다.

"이제 박 배우는 버린 거야?"

"사랑은 움직이는 거야. 당근 더 좋은 사람이 나타나면 미련 따위 개나 줘야지.”

“참 쉽네.”

“어려울 거 뭐 있어. 인생 짧아. 이왕이면 더 좋은 남자와 더 진한 사랑을 하면서 행복하게 살아야 한다는 게 내 인생 모토야.”

“문제는 네가 급하게 사랑에 빠진 남자가 화면 속에만 존재한다는 거지. 더구나 국내 배우도 아니고.”

“냉정하기는. 제발 내 기분 망치지 말아줄래? 사람은 살면서 몇 번의 기회가 온다잖아. 혹시 알아? 간절한 내 마음이 하늘에 닿아 비슷한 사람이라도 만나게 될지. 오늘부터 잠자기 전에 기도해야지.”

정말 살면서 기회라는 게 올까. 몇 번까지 바라지도 않는다. 지긋지긋한 이 상황에서 벗어날 수 있는 딱 한 번의 기회라도 왔으면 좋겠다.

예전처럼 부족한 것 없이 풍족하게 살기를 바라는 게 아니다. 넓은 집 좋은 옷 다 필요 없다. 열심히 일한 돈으로 생활이 가능했으면, 누구의 눈치도 보지 않고 마음이라도 편안했으면. 그거면 되는데. 그 정도면 충분한데 과연 그런 기회가 오기는 할까.

수영은 생각할수록 더 높은 담과 벽이 그녀를 향해 달려드는 것 같아 잠시 느슨해졌던 마음이 다시 또 우울해졌다.

“어? 부재중 전화가 3개나 왔었네.”

명지가 통화를 하는 동안 그녀도 가방에 넣어두었던 핸드폰을 꺼내서 확인했다. 무음으로 돌려놔서 몰랐는데 편의점에서 부재중 전화가 와 있었다. 통화 버튼을 누르자 기다렸다는 듯이 목소리가 들렸다.

[갑자기 일이 생겨서, 미안한데 잠깐 와서 내 대신 일 좀 해주면 안 될까?]

"지금 가도 8시 30분은 될 텐데 괜찮아요?"

[괜찮아. 넉넉하게 2시간 정도만 봐주면 돼.]

알았다고 대답하고 전화를 끊었다. 명지 또한 갑자기 고모가 오기로 했다며 들어가 봐야 한다고 했다.

편의점까지는 버스를 타고 20분 정도 걸렸다.

"미안, 연락이 안 돼서 사장님께 전화를 해야 하나 고민하고 있었거든."

직장 생활을 하다가 회사가 문을 닫는 바람에 아르바이트를 하고 있는 박종수는 주로 야간에 근무하는데 가끔 오후 타임에 일할 때도 있었다. 그러다 보니 교대하면서 잠깐 얼굴을 볼 때를 제외하면 이야기를 나눈 적이 거의 없었다.

"고마워. 어쩌면 일찍 올 수도 있어. 그래도 이렇게 와줬으니까 2시간 수당은 꼭 챙겨줄게."

"그냥 일한 만큼만 주면 돼요."

"일부러 와줬는데 그럴 수는 없지. 저녁은 먹은 거지?"

"네."

"그럼 부탁해."

수영은 종수가 나간 뒤 손님이 없을 땐 물건 정리를 했다. 주말에 비할 바가 아니지만 골목을 사이에 두고 식당가와 주택이 밀집한 곳이라 평일 밤인데도 손님이 제법 있었다.

"11시까지는 돌아와야 하는데."

김 여사가 난리를 친 지 얼마 되지도 않아 또 늦게 들어가면 잔소리를 해댈 것 같아 신경이 쓰였다.

명지를 만난다고 하면 쓸데없이 나돌아 다니지 말고 일찍 들어오라고 할 게 뻔해 영화를 보기 전 아르바이트할 곳 알아보고 도서관에 간다고 했었다.

약속했던 2시간이 지나자 슬슬 걱정이 되었다. 아무래도 김 여사한테 전화를 해야겠다는 생각이 들었다. 한참 신호가 가는데도 받지 않았다. 할 수 없이 편의점에서 일하고 있다고, 조금 늦을지도 모른다고 문자를 보냈다.

종수한테도 오고 있는 거냐고 문자를 보냈는데 답장이 없었다. 이럴 줄 알았으면 안 된다고 할 걸 후회가 되었다. 그래도 2시간이 어딘가 하는 생각도 들었다.

"미안. 너무 늦었지?"

12시가 가까워서 돌아온 종수는 술을 마셨는지 얼굴이 발그레했다.

"문자 보냈는데 못 봤나 봐요."

"배터리가 나갔더라고. 집이 여기서 멀지 않다고 했지?"

"그렇기는 한데…… 어쨌든 왔으니까 전 그만 가볼게요."

가방을 챙겨 들고 돌아서는데 종수가 한쪽 손목을 잡고 인상을 찌푸렸다. 마음도 급하고 솔직히 짜증도 났지만 꽤 아파하는 표정이 신경이 쓰였다.

"왜 그래요? 어디 아파요?"

"응? 아, 그냥 좀."

"혹시 다친 거예요?"

"별거 아니야."

별거 아닌 게 아닌 것 같은데, 소매 주변으로 붉은 핏자국이 묻어 있고 잡고 있는 손가락 사이에도 핏물이 배어 나오고 있었다.

수영은 가방을 내려놓고 피가 묻은 종수의 소맷자락을 걷어 올렸다.

"세상에, 이게 조금이에요? 병원 가야 하는 거 아니에요?"

"이 정도로 무슨 병원을 가. 약 바르면 돼."

"상처가 꽤 깊어 보이는데. 잠깐만요."

물건을 쌓아두는 창고 한쪽에 구급상자가 있는 게 떠올랐다. 일을 하다 보면 크고 작은 상처가 나기도 해서 그녀도 가끔 구급상자를 찾을 때가 있었다.

"이상하네."

늘 있던 자리에 상자가 없었다. 누군가 쓰고 다른 곳에 놓았나 싶어 주변을 살펴도 눈에 띄지 않았다.

"혹시 구급상자 못 봤어요?"

반쯤 열어놓은 문을 사이에 두고 큰 소리로 물었는데 대답이 없었다. 밖에 있나.

샅샅이 뒤져도 없기에 나가서 찾아봐야겠다는 생각이 들었다. 그 순간 문이 쾅, 닫혔다.

깜짝 놀라 돌아서자 찰칵 문 잠그는 소리가 들리고 종수가 씨익 웃으며 그녀를 향해 다가왔다.

"뭐, 뭐예요?"

"4학년이라고?"

"그런…… 데요?"

"형편이 꽤 어렵다지? 사장 새끼가 친동생 같다며 걱정을 많이 하더라고."

등줄기로 싸늘한 냉기가 감돌았다. 처음엔 주말만 빼고 일을 하다가 과외를 하면서 편의점은 삼 일만 출근했다. 2년 넘게 일을 했지만 사장과 집안 사정까지 말을 한 적은 없었다. 개인적인 일을 시시콜콜 말하는 성격도 아닐뿐더러 말한다고 달라지는 것도 없는데 굳이 말할 이유가 뭐가 있겠는가.

"할 말 있으면 나가서 해요."

"사장은 되고 나는 안 돼? 내가 이런 곳에서 일한다고 우스워 보이나 본데 나 돈 있어."

무슨 말을 하는지 알아들을 수가 없었다. 뭐가 안 된다는 건지, 종수를 우습게 본 적도 없고 그가 돈이 있든 없든 그녀와 무슨 상관이란 말인가.

"사장이 얼마 줬어?"

"도대체 무슨 말을 하는 거예요?"

"사장한테 다리 벌려주는 대가로 얼마를 받았냐고? 순진한 줄만 알았는데 백여우였어. 난 그런 줄도 모르고 진심으로 좋아할 뻔했잖아."

"이봐요. 박종수 씨!"

기가 막혀 말도 나오지 않았다. 도대체 사람을 어떻게 보고 저런 말을 태연히 하는지 화가 불끈 치솟았다.

"말 함부로 하지 마세요! 뭔가 오해를 하고 있는 거 같은데 난……."

"오해든 아니든 이제 상관없어. 어차피 우리가 사귈 것도 아니고 난 헤픈 여자 딱 질색이거든."

그동안 아르바이트를 하면서 많은 사람을 만났지만 이런 또라이 같은 인간은 처음 봤다. 너무 기가 막히고 어이가 없어서 말도 나오지 않았다.

저런 인간인 줄 모르고 상처를 치료해 줄 생각을 했다니 멍청한 머리를 쥐어박고 싶었다.

"당장 비켜요!"

하필 구석진 곳에 있어서 비켜주지 않으면 문까지 갈 수가 없었다. 화가 나는 만큼 밀폐된 공간에 둘만 있다는 게 두렵고 겁이 났다. 그렇다고 겁먹은 내색은 할 수 없어 눈에 힘을 주고 종수를 확 밀쳤다. 꿈쩍도 하지 않았다.

"내가 이런 기회를 놓칠 거 같아? 점잖은 사장까지 홀릴 정도면 꽤 놀았나 본데 장담하건대 나하고 하는 게 더 좋을 거야. 괜히 튕기지 말고 알아서 옷 벗는 게 어때?"

"미친 새끼."

욕이 절로 나왔다. 다시 한 번 있는 힘껏 종수를 밀쳤다.

"괜히 엉뚱한데 힘쓰지 마. 문도 잠갔고 CCTV도 돌려놨거든."

비실비실 웃는 얼굴이 악마 같았다. 수영은 아랫입술을 꽉 깨물었다. 어떡하든 이곳에서 나가야 한다는 생각밖에 들지 않았다.

"내 몸에 손끝 하나라도 대면 죽여 버릴 거야."

"죽여주면 좋지. 물론 다른 의미로. 내가 좀 오래 굶었거든."

주변을 살펴도 박스만 있을 뿐 던질 만한 게 없었다. 벽에 바싹 기댄 수영은 제발 누구라도 들어왔으면 간절히 바랐다.

"가까이 오지 마. 도와주세요. 도와…… 읍."

커다란 손이 입을 틀어막고 어깨를 잡은 손에 무지막지한 힘이 느껴졌다. 벗어나려고 몸부림을 쳤지만 소용없었다. 너무 아파서 몸이 점점 아래로 무너졌다.

입이 막히고 어깨에 참을 수 없는 고통이 느껴졌지만 눈을 부릅뜨고 유들유들 웃고 있는 종수를 노려봤다.

"그냥 즐기려는 거뿐이야. 다치게 하고 싶지 않으니까 얌전히 시키는 대로 해. 알았어?"

"읍, 으으."

"이 상처 일부러 낸 거야. 네가 그냥 지나치지 않을 거라고 생각했거든. 구급상자는 당연히 내가 치워놨지."

부재중 전화를 확인하고 통화 버튼을 누르는 게 아니었는데, 잠깐 봐달라는 말에 돈 몇 푼 벌자고 오는 게 아니었는데, 상처를 보고 치료해 주겠다고 구급상자를 찾으러 창고까지 들어오는 게 아니었는데, 밀려오는 후회와 너무 무섭고 두려워서 눈물이 핑 돌았다.

"벌써 울면 곤란하지. 여자 눈물은 쾌락에 빠져서 흘릴 때가 최고거든."

종수의 더러운 혀가 그녀의 볼을 쓰윽 핥아 올리자 수영은 끔찍

해서 소름이 쫙 돋았다.

"으으읍."

도리질을 치며 반항했지만 그럴수록 종수는 더 가까이 다가와 그녀의 귀에 더운 숨을 훅 불어넣었다. 도망쳐야 해. 하지만 어떻게, 어떻게 해야 하지?

입을 막고 있던 종수의 손이 느슨해졌고 그 틈을 놓치지 않은 수영은 그의 손가락 하나를 힘껏 물었다.

"악, 시팔."

벌떡 일어나는 순간 다리가 잡히고 몸이 바닥으로 쿵 넘어졌다. 몸을 올라탄 종수의 손이 그녀의 턱을 후려쳤다. 악, 비명을 지르기도 전에 셔츠가 확 당겨졌고 단추 몇 개가 후두둑 떨어져 나갔다.

턱이 너무 아파서 소리도 나오지 않았다.

"서로 좋자는 건데 왜 지랄이야."

몸을 이리저리 비틀고 발버둥을 쳐도 벗어날 수가 없었다. 브래지어를 풀려고 하는 걸 악을 쓰며 반항했다.

"싫어! 비켜. 비키란 말이야. 이 나쁜 놈아."

"내숭 그만 떨어. 꼴에 자존심 세우고 싶은가 본데 이미 흠뻑 젖었을 거잖아."

개새끼, 미친놈, 욕을 퍼부어도 종수는 풀지 못한 브래지어를 위로 확 추켜올리고 입맛을 다셨다.

"가슴이 끝내주게 생겼네."

어찌나 발버둥을 쳤는지 몸에 땀이 맺히고 탈진한 것처럼 기운도 없었다. 그렇다고 가만히 있을 수는 없었다. 고개를 들고 종수의 팔뚝을 물어뜯으려는 순간 뺨에 강한 충격이 느껴졌다. 눈이 튀어나올 것처럼 아팠지만 이를 악물고 몸부림을 쳤다.

"비켜. 비켜!"

그때 밖에서 와장창 유리 깨지는 소리가 들렸다. 종수가 멈칫하는 사이 그를 밀치며 소리를 질렀다.

"도와주세요. 도와주…… 읍."

겨우 벗어났다고 생각했는데 어떻게 할 사이도 없이 몸이 벽으로 밀쳐졌다. 그녀의 입을 틀어막은 종수가 사나운 목소리로 윽박질렀다.

"적당히 까불라고 했지? 진짜 죽고 싶어? 누가 들어올 일도 없겠지만 그렇다고 해도 네가 날 유혹했다고 하면 그만이야."

"읍, 읍."

"좋게 대해주려고 했더니 사람 혈압 오르게, 아휴, 이걸 그냥."

커다란 손을 치켜드는 걸 보는 순간 수영은 눈을 질끈 감았다. 감은 눈 사이로 뜨거운 눈물이 주르륵 흘렀다. 왜 자신한테 이런 일이 일어나는지 화가 나고 억울하고 분했다.

열심히 산 죄밖에 없는데, 남을 해코지하면서 살지 않았는데 왜, 왜!

철컥철컥, 누군가 들어왔는지 창고 문손잡이를 돌리는 소리가 들렸다.

"아, 씨팔."

종수의 입에서 욕설이 터져 나왔다. 수영은 감은 눈을 번쩍 뜨고 더욱 몸부림을 쳤다. 도움을 요청하고 싶은데 입이 막혀서 으으, 기괴한 소리만 흘러나왔다. 속으로 간절히 빌었다.

도와주세요. 제발 도와주세요.

"얌전히 있어. 아니면 정말 죽는다."

죽어도 좋다. 짐승만도 못한 인간한테 험한 꼴을 당하느니 차라리 죽는 게 낫다는 생각이 들었다. 어금니를 꽉 물고 닥치는 대로 손으로 때리고 발로 걷어찼다.

철컥철컥 소리가 멈추자 종수는 회심의 미소를 지으며 그녀의 옷을 벗기려 했다. 브래지어는 위로 올라가 가슴은 훤히 드러났고 몸부림을 심하게 쳐서 셔츠는 벗은 거나 다름없었다. 제발, 누구라도 좋으니 도와주세요. 평생 생명의 은인으로 알고 보답할게요. 그러니 제발, 제발.

종수의 손이 그녀의 허리띠에 닿는 순간 쾅, 하는 소리와 함께 문이 부서졌다.

누군가 들어온 것 같은데 박스가 가로막혀 보이지 않았다. 표정이 험악하게 변한 종수가 허튼짓하면 가만두지 않겠다는 경고의 눈빛을 보냈지만 수영은 이 지옥 같은 상황에서 벗어날 수 있을지도 모른다는 생각에 더 간절히 기도했다. 제발 도와주세요.

"이런 거지 같은 상황을 보게 될 줄이야."

"여기는 함부로 들어오는 곳이……."

돌아서서 태연히 말하던 종수의 몸이 남자가 휘두른 주먹을 맞고 저만치 나가떨어졌다. 수영은 바닥에 주저앉아 황급히 옷을 추스른 뒤 멍하니 남자의 모습을 쳐다보았다.

남자는 무자비했다. 주먹과 발길질은 가차 없었고 눈빛은 살기를 뿜어내듯 무시무시했다. 바닥에 쓰러진 종수는 단 한 번도 제대로 서지 못했다. 입술이 터지고 코피가 흐르고 남자의 구둣발에 짓이긴 손은 뼈가 으스러지는 소리를 냈다.

"죽여 버릴까?"

잔뜩 몸을 웅크린 종수의 목에 구둣발을 올린 남자가 그녀를 향해 물었다.

"원하는 대로 해줄 테니까 말해."

수영은 처연한 시선으로 남자를 바라보았다. 그는 진심인 것 같았다. 원한다면 정말 죽여줄 수 있다는 눈빛이었다.

"……주세요."

목소리가 잘 나오지 않았다. 엄청난 일이 있었고 갑자기 나타난 남자로 인해 머리가 텅 빈 것 같았다.

제발 누구든 좋으니 도와달라고 빌었지만 그 사람이 강석 저 남자일 줄은 꿈에도 몰랐다. 눈물이 앞을 가려 석의 모습이 뿌옇게 보였다.

석이 종수를 다시 한 번 지그시 밟아주고 그녀를 향해 돌아섰다. 화를 참는 듯 어깨가 크게 들썩였다. 그가 성큼 다가와 재킷을 벗어서 어깨에 걸쳐 주고 그녀를 번쩍 안아 들었다. 목소리도 잘 나오지 않았는데 무슨 말을 했는지 알아들었나 보다.

창고를 나오자 세콤 직원과 모르는 남자가 이야기를 하고 있었다. 다행히 무슨 일이 있었는지 상황 설명을 해야 하는 일은 일어나지 않았다. 편의점 입구의 유리문도 엉망으로 깨져 있었다. 석이 걸음을 옮길 때마다 와작와작, 유리 밟히는 소리가 들렸다.

❖

골목 입구에서 차가 멈춘 지 꽤 시간이 지났지만 수영은 내려야 한다는 생각도 못했다. 끔찍했던 상황에서 벗어났음에도 여전히 머릿속은 멍했다.

석은 편의점에서 나와 다친 곳은 없는지, 병원에 가야 하는 거 아니냐고 물었고 그녀가 고개를 가로젓자 차에 태운 뒤 곧장 출발했다.

걸어서 20분 정도면 도착하는 거리라 차로는 몇 분 걸리지 않았다. 골목은 지나가는 사람 없이 조용했다.

"고맙습니다."

덤덤한 말투에 정면을 응시하고 있던 석의 시선이 그녀를 향했다.

"그냥 들어가도 괜찮겠어?"

"가야죠."

언제까지 이곳에 있을 수는 없었다. 무슨 말을 해야 할지도 모르겠고 머릿속은 암전이 됐는지 멍청이 바보가 된 것 같았다.

할 수만 있다면 땅으로 꺼지든 하늘로 솟아버렸으면 좋겠다는 생각밖에 들지 않았다. 그마저도 정신도 몸도 무기력해져 겨우 숨만 쉬고 있는 꼴이었다.

수영은 어깨에 걸친 석의 재킷을 벗으려다 단추가 모두 뜯어진 셔츠를 보고 다시 여몄다.

"옷은…… 나중에 돌려 드릴게요."

대답도 듣지 않고 차에서 내렸다. 골목을 올라가는데 조용한 발자국 소리가 따라왔다. 대문 앞에서 잠깐 멈춰 선 수영은 돌아보지 않고 그대로 안으로 들어갔다.

불 꺼진 옥탑 방은 조용했다. 몇 번 김 여사는 그녀가 돌아오기 전 불을 모두 끄고 잠든 적이 있었다. 그때는 꽤 서운했는데 지금은 다행이라는 생각이 들었다.

이런 몰골을 본다면 무슨 말을 할지 생각만 해도 머리가 지근거렸다.

'여자는 행동을 똑바로 해야 해. 남들이 쉽게 보게끔 행동하지 말란 소리야.'

처음엔 학교나 아르바이트하면서 일어났던 일들을 이야기하곤 했었다. 그때마다 김 여사는 여자니까, 여자라서란 말을 빼놓지 않았다.

1년 선배한테 고백을 받았다고, 자주 오는 손님이 핸드폰 번호를 물어봤다고 했을 때도 얼마나 쉽게 보였으면 하는 말로 기막히게 했다.

현관문을 열고 안으로 들어가자 시커먼 어둠이 달려들었다. 어둠이 익숙해지기를 잠시 기다렸다가 방으로 들어갔다.

"흑, 흐윽."

수영은 방문을 닫자마자 바닥으로 무너졌다. 석 앞에서 울지 않으려고 버텼는데 혼자 있게 되자 한꺼번에 토해져 나왔다. 왜 이렇게 사는 게 버겁고 힘든지, 잘못한 것도 없는데 왜 자신한테만 삶이 모질기만 한지 모든 게 서럽고 서러웠다.

어깨가 바들바들 떨리고 굵은 눈물이 뚝뚝 떨어졌다. 혹시나 소리가 새어나갈까 주먹으로 입을 틀어막고 하염없이 울었다.

얼마나 울었을까. 진이 빠져서 꼼짝도 할 수 없어 한동안 멍하니 어두운 허공을 바라보고 있었다. 불현듯 씻고 싶다는 생각이 들었다. 온몸의 기운이 모두 소진돼서 꼼짝도 하기 싫지만 몸을 만지던 더러운 손길을 생각하면 박박 문질러서 씻어내고 싶었다.

벌떡 일어나 불을 켰다.

"……."

갈아입을 옷을 챙기다 무심코 시선을 돌렸는데 책상 위에 놓인 메모지가 눈에 띄었다.

—엄마 시골 가. 들어오면 전화해.

하아, 수영은 메모지를 손에 들고 와락 구겼다. 학교 갈 때도 아무 말 없었고 영화 보기 전 문자를 했을 때도 시골 간다는 말은 없었다. 갑자기 가게 되었더라도 전화 한 번 해주는 게 그렇게 어려운 건가.

분명 김 여사는 그녀가 11시 30분까지 들어왔는지 확인하기 위해 이렇게 메모만 달랑 남겨놓은 걸 거다.

"정말 싫다."

화가 나야 하는데 너무 어이가 없어서 헛웃음이 나왔다. 지긋지긋했다. 공부 아르바이트, 몸은 힘들지만 할 수 있다. 견딜 수 있었다. 하지만 정해진 시간에서 조금만 늦으면 쏟아져 나오는 독설, 차가운 눈빛. 그건 정말 참기 힘들었다.

그렇다고 김 여사는 늦은 시간 홀로 골목을 올라오고 있는 딸을 걱정해서 마중 나와본 적도 없었다. 거실에 꼿꼿하게 앉아 있다 그녀가 들어오면 기다렸다는 듯이 잔소리가 날아온다. 대꾸를 하면 그깟 돈 몇 푼 번다고 유세를 떠나며 몰아세웠다.

"다 싫어."

숨통을 조이는 김 여사도 이 지긋지긋한 현실도 모두 다 너무 싫었다.

'괜찮아? 병원 갈까?'

'그냥 들어가도 괜찮겠어?'

갑자기 걱정하는 석의 목소리가 떠오르자 수영은 의자에 걸쳐놨던 재킷을 집어 들었다. 옷을 갈아입어야 한다는 생각도 못하고 집을 빠져나와 커다란 재킷 속으로 팔을 집어넣었다. 꼭꼭 여미고 계단을 내려갔다.

그가 가지 않았으면 좋겠다. 만나서 뭘 어떻게 하고 싶다는 생각은 없었다. 그냥 강석, 그 남자가 보고 싶다. 그의 곁에 있었으면 좋겠다. 그것만으로도 위로가 될 것 같았다.

"아, 핸드폰."

번호도 모르면서 전화를 해볼까 하다 그제야 편의점에서 가방을 가져오지 않았다는 게 떠올랐다.

골목을 달려 내려가던 수영은 걸음을 우뚝 멈췄다. 차가 그 자리에 그대로 있었다. 가슴이 두근두근 날뛰었다.

그녀가 차 문을 열고 올라탔는데도 석은 아무것도 묻지 않았다. 말없이 차를 출발했다. 도착한 곳은 지난번 갔던 오피스텔이 아닌 담이 높은 주택이었다.

"안에 욕실 있어. 씻고 쉬어."

석은 작은 방 문을 열어놓고 수영이 안으로 들어갈 때까지 기다렸다. 시선도 마주치지 않고 들어가는 뒷모습을 잠시 바라보다 문을 닫았다. 곧장 안방으로 들어와 느슨하게 풀어진 넥타이를 거칠게 잡아 뽑고 홱 던졌다. 와이셔츠의 단추를 풀어내고 단숨에 벗어젖혔다. 바지와 속옷을 한꺼번에 벗고 욕실로 향했다. 샤워 부스 안으로 들어가 차가운 물을 틀었다.

"젠장."

꾹꾹 누르고 있던 분노가 한꺼번에 터져 나와 절제가 되지 않았다. 눈으로 살기가 몰려들었다. 한 번도 감정에 끌려 다닌 적은 없었다.

생각은 짧고 깊게, 행동은 빠르게.

지금껏 그가 살아온 방식은 군더더기 없이 깔끔했다고 자부한다.

딱 하나, 안 되는 것, 못한 건 진수영 하나뿐.

뭘 어떻게 하겠다는 계획이 있는 것도 아닌데 시선이 자꾸 수영에게 닿았다. 2년 전 그렇게 만난 후 더욱더 짜증날 정도로 신경이 쓰였다.

석은 매서운 눈매를 가늘게 좁혀 떴다. 차가운 물줄기가 머리로 얼굴로 어깨 위로 쏟아져 내려도 눈도 껌벅이지 않았다.

"안 되면 잡아야지."

놓을 수 없으면 움켜잡아야지. 미친 짓은 그만해야겠다.

석은 표정을 가다듬고 대충 씻은 뒤 거울 앞에 섰다. 짧게 자른 머리카락과 턱 끝으로 물방울이 똑똑 떨어졌다.

'쉬운 길 놔두고 왜 엄한 데로 돌아가? 그렇게 할 일이 없어?'

부친은 그를 융통성 없고 한심한 놈이라고 했었다. 하고 싶은 대로 하라고 하면서도 얼마나 버티나 지켜보겠다는 표정이었다.

대학을 다니는 동안 그는 공사현장에서 일했다. 방학 동안 번 돈으로 학비를 충당했고 평일엔 도서관 주말엔 현장에서 일한 돈을 모아 생활했다. 군대에서 휴가 나와서도 현장을 찾았다. 몸은 힘들었지만 나쁘지 않았고 돈도 적지 않게 모았다.

'그만하면 됐다. 이제부터 진짜 네가 하고 싶은 일을 해.'

그는 평소 사채업을 하는 부친이 못마땅했었다. 수없이 정리하라는 말을 했고, 대학 때부터 부친의 도움은 받지 않았다.

부친은 사람마다 하는 일이 다르고 사는 방법도 다르다고 했지만 꼭 그 일이 아니어도 된다면 굳이 할 필요 없지 않느냐고 맞섰다.

돈을 빌려가서 갚지 않는 사람들, 그 돈을 받기 위해 하는 행동들이 보기 좋지 않았다. 물론 부친이 점잖게 일한다는 건 알고 있다. 부친의 삶을 부정하는 건 아니지만 그마저도 싫었다.

결국 부친은 사채업을 정리했고 그가 지금 이 자리에 설 수 있게끔 도움도 주셨다.

석은 거울 속 자신의 모습을 눈으로 훑었다. 수없이 피부가 벗겨지고 상처가 났던 어깨는 굳은살이 박인 것처럼 감각이 없었다. 탄탄한 가슴엔 여기저기 찔리고 베인 흉터가 아직도 흐릿하게 남아 있었다.

시선이 거뭇한 수풀에 닿자 똬리를 틀고 있던 욕망이 기지개라도 켜는 듯 아랫배에 묵직한 힘이 쏠렸다. 그는 보란 듯이 불뚝 솟구치는 중심을 곤란한 시선으로 내려다보았다.

"얌전히 있어라."

아직은 때가 아니니까.

거실은 조용했다. 커다란 유리잔에 얼음과 독한 술을 따라서 방으로 돌아올 때까지 인기척도 나지 않았다. 무감한 표정, 일정한 보폭의 움직임, 평소와 다르지 않은데 팽팽하게 당겨진 신경은 온통 수영이 머물고 있는 작은 방으로 향했다.

괜찮을까. 울고 있지는 않을까.

걱정은 되지만 창가에 서서 창문을 열고 담배를 꺼내 물었다. 재떨이로 챙겨온 종이컵을 창틀에 올려놓고 불을 붙였다. 평소 집 안에서는 담배를 피우지 않는데 지금은 술보다 담배 생각이 더 간절했다.

담배 하나를 다 피우고 다시 꺼내 물었을 때쯤 노크 소리가 들렸다.

"들어와."

대답과 함께 라이터를 켜고 담배에 불을 붙였다.

"후우."

길게 내뿜는 연기가 허공으로 흩어지기 전에 문이 열리고 샤워 가운을 입은 수영이 들어왔다. 문 앞에서 잠시 머뭇거리더니 몇 걸음 다가왔다.

"술이 필요해?"

"아니요."

"그럼?"

"잠이 안 와서요."

"재워달라고?"

"네? 아니요!"

펄떡 뛰는 모습이 귀여워 설핏 입술 끝에 미소가 걸렸다. 이내 시선이 살짝 부어 있는 뺨과 턱에 닿자 미소가 순식간에 사라졌다.

많이 놀랐을 텐데 표정은 꽤 담담해 보였다.

"3시가 넘었어."

"알아요."

"술이 필요한 것도 아니고 재워달라는 것도 아닌데 왜 왔을까."

"그냥…… 잠은 올 거 같지 않고 혼자 있기는 싫고."

"원하는 걸 말해야 들어주든 말든 하지."

한 손엔 술잔을 다른 손에는 담배를 들고 있는 그를 말끄러미 쳐다보던 수영의 시선이 담배를 들고 있는 손에 머물렀다.

"담배를 달라는 뜻은 아닐 거고."

"왜 아닐 거라고 생각해요?"

"현준이 담배 피우는 걸 보고 잔소리를 엄청 했었잖아."

"잔소리 아니었는데. 끊었다고 해서 제가 칭찬까지 해줬거든요. 다른 사람이라면 피우든 말든 상관 안 했을 텐데 좋아하는 오빠니까……."

"아, 좋아하는 오빠. 그러니까 난 담배를 피우든 말든 상관없는데 현준이니까 잔소리를 했다?"

수영이 그를 빤히 쳐다보면서 눈을 깜박였다. 석은 반쯤 타들어간 담배를 길게 빨아들였다 내뿜었다.

"아무한테나 담배를 끊어라 마라 할 수는 없잖아요. 제가 상관할 입장도 아니고 그런다고 끊을 것도 아닐 텐데. 저 그렇게 오지랖 넓지 않아요."

따박따박 대꾸를 하는 것 보니 크게 걱정하지 않아도 될 것 같기는 한데, 현준만큼 관심의 대상이 아니라는 걸 확인하고 나니 속이 살짝 뒤틀렸다.

그렇다고 아이처럼 관심의 대상이 되고 싶어 안달하는 모습을 보일 수도 없고.

쓸데없는 대화는 그만해야겠다는 생각이 들었다. 석은 담배를 비벼 끄고 주머니에 손을 집어넣었다.

"그래서 새벽 3시에 남자 혼자 있는 방에 겁도 없이 그런 차림으로 들어와 놓고 날 보고 어쩌라는 거야."

"그럼 거실로 나가실래요?"

그냥 나간다고 할 줄 알았는데 눈빛까지 반짝이며 묻는 말에 헛웃음이 나왔다. 관심이 없는 것도 모자라 아예 남자로 생각하지도 않는 건가 생각이 들어 뒤틀린 심정이 더 꼬여갔다.

"내가 왜 그래야 하지?"

"금방 주무실 거 같지 않은데 혼자보다는 둘이 낫지 않아요?"

"전혀. 늘 혼자였거든."

시끄러운 소리가 난무하는 현장에 있다 보니 혼자 있을 땐 음악도 잘 듣지 않는다. 텔레비전 보는 것도 좋아하지 않아서 뉴스는 기사를 통해 읽는다.

대화는 짧고 간결하게 보고는 요점만 간단히.

그런 그를 보고 구 비서는 입에 곰팡이가 슬어서 조만간 포클레인으로 퍼내야 할지도 모른다고 했었다. 그런데 수영을 보면 입이 근질거린다. 목소리가 듣고 싶어진다.

"내가 방해했나 봐요. 죄송해요. 내 생각만 했어요."

"그렇다고 사과까지 할 건 없고."

술잔을 들고 빙글빙글 돌리는 모습을 지켜보던 수영이 인사를 꾸벅하고 방을 나갔다. 고작 몇 분 이야기만 했을 뿐인데 이상하게 방이 더 넓게 느껴졌다. 뭔가 빠진 듯한 허탈감마저 들었다.

석은 닫힌 문을 쳐다보면서 술을 들이켰다. 문득 심했나 하는 생각이 들었다. 아무렇지 않은 것처럼 보여도 괜찮을 리 없을 텐데.

"음."

어차피 잠들지 못할 게 뻔했다. 독한 술 따위가 도움이 될 리 없을 테지.

더 고민할 것도 없이 방을 나왔다. 수영은 거실에 없었다. 방으로 들어간 건가. 실망한 것도 잠시 달그락 소리가 나더니 주방에서 수영이 나오다 그를 보고는 멋쩍게 웃었다.

"아, 음, 허락받고 마셔야 하는데……. 다시 들어가서 물어보는 것도 그렇고."

"앉아."

그가 소파에 앉자 수영도 맞은편 자리에 앉았다. 작은 잔에 반도 채우지 않은 술을 한 모금 마시고는 어색한지 샤워 가운의 허리끈을 만지작거렸다.

"괜찮아?"

"그게 이상하게…… 생각보다는 괜찮아요. 솔직히 지금 내가 괜찮은지 아닌지 아무 생각이 없어요. 그냥 뭐랄까."

"……."

"혼자가 아니라서 다행이라는 생각뿐이에요. 매번 고맙고 감사해요."

"뭐가?"

"곤란할 때마다 도와주시잖아요. 그런데 오늘 편의점은 어떻게 오신 거예요?"

"지나가는 길이었어."

석은 고개를 끄덕이는 수영을 물끄러미 쳐다보았다. 잠시 말이 없기에 더 물어보지 않을 줄 알았는데 잔을 들다 말고 고개를 갸

웃했다.

"문을 잠갔다고 했던 거 같은데 어떻게 창고까지……."

그 상황을 생각하는 것조차 끔찍한지 인상을 살짝 찌푸리며 팔을 쓰윽쓰윽 문질렀다.

"담배 사러 갔는데 도와달라는 소리를 들었거든. 그다음은 아는 이야기고."

"네. 다시 감사드려요."

"인사는 됐고. 제안 하나 할 게 있는데. 직원을 구하는 중이야."

"직원이요?"

수영의 눈빛이 반짝반짝 빛났다. 마치 목마르던 차에 시원한 물을 발견한 것처럼 얼굴에 화색까지 돌았다.

"안 그래도 일할 곳 구하던 중인데, 무슨 일을 하는데요?"

"지금 하고 있는 일은 모두 그만둬야 할 거야. 아르바이트생이 아니라 정식 직원이 필요하니까."

"정식 직원이면 출퇴근 시간이 일정해야 하지 않아요?"

"싫으면 안 해도 돼."

"싫은 건 아닌데……."

입을 꾹 다물고 술잔을 노려보는 표정이 꽤 진진하게 고민을 하는 듯했다. 석은 느긋하게 기다렸다. 어차피 수영은 그의 제안을 받아들일 것이다.

"수입은 지금보다 많을 거야."

"제가 얼마를 버는지 모르잖아요."

"고액 과외는 아닐 테고 편의점에서 3일, 주말에 하는 알바 시간을 따지면 대충 계산 나오지 않나."

수영은 언젠가 사진에서 봤던 것처럼 볼을 빵빵하게 부풀리고 생각에 잠긴 표정이었다.

귀엽네. 손가락으로 볼을 콕 찔러보고 싶어 손가락이 근질거렸다. 석은 주먹을 꽉 쥐었다.

"목요일은 6시, 금요일은 오전 수업만 있고 다른 날은 4시 전에 끝나요."

"주말에도 출근해야 해."

"쉬는 날 없어요? 요즘 주 5일 근무하는 곳 많던데."

"남의 돈을 날로 먹으려고 하네."

"아, 아니에요. 주말 아르바이트도 그만둘 수는 있어요. 그래도 직원을 구할 때까지는…… 일단 내일 아니, 오늘 당장 말은 할게요. 그런데 무슨 일을 하는데요?"

"결정하면 말하지."

이미 마음의 결정은 한 듯하지만 확실한 답변을 원했다. 예상했던 대로 그가 바라던 대답이 금방 나왔다.

"할게요."

"채용공고를 내려야 하니까 확실해야 돼."

"제 조건은 딱 하나예요. 늦어도 11시 30분 전에 집에 도착하는 것. 그 조건만 가능하면 무슨 일이든 할 수 있어요."

"퇴근 시간은 9시 30분, 대신 주말은 시간을 조정해 줄 수 있어."

"그럼 저는 완전 좋죠. 아르바이트 구하는 거 때문에 머리 아팠는데 잘됐다."

두 손을 꼭 잡고 얼굴 가득 미소를 짓는 걸 보니 다행히 편의점에서의 일은 깊게 생각하고 있지 않은 듯했다.

남자가 편의점으로 들어가기에 수영이 금방 나올 줄 알았다. 주변을 살피며 입구 문을 잠그는 걸 봤을 때 바로 확인했어야 했는데 그런 짓을 할 줄은 상상도 못했다. 그가 조금만 더 늦었더라면, 생각만 해도 끔찍했다.

'저 좀 데리고 나가주세요.'

목소리는 들리지 않았지만 그는 정확히 수영이 하는 말을 알아들었다.

석은 서늘해진 눈빛을 감추려 시선을 내리고 술잔을 집어 들었다.

"이제 제가 무슨 일을 해야 하는지 말씀해 주세요."

"일단 출근 장소는 서재."

"서재요?"

"서재는 저쪽이야."

그가 가리킨 곳을 바라보던 수영이 눈을 껌벅이며 다시 그를 바라보았다.

"서재에서 뭘 하는 데요?"

"컴퓨터 할 줄 알아?"

"그럼요. 자격증은 없지만 웬만한 건 다 할 수 있어요. 모르면 배울게요."

"계산은? 건설 쪽 일이라 숫자가 많아."

"저 수학과 다녀요."

석은 으쓱해하는 수영의 표정이 귀여워 픽, 웃었다. 당연히 전공과목이 뭔지 알고 있다. 그 외에도 많은 걸 알고 있다면 넌 어떤 표정을 지을까.

"그 정도면 충분해."

"업무를 집에서 보는 거예요?"

"퇴근 후에도 할 일이 많아. 낮엔 현장도 다녀야 하고."

"그렇구나."

"주로 내 개인적인 일을 보조하게 될 거야. 일종의 개인비서라고 하면 돼."

"열심히 하겠습니다."

"자, 그럼 계약서를 쓸까?"

서재로 들어와 계약서를 써서 프린터로 뽑아 내밀자 조금 들떠 있는 것처럼 보였다. 석은 꼼꼼히 읽어보고 궁금한 건 질문을 하라고 했다.

"다른 건 다 이해하겠는데 마지막 조항, 퇴사는 갑의 허락하에 가능하다. 이게 무슨 뜻이에요?"

"말 그대로 그만둘 땐 내 허락이 있어야 가능하다는 거야."

"허락 안 하면 그만둘 수 없다는 건가요?"

"맞아. 다른 건 몰라도 그 조항은 뺄 수 없어."

"왜요?"

"내가 사장이니까."

조금 어이없어 하는 표정이더니 다시 계약서로 시선을 돌렸다.

성격이 차분하고 꼼꼼한 건 알고 있었지만 글자 하나하나를 살피는 표정이 제법 진지해 보였다.

계약서를 잡고 있는 가늘고 긴 손가락, 풍성한 속눈썹, 꾹 다문 입술. 귀 뒤로 넘긴 까맣고 윤기 나는 머리카락은 어깨 아래까지 내려와 있었다.

시선이 좁은 어깨를 지나 샤워 가운 속에 감춰진 봉긋한 가슴과 잘록한 허리를 지나 늘씬한 종아리에 닿자 저도 모르게 주먹을 꽉 움켜잡았다.

"이 마지막 조항 말이에요."

"말해."

"혹시 저 학교 졸업하고도 유효한 건가요?"

"학교 다닐 때까지는 수업 끝나고 일하는 걸로. 2월 말까지는 오후 1시 출근 9시 퇴근 일요일만 휴무. 그때까지 특별히 문제없으면 3월부터 회사로 출근. 당연히 다른 직원들과 똑같은 조건이야."

"그 문제라는 게……."

"실력, 그 외 기타 등등."

"아."

"생각할 시간이 필요하다면 하루 정도 시간을 주지. 그전에 직원이 구해지면 어쩔 수 없고."

"아니요. 지금 결정할게요. 페이도 좋고 미리 취직 자리 구하는 건데 나로서는 거절할 이유가 없죠. 좋아요. 할게요."

대답은 명쾌했다. 볼펜을 찾아서 사인을 한 수영이 계약서를 그에게 건넸다. 석은 진수영 이름이 적힌 계약서를 만족스럽게 쳐다보고 한 손을 내밀었다.

"군주건설에 들어온 걸 축하해."

셋

수영은 향이 진한 커피를 커다란 머그잔에 가득 따라서 서재로 향했다. 수업이 끝나고 곧장 이곳으로 온 지 벌써 일주일이 지났다. 계약서에 사인을 한 다음날부터 출근했다.

'어? 내 가방이 어떻게…….'

아침에 석이 데려다준다고 해서 차에 탔는데 그녀의 가방이 있었다. 석은 직원이 가져다 놓았다는 말만 하고 아무런 설명도 해 주지 않았다.

오전 수업이 끝나고 편의점에 전화를 했었다. 사장은 박종수가 그런 인간인 줄 몰랐다며 그날 바로 그동안 일한 돈을 통장으로 입금해 주었다.

주말 아르바이트하던 곳도 다른 사람 구할 때까지 다니겠다고 했지만 마침 사장 동생이 일을 할 수 있다며 괜찮다고 했다. 과외 또한 안 그래도 학원을 알아보는 중이었고 그녀한테 말을 하려고 했었단다.

운이 좋은 건지 명지가 말한 기회가 온 건지, 요즘은 마음이 편안하고 일하는 것도 즐겁다.

"음, 향 좋다."

커피 향을 음미하며 컴퓨터를 켰다. 출근해서 커피를 내려놓고 서재 청소를 한다. 일을 하다 저녁을 먹고 잠깐 휴식, 다시 일을 하다 보면 시간이 금방 지나간다.

수영은 책상 위에 수북하게 쌓인 서류를 보며 오늘은 어제보다 몇 장이라도 더 해야겠다고 생각했다.

"아자. 아자. 힘내자."

똑같은 서류를 하나씩 더 만드는 일이라 어려운 건 없었다. 석은 오타 안 돼, 숫자 하나도 잘못 기재하면 안 돼. 혹시 잘못 기재된 것이 있으면 따로 복사를 해놓고 표시를 해달라고 했다. 비록 단순한 업무지만 지루하지 않았고, 어쩌다 잘못 기재된 걸 찾을 때면 희열 아닌 희열을 느끼기도 했다. 왠지 뿌듯했다.

일하는 아주머니가 있어서 다른 곳은 신경 쓸 것 없이 서재만 청소하면 된다. 만난 적은 없지만 집 안이 먼지 한 톨 없이 깔끔하고 반찬이 식사 때마다 달라지는 걸 보면 매일 오전에 다녀가는 것 같았다.

"오늘도 얼굴을 못 보려나."

그동안 하루도 빠짐없이 출근을 했는데 석은 만나지 못했다. 그녀가 따로 만든 서류를 그의 책상에 올려놓고 간 게 책꽂이에 꽂혀 있는 걸 보면 들어오기는 하는 것 같은데 도대체 몇 시에 퇴근을 하는 건지.

"밥은 먹고 다니는 건가."

별 걱정을 다하네. 수영은 피식 웃으며 커피를 한 모금 마셨다. 키는 족히 190은 될 듯하고 체격도 큰데 그 덩치를 유지하려면 당연히 잘 먹고 다니겠지.

누구의 간섭도 받지 않고 혼자 일하는 건 좋은데, 이러다 입에 곰팡이 슬겠다 싶었다. 그러다 보니 그사이 혼잣말하는 게 늘었다.

"군주건설 대표 강석."

어렴풋이 현준을 통해 석의 이야기를 듣기는 했지만 그땐 워낙 정신이 없던 터라 귀담아 듣지 못했었다.

부친은 병원에 도착했을 때 이미 돌아가신 상태였다. 상처도 깊고 출혈이 심해서 옮기는 도중 심정지가 왔다고 들었다.

그녀와 넋이 나간 김 여사 대신 현준과 석이 장례 치르는 걸 도왔고 마지막 발인까지 함께했었다.

"그러고 보니 고맙다는 인사를 했던가."

기억에 없는 걸 보니 안 했나 보다. 장례식이 끝난 후 집을 비워야 했고 그 와중에 김 여사는 무슨 일이 있어도 대학은 가야 한다며 2달도 남지 않은 수능에 집중하라고 압박했다.

무슨 정신으로 공부를 하고 시험을 봤는지 정신이 하나도 없었다.

수능 끝나고 아르바이트를 시작했고, 첫 등록금은 김 여사가 내줬다. 이후로는 그녀가 벌어야 했었다.

"후우, 그만 생각하자."

수영은 커피를 한 모금 마시고 서류를 펼쳤다.

"오늘은 오피스텔이네."

그녀가 다니는 학교 근처에 있는 오피스텔이라 왠지 친근한 느낌이었다. 서울뿐 아니라 지방에도 있다고 들었다.

'군주라니, 저 오피스텔 주인이 군주라는 거야. 저곳에서 사는 사람이 군주라는 거야.'

언젠가 명지가 지나가면서 했던 말이 떠올랐다. 그때는 그저 웃고 말았는데 지금은 말할 수 있을 것 같다.

"사장이 군주겠지."

그와 같은 공간에 있다는 것만으로도 존재감이 어마어마해서 결코 편한 느낌은 아니다. 눈빛 말투, 작은 움직임까지 옛날에 태어났으면 정말 왕이 되었을지도 모르겠다는 생각이 들 정도다. 왕의 복장을 한 석의 모습을 떠올리자 웃음이 쿡쿡 나왔다.

"그럼 이제 진짜 일을 시작해 볼까?"

손가락 운동을 하고 제법 두툼한 서류를 훑어보고 있는데 핸드폰이 울렸다.

"오올. 웬일로 전화를……."

그동안 간단한 메모는 놓고 갔어도 전화를 한 적이 없던 터라 반가운 마음에 급히 통화 버튼을 눌렀다. 인사를 하기도 전에 목소리가 들렸다.

[내 책상 두 번째 서랍에 서류 봉투 있을 거야.]

"봉투요?"

[그거 회사로 가져와.]

"잠시만요."

그가 말한 서랍엔 누런 봉투가 네 개나 있었다. 모두 가져가야 하느냐고 묻자 제일 위에 있는 것 하나만 가져오면 된단다.

[택시 타고 와. 지금 바로.]

전화는 할 말만 하고 뚝 끊겼다. 아우, 정말 매정하기는.

수영은 까맣게 변하는 액정을 노려보며 입술을 삐죽 내밀었다.

"네? 지금 말씀입니까?"

아직 30분이나 남았는데 벌써 퇴근을 하란다. 구 비서는 인터폰이 왔을 때 시간을 잘못 봤나 싶어 다시 확인했다.

정확히 퇴근 시간 28분 전이었다.

"아직 퇴근 시간 전인데요."

"그게 문제가 돼?"

"문제 될 건 없는데, 그럼 사장님도 지금……."

"난 더 있을 거야."

굳이 퇴근을 하라면 못할 것도 없지만 요즘 들어 왜 이러는지 모르겠다. 한동안 약속이 있다고 먼저 퇴근하라고 하더니 며칠 전부터는 집 인테리어를 한단다.

그럼 오피스텔에 가면 되지, 갈 곳이 없는 것도 아니고 늦게까지 일을 해야 할 정도로 바쁜 것도 아닌데 도대체 왜 퇴근을 안 하는 건지 알 수가 없었다.

"저도 있겠습니다."

"구 비서."

"네, 사장님."

"아주 집에서 푹 쉴래. 아니면 일찍 퇴근할래?"

당연히 일찍 퇴근해야지. 그걸 말이라고 하나.

질문이 기가 막히니 대답도 선뜻 나오지 않았다.

"요즘 직장 구하기 쉽지 않을 텐데."

이미 사인까지 해놓은 서류를 다시 살펴보고 있는 석의 목소리가 지금 당장 퇴근을 하지 않으면 유능한 비서인 자신을 퇴사시키겠다는 뜻으로 들렸다. 당연히 허튼소리를 하는 사람이 아니니 진심으로 들렸다.

"혹시 댁에 누가 있습니까?"

석의 인상이 팍 구겨졌다. 오, 넘겨짚었는데 맞나 보네.

"제가 해결할까요?"

"뭘 해결한다는 거야?"

"인테리어 하신다는 거 거짓말인 거 압니다. 봄에 했는데 또……."

"또 하면 안 돼?"

"안 될 거야 없지만 굳이 할 이유도 없잖습니까?"

그 넓은 집에 달랑 혼자 사는데, 가끔 욱할 때도 있지만 그렇다고 집안을 때려 부수는 대책 없는 성격은 아니다. 그건 장담할 수 있었다.

"건전한 소비가 경제를 살리는 거야."

집 인테리어를 하면서 무슨 경제까지 운운하는지.

자꾸 이러니 궁금증만 더 늘었다. 언제나 일이 먼저인 사람이지만 말도 안 되는 이유를 대면서 집에 들어가지 않은 적은 없었다.

"혹시 큰 사장님 오셨습니까?"

대답이 없는 걸 보니 그건 아닌 것 같고.

질문을 하면서도 아닐 거라고 믿었다. 석의 부친 강두만은 모든 걸 정리하고 시골로 내려간 뒤 특별한 일이 있지 않은 한 올라오지 않았다. 사이가 나쁜 것도 아닌데 서로 데면데면하는 모습을 볼 때마다 답답하고 안타까웠다.

두만이 아니면 그럼 도대체 뭐냐고. 우렁각시라도 숨겨놨나.

그럴 리가. 우렁각시가 있으면 더 일찍 들어가야 하는 거 아닌가 말이다.

"결국 시간 채웠네. 이제 그만 퇴근해."

"그럼 오늘은 저와 저녁이라도……."

"약속 있어."

정말 있는 건지 아니면 또 핑계를 대는 건지 알 수는 없지만 더 버티고 있을 수도 없었다. 사정이 있겠지. 그러니까 그 사정이 뭐냐고.

궁금증이 급상승한 구 비서는 나직이 한숨을 내쉬었다.

"참, 박종수는 어떻게 됐어?"

"아직 입원 중입니다."

"퇴원하면 말해."

"어쩌시려고요? 그런 인간 말종은 상대하지 않는 게 좋습니다."

석은 아무 말도 하지 않았다. 워낙 말이 없는 사람이기는 하지만 다시 보고 싶지 않을 텐데 왜 관심을 갖는지 알 수가 없었다.

"퇴근 안 할 거야?"

"합니다. 그럼 내일 뵙겠습니다."

인사를 하고 돌아설 때까지 석은 서류를 보느라 고개도 들지 않았다.

"무슨 일 있는 건 아니겠지?"

한 달 정도 완공 날짜가 미뤄졌던 중국 건도 잘 해결되었고, 국내 현장도 퇴근을 안 하면서까지 신경 쓸 일은 없었다. 공사 일정에 차질이 있을 거라고 생각했던 곤지암은 현장에서 잔뼈가 굵은 베테랑 목 소장이 잘 이끌어가고 있었다.

"아무리 생각해도 일 때문은 아닌 거 같단 말이지."

구 비서는 1층 승강기에서 내려 로비를 걷다 말고 우뚝 멈춰 섰다. 딱 하나 걸리는 게 있었다. 석이 퇴근을 늦게 하기 시작한 게 편의점에서 그 일이 있고 난 후였다.

그날 통화를 하다가 석이 편의점 문을 부수는 걸 보고 어찌나 놀랐는지 핸드폰을 떨어뜨리기까지 했었다.

그동안 석을 곁에서 지켜봤지만 그 정도로 화를 내는 걸 본 적이 없었다. 눈빛, 표정 온몸으로 분노를 표출하고 있는 모습이 마치 지옥에서 온 사자 같았다.

창고 문을 부수고 들어갈 땐 말리고 싶었다. 그냥 들어가게 놔뒀다가는 무슨 일이 생길지도 모른다는 생각이 들었기 때문이다.

'아무도 못 들어오게 해.'

목소리나 표정이 도저히 말을 붙일 상황이 아니었다. 한마디라도 했다가는 곧장 주먹이 날아올 것만 같았다. 곧 세콤 직원이 왔고 상황 설명을 하면서도 온몸의 신경은 창고로 향해 있었다.

"후우."

구 비서는 건물 밖으로 나와 긴 한숨을 토해냈다. 이내 멍하니 하늘을 올려다보다 고개를 가로저었다. 지하주차장으로 갔어야 했는데 1층에서 내린 걸 밖에 나와서야 깨달았다.

"응?"

문득 돌아서다 익숙한 여자의 모습에 눈이 휘둥그레졌다. 택시에서 막 내린 여자는 분명 그도 알고 있는 여자였다. 벌써 몇 년째 석이 지켜보는 여자인데 모를 수가 없었다.

"그러니까 지금 이 상황이……."

머릿속이 빠르게 정리되기 시작했다. 그 사건이 있던 다음날도 석은 평소와 다르지 않았다.

'차에 가져다 놔.'

정리가 끝난 뒤 수영의 가방을 어떻게 해야 할지 몰라 전화를 했는데 딱 한마디만하고 끊었다. 석의 집에 도착했을 때 불이 켜진 걸 보고도 들어가지 않았다.

그래서 조금 의아했었다. 당연히 기분이 좋지 않을 거라고 생각했는데 평소와 달라 보이지 않아서.

"음."

건물에 다른 회사도 있지만 하필 이곳이라는 건, 석을 찾아온 게 확실할 거라는 생각이 들었다. 드디어 지켜보기만 하던 걸 끝낸 건가. 그동안 둘 사이에 무슨 일이 있었나. 혹시 석이 퇴근을 늦게 하는 것과 상관이 있는 건가.

"그렇다면 이대로 퇴근할 수는 없지."

구 비서는 눈빛을 반짝이며 다시 건물 안으로 들어가 승강기 앞에 있는 여자 뒤로 가서 섰다. 퇴근 시간이라 사람들이 우르르 내린 승강기에 두 사람만 탔다. 짐작했던 대로 20층에 불이 들어와 있었다. 잠깐 고민하다 21층 버튼을 누르고 수영과 나란히 섰다.

"……."

수영은 거울처럼 비추는 승강기 벽을 통해 제게로 시선이 고정되어 있는 남자를 힐끔 쳐다보다 고개를 돌렸다. 바닥만 쳐다보고 있을 수도 없어서 다시 고개를 돌리면 남자와 시선이 마주쳤다. 10층에서 승강기가 멈췄다가 타는 사람 없이 문이 닫혔을 때도 남자는 그녀를 쳐다보고 있었다. 어디서 본 것 같기는 한데 기억은 나지 않았다.

평범을 살짝 웃도는 인상에 허우대는 멀쩡해 보이는데 예의는 물 말아 먹었나. 왜 그렇게 사람을 쳐다보느냐고 묻고 싶은 걸 꾹 참았다.

다행히 승강기는 빠르게 20층에 도착했다. 문이 열리자마자 황급히 내려 뒤도 안 돌아보고 복도를 걸었다. 몇 발자국 걷지 않아 왕관 모양과 함께 군주건설이라는 글씨가 보였다.

"진짜 사무실을 와보네."

이곳에서 일을 하게 될지도 모른다는 생각을 하니 왠지 친근한 느낌마저 들었다. 당연히 특별한 문제가 없으면 이라는 단서가 붙었지만 자신 있었다.

수영은 표정을 가다듬고 유리문을 열고 들어갔다. 곧장 사장실을 향해 걸었다. 노크를 하고 문을 열자 책상 두 개와 손님용 의자가 있는 비서실은 텅 비어 있었다.

"비서실이 이렇게 생겼구나."

주변을 살피다 꽤 급한 거 같았던 석의 목소리가 떠올라 얼른 정신을 차리고 안쪽 문을 향해 다가갔다.

똑똑, 노크를 하자 들어오라는 소리가 들렸다. 넓은 사무실은 정갈하고 깔끔했다. 블라인드가 걷힌 창을 통해 들어온 저녁 햇살이 은은하게 사무실을 비췄다. 석은 꽤 바쁜지 고개도 들지 않고 뭔가를 열심히 보고 있었다.

"……."

수영은 문 앞에 서서 석의 모습을 찬찬히 살폈다. 넥타이는 하지 않았고 와이셔츠 단추는 두어 개 풀어져 있었다. 몇 번 걷어 올린 소매 아래로 보이는 구릿빛 튼튼한 피부와 만년필을 잡고 있는 손.

멋있다.

톡톡, 멍하니 생각에 잠겨 있는데 책상을 두드리는 소리가 들렸다.

"언제까지 거기 서 있을 거야?"

"아, 죄송합니다. 서류 가져왔어요."

정신을 차린 수영은 얼른 석에게 다가가 서류 봉투를 내려놓았다.

"시간이 꽤 걸렸네?"

"곧장 온 건데요."

"택시 타고?"

"네."

엄청 급한 것 같더니 석은 봉투를 확인도 하지 않고 보고 있던 서류에 사인을 하고서야 고개를 들었다.

"저녁은?"

"아직……."

"그럼 나가자."

그가 벌떡 일어나 소매를 내리고 와이셔츠 단추를 채웠다. 수영은 석과 서류를 번갈아 쳐다보며 눈을 껌벅였다.

"왜?"

"서류 급한 거 아니었어요?"

"급한 거 맞아. 기다리다 안 와서 컴퓨터에 있는 파일 뽑아서 수정해서 팩스로 보냈어."

서둘러 출발했고 길이 막힌 것도 아닌데 생각보다 더 급한 거였구나. 어쨌든 잘 해결되었다니 다행이기는 한데 그런 방법이 있으면 굳이 서류를 가져오라고 하지 않아도 되지 않았을까 하는 생각도 들었다.

"할 말 있어?"

"아, 아니요. 없어요."

"방법이 있는데 서류를 가져오라고 한 게 불만은 아니고?"

헐, 설마 마음속 생각을 읽는 능력이 있는 건가. 아니면 저도 모르게 중얼거리기라도 했나.

"대답을 안 하는 걸 보니 그런가 보네."

"아, 아닌데요."

"표정은 아닌 게 아닌 거 같은데."

재킷까지 챙겨 입은 석의 눈매가 가늘어졌다. 수영은 황급히 마주친 시선을 피하고 주변을 살피는 척했다.

"사무실이 너무 삭막한 거 아니에요? 화분 하나도 없고."

"식물이든 뭐든 관리하는 거 귀찮아."

"설마 사장님이 직접 하겠어요. 비서님이……."

"구 비서는 나보다 그런 걸 더 귀찮아하는 성격이거든."

저렇게까지 말하는데 더는 할 말이 없었다. 한쪽 벽 반을 차지하고 있는 유리 장식장엔 각종 건물의 모형들이 칸칸이 쌓여 있고, 책상 의자 책꽂이 소파, 창가에 있는 넓은 테이블. 있을 건 다 있는데도 적막한 느낌이 들었다.

집도 다르지 않았다. 딱 있을 것만 있는 느낌, 나무 몇 그루만 있는 넓은 정원은 잔디가 깔려 있는데도 사막에 듬성듬성 있는 야자수를 연상시켰다.

그러고 보면 주인을 닮은 것 같기는 하네.

"더 감상해야 해?"

"저기 있는 거 모두 사장님이 지으신 거예요?"

"두 번째 줄에 있는 건 아직 완공 전."

그녀가 장식장을 가리키자 석은 돌아보지도 않고 말했다.

"꽤 많이 지으셨네요."

"더 많아. 내가 지었다고 다 내 것도 아니고."

"그렇겠죠. 설마 저게 다 사장님 거면 엄청 부자일 거잖아요."

"엄청 부자가 어느 정도인데?"

"글쎄요."

돈이 어느 정도 있어야 부자인 걸까. 부친이 살아 계시기 전까지 돈이든 뭐든 부족하다는 생각은 하지 않았었다. 좋은 집에 살았고 좋은 옷, 좋은 물건들로 늘 풍족했다. 지금은 그렇게 살았던 적이 있었나 싶을 정도로 까마득하지만.

"나한테 부자는 남한테 아쉬운 소리 하지 않는 그 정도예요."

"그럼 난 부자라고 할 수 없겠네."

"사장님이 왜요?"

눈을 동그랗게 뜨고 쳐다보자 석이 피식 웃으며 핸드폰과 차 키를 챙겨 들었다.

"은행 가서 아쉬운 소리 하거든."

아빠의 장례식을 치른 뒤 물건들마다 빨간 딱지가 붙었고 당장 집을 비워야 했었다. 그때 처음 알았다. 남의 돈으로 아쉬운 거 없이 풍족하게 살았다는 걸. 그로인해 부친이 극단적인 선택을 했다는 걸.

"왜, 실망했어?"

"제가 실망할 게 뭐가 있겠어요. 사장님 가족도 아닌데. 아, 그렇다고 내 알 바 아니라는 그런 뜻은 아니고 그냥……."

"그냥 뭐?"

"조금 걱정이 되는 정도?"

"날 걱정한다고?"

뭘 그렇게 꼬치꼬치 묻는지.

은근히 성격도 급하고 집요한 구석이 있나 보다.

"당연히 걱정이 되죠. 사장님이 망하면 저도 직장을 잃잖아요."

"내가 망해?"

"아니요. 그렇다는 게 아니라……. 아시잖아요. 안 좋은 상황을 겪고 나니까 전혀 모르는 사람이 남의 돈을 쓴다는 소리만 들어도 심장이 철렁해요. 물론 사장님은 알아서 잘하실 거라고 믿어요."

"진수영이 날 믿는다?"

"어휴, 진짜. 사장님 은근히 말꼬리 잡고 늘어지는 나쁜 습관이 있나 봐요."

수영은 석이 조금 얄밉기도 하고 답답해서 입을 뿌루퉁 내밀었다. 한편으로는 석의 표정이 너무 진지해 보여 너무 버릇없게 굴었나 하는 생각도 들었다.

"식사하러 간다면서요. 집으로 가실 거죠?"

"아니, 밖에서 먹을 거야."

"집에도 반찬 많은데. 아, 그래서 말인데 저 때문에 일부러 식사 준비할 필요 없어요. 전 제가 알아서 해결할게요."

"다른 직원들도 점심 식대 나가."

"그럼 저도 돈으로……."

"그건 안 돼."

돈으로 받는 게 훨씬 낫겠다 싶어 반색을 하며 말했지만 그는 단칼에 잘랐다. 수영은 사무실을 나가는 석의 뒤를 쪼르르 달려가 왜 안 되는지 물었다.

"계약서에 식사 제공이라고 써 있으니까. 확인하지 않았나?"

"봤죠. 7번 조항에 있잖아요."

그래도 혼자 먹는 게 괜히 미안한 생각이 들었고 출근하면서 간단히 먹을 걸 준비해 오면 되겠다 싶었다. 다른 직원들은 식대가 나간다니 한 푼이라도 아낄 수 있겠다 싶었는데 굳이 안 되는 이유가 뭐란 말인가.

"그 계약 조항 말이에요."

"뭐 먹고 싶은 거 있어?"

"아니요. 근데 그 계약……."

"계약은 지키라고 있는 거야. 계약 조항에 대해서 불만이 있으면 재계약할 때 다시 조정해."

말투가 어찌나 가차 없는지 더 말을 할 수가 없었다. 수영은 슬쩍 고개를 돌리며 융통성이라고는 눈곱만치도 없는 사람이라며 입술을 삐죽였다.

석은 도로변에 차를 세우고 몇 걸음 떨어진 거리에 있는 포장마차를 서늘한 시선으로 응시했다. 주황색 천 중간쯤 불투명한 비닐 사이로 술잔을 부딪치는 흐릿한 인영들이 보였다.

"앞으로 쭉 탄탄대로를 걷게 될 친구를 위하여!"

"위하여!"

주택가에서 조금 떨어진 곳이라 지나가는 사람도 거의 없고 한적했다. 그래도 알음알음 소문이 났는지 손님은 제법 있는 것 같았다.

담배를 꺼내서 입에 물고 불을 붙인 뒤 뿌연 연기를 내뿜으며 포장마차를 향해 걸었다.

"지난번 거기 그만둔 게 너한테 천운이었어. 계속 다니고 있었으면 그런 좋은 자리 못 들어갔을 거잖아."

"맞아. 재수 없다고 생각했는데 오히려 행운이었지."

"그나저나 너 진짜 못 먹은 거 맞아? 기회 있으면 시도해 본다더니 왜 침만 삼키다 말았어?"

"뭐 그냥…… 별로 안 내키더라고."

시큰둥한 남자의 반응에 빙 둘러앉은 남자들이 한마디씩 하는 소리가 들렸다.

"웬일이래. 꽤 입맛 다시는 거 같더니."

"시도했다가 까인 거 아니야? 아니면 사장한테 들켰던가."

"진짜 사장 여자이기는 한 거야? 그때 보니까 헤픈 여자 같지는 않던데."

담배 맛이 이렇게 쓰기는 처음이었다. 석은 반쯤 피운 담배를 바닥에 비벼 끄고 시간을 확인했다. 8시가 넘은 시간, 10분 안에 해결하고 돌아가면 수영의 얼굴을 볼 수 있을지도 모른다.

「스터디 때문에 오늘은 늦게 출근합니다. 대신 늦게 퇴근할게요.」

처음 직원을 구한다는 이야기를 했을 때 수영이 요구한 건 퇴근 시간뿐이었다. 문자를 보고 제시간에 퇴근하라고 했더니 답장은 오지 않았다.

며칠 전 저녁을 함께 먹고 난 후부터 그는 수영이 퇴근하기 전에 집에 도착했다. 함께 있는 시간은 한 시간 남짓, 일을 한다는 핑계로 서재에 함께 있었지만 글씨가 눈에 들어올 리 없었다. 자판 두드리는 소리, 서류 넘기는 소리, 서류와 컴퓨터 화면을 응시하는 모습이 꽤 진지해 보였다.

문득 어제 나눈 대화가 떠올랐다.

'사장님은 도대체 언제 쉬세요? 매일 늦고 주말에도 일하고 그러다 건강 해치겠어요.'

'난 건강해.'

'건강은 건강할 때 지키라고 했어요. 쉬어가면서 일해야지 그러다 큰일 나요.'

'왜, 월급 주는 사장이라서 내가 걱정돼?'

수영은 어이없어 했고 불만스러운 표정으로 툴툴거렸다. 사람 말을 삐딱하게 듣는 성격이라는 둥, 도대체 그런 성격으로 어떻게 현준과 친구가 됐는지 모르겠다는 둥. 혼잣말이니까 신경 쓰지 말라면서 제 할 말을 다했다.

'요즘 내가 편한가 봐?'

그 말에 겨우 입을 다물더니 한마디를 더했다. 앞으로 특별한 문제가 없을 시 쭉 볼 텐데 좀 편해지면 안 되냐고.

석은 수영의 표정과 툴툴거리는 말투를 떠올리며 피식 웃었다.

이내 표장마차를 나오는 남자의 모습이 시선 안으로 들어오자 부드럽게 풀린 표정이 싸늘히 식었다. 남자는 휘청거리며 포장마차 뒤 간이 화장실로 향했다.

곧장 남자 뒤로 따라가 화장실 문을 열기 전에 뒷목을 낚아챘다.

"뭐, 뭐야?"

술을 꽤 마셨는지 알코올 냄새가 진동했다. 석은 중심을 잡지 못하고 허우적거리는 남자의 턱을 후려쳤다. 저만치 나가떨어진 남자를 보며 넥타이를 느슨하게 풀고 천천히 다가갔다.

"당, 당신 뭐……."

버벅거리던 남자가 그를 기억해 냈는지 눈을 커다랗게 떴다.

"기억력이 나쁘지는 않는가 보네."

"왜, 왜 이러는 겁니까?"

"머리는 나쁜 거 같고."

겁먹은 남자의 표정이 팍 일그러졌다. 박종수, 30살. 공부는 잘했는지 서울 상위권 대학을 나왔고, 처음 직장은 남들의 부러움을 사기엔 충분한 곳이었다. 적응력이 나쁜 건지 아니면 공부 머리와 달리 실력이 없는 건지 1년을 넘기지 못하고 퇴사. 이후로도 입사와 퇴사를 반복하며 아르바이트를 전전하고 있는 남자. 여자관계는 지저분해서 입에 올리기도 싫었다.

"이번에 들어간 회사는 오래 다닐 것 같나?"

"내가 실수한 건 맞지만 남의 뒷조사까지 하는 건……."

"그런 개 같은 행동을 실수라고 하면 안 되지. 내가 왜 조용히 넘어갔는지 알아?"

구 비서를 통해 편의점 사장한테 수리비를 건네며 상황 설명을 했고 박종수는 경찰에 넘기지 않았다. 수영을 경찰서에 드나들게 하고 싶지 않았고, 박종수에 대한 처벌이 그의 성에 차지 않을 거라는 걸 아니까.

그렇게 간단하게 넘어갈 수는 없었다.

"우리나라 법은 너무 착해."

"이건 폭력입니다. 지난번에 맞은 곳도……."

박종수가 붕대가 감긴 한쪽 손을 들어 올리며 억울하다는 듯 항의했다. 석은 피식 웃었다.

"취직을 했다지? 네가 어떤 인간인 줄 알면 계속 다닐 수 있을까? 내가 뒤끝이 좀 긴 편이라 앞으로 널 쭉 지켜볼 생각인데."

"협박하는 겁니까?"

"협박도 하고 손도 좀 보고."

말이 끝나자마자 석은 엉거주춤 서 있는 박종수의 아랫배에 주먹을 꽂았다. 헉, 신음을 내뱉으며 꼬꾸라지는 얼굴을 가차 없이 발로 걷어찼다.

"감히 누구 몸에 그 더러운 손을……."

그 순간이 떠오르자 눈에서 불길이 일었다. 몸을 잔뜩 웅크리고 신음만 토해내는 몸 위로 구둣발이 쉼 없이 달려들었다. 붕대 감은 손을 지그시 밟아주는 것도 잊지 않았다.

"자, 잘못했어요. 다시는, 다시는 안 그럴게요."

"무슨 사과를 누워서 해? 버릇없게."

연거푸 이어지는 발길질에 일어나려던 박종수는 몇 번이나 꼬꾸라졌다. 그가 잠시 멈춘 사이 벌떡 일어나 무릎을 꿇었다.

"잘못했습니다. 다시는 안 그러겠습니다."

"또."

"진수영 씨한테 사과하겠습니다."

"네 얼굴을 다시 보게 할 생각 없는데."

"그럼 앞으로 절대 진수영 씨 앞에 나타나지 않겠습니다."

석은 눈을 가늘게 뜨고 박종수를 내려다보았다. 통증 때문인지 두려움 때문인지 몸을 바들바들 떨고 있었다.

"술 먹었다고 오늘 일 기억 못하면 이 정도로 끝나지 않는다."

"아닙니다. 꼭 기억합니다. 저 머리, 기억력 좋습니다."

몸은 떨고 있으면서 목소리는 군기가 바싹 들어가 있었다. 성에 차지는 않지만 지금 가지 않으면 수영을 볼 수가 없다. 늦게 퇴근한다고 해도 고작해야 한 시간 정도겠지.

시간을 다시 확인한 석은 흐트러진 옷매무새를 바로 했다.

"진수영 곁에 늘 내가 있다는 걸 명심해."

차에 올라타자마자 곧장 출발했다. 그동안 기다렸던 건 박종수가 병원에 있기도 했고, 퇴원하고도 한동안 외래 진료를 받아서 참았다.

수영의 문자를 보고 다음으로 미룰까도 했지만 우연이라도 둘이 마주치는 상황이 일어나지 않게 손을 써야겠다고 생각했다. 혹시나 그날 일로 앙심을 품어서 수영 앞에 나타나는 일이 생기면 절대 안 되니까.

집에 도착했을 땐 10시가 가까워져 있었다.

"……."

주차장에 차를 세우고 계단을 올라가는데 못 보던 것이 눈에 띄었다.

"골칫거리를 만들어놨군."

계단마다 화분이 하나씩 놓여 있었다. 빨간 꽃이 핀 동백, 노란 수국, 송이가 제법 큰 하얀 국화, 주황빛 열매가 다닥다닥 달린 이름을 알 수 없는 것까지.

잔디가 깔린 넓은 정원은 나무 몇 그루만 있을 뿐 꽃나무는 하나도 없었다. 오래된 은행나무를 제외하면 집을 지을 때 심은 몇 그루가 다였다.

그마저도 구 비서가 너무 휑하다며 멋대로 심은 거였는데, 없는 게 더 나을 뻔했다. 한곳에 모아서 심던가 듬성듬성 하나씩 있다 보니 전혀 어울리지도 않았다.

석은 국화꽃을 하나 뚝 꺾어서 이리저리 살폈다.

"꽃은 필요 없는데."

인기척이 들렸을 텐데 거실은 조용하고 서재 문은 활짝 열려 있었다. 석은 꽃을 손에 든 채 서재로 향했다.

수영은 책상에 엎드려 있었다. 꽤 깊이 잠들었는지 이어폰 한쪽을 빼내도 움직임도 없었다.

"……!"

이어폰을 귀에 꽂은 석은 인상을 팍 쓰며 도로 빼냈다. 노래인지 악을 쓰는 건지 분간이 되지 않을 정도로 엄청 시끄러웠다. 이런 노래를 들으면서 잠을 잘 수 있다는 게 신기했다.

핸드폰 화면을 터치해서 노래를 정지했는데도 깰 기미가 보이지 않았다.

석은 책상에 엉덩이를 걸치고 앉아 잠든 수영의 모습을 찬찬히 살폈다. 꾹 감은 눈, 오뚝한 콧날, 살짝 건드리면 톡 터질 듯이 붉은 입술, 부드러운 턱선.

밤바람이 서늘한데 창문을 열어놓고 있어서 감기라도 걸릴까 싶어 닫았다. 다시 돌아와 흐트러진 머리카락을 귀 뒤로 넘겨주자 투명한 피부가 시선 안으로 들어왔다.

"화분을 가져다 놨더군."

"음, 예쁘잖아요."

잠이 깬 거라 생각했는데 수영은 잠깐 꼼지락거릴 뿐 이내 조용했다.

"난 꽃이 싫어."

아무런 반응이 없었다.

"치울 거야."

석은 손에 들고 있는 꽃을 한 번 쳐다보고 다시 수영을 바라보았다.

"나한테 꽃은 너 하나로 충분해."

아무런 반응이 없는 걸 보니 예쁘다고 한 건 아무래도 잠꼬대인 모양이다. 깨워야 하나. 고민을 하는 동안도 그는 수영의 자는 모습에서 시선을 떼지 않았다. 입술에 볼에 어디든 손이 닿고 싶어 근질거렸다.

"이런 모습으로 내 인내심을 흔드는 건 반칙인데."

누구는 하루에 수도 없이 흔들리는데 눈치 없는 넌 그저 일만 열심히 하고 있지. 눈치가 없어도 이렇게 없을 수가 있다니.

석은 자조적인 웃음을 흘리며 수영의 머리카락을 손에 꽉 쥐었다 놓았다. 겨우 머리카락일 뿐인데도 몸 어딘가가 뜨겁게 반응했다.

그때 주머니 속에 있는 핸드폰이 진동을 했다. 깨울까 고민했으면서 황급히 핸드폰을 꺼내 통화 버튼을 눌렀다. 밖으로 나가서 통화를 하려고 돌아섰는데 수영이 살그머니 눈을 떴다. 시선이 마주치자 놀랐는지 의자에서 벌떡 몸을 일으켰다.

[여보세요? 사장님?]

핸드폰에서는 구 비서의 목소리가 들리고 수영은 깜박 잠들었다며 어쩔 줄 몰라 했다. 석은 수영에게 시선을 고정한 채 핸드폰을 천천히 귀에 가져다댔다.

"무슨 일이야?"

[거제도 현장에서 사고가 났답니다.]

"무슨 사고?"

신경이 바싹 곤두섰다. 곧장 서재를 빠져나와 거실을 가로질렀다. 베란다 문을 활짝 열자 서늘한 밤바람이 피부를 스쳤다.

[현장 인부 중 하나가 술을 마시고 건물에 올라갔다가 떨어졌답니다.]

젠장, 욕설이 절로 터져 나왔다. 지난번에도 거제도 현장에서 사고가 났었다. 벽돌 하나가 떨어졌는데 계단을 올라가고 있던 인부가 맞아서 다쳤다. 다행히 안전모를 쓰고 있어서 크게 다치지는 않았지만 2주 동안 병원에 입원해야 했었다.

"상태는? 얼마나 다쳤는데?"

도대체 술을 먹고 건물엔 왜 올라갔단 말인가. 현장 경비는 뭐 하고!

화가 치솟았지만 다친 사람 안부부터 물었다.

[다행히 경비가 순찰을 돌다가 바로 발견했답니다. 병원으로 옮겼다고는 하는데 아직 상태는 모르겠습니다. 연락은 송 소장한테 왔습니다. 제가 내려갈까요?]

"일단 끊어."

송 소장에게 전화를 했는데 받지 않았다. 석은 숨을 크게 몰아 쉬고 돌아섰다.

"사고라니, 무슨 사고요?"

언제 거실로 나왔는지 수영이 걱정스럽게 물었다.

"데려다주려고 했는데 안 되겠다. 가봐야 할 거 같아."

"혼자 가시려고요?"

"담당자하고 연락이 안 돼. 구 비서 올 때까지 못 기다려."

"잠깐만요. 그럼 저라도 같이 갈게요."

석은 현관 앞에서 신발을 신다 말고 돌아섰다.

"어딘지 알고 따라간다는 거야? 가면 오늘 못 돌아와."

"엄마가 시골에 갔는데 이삼 일 있다가 오신대요. 내일 학교 안 가니까……."

"그래서 함께 가겠다고? 왜?"

"도움은 못 되지만 혼자보다는 나을 거잖아요. 잠깐만 기다리세요.”

후다닥 가방을 챙겨서 나온 수영이 현관으로 다가왔다. 그가 빤히 쳐다보는데도 아랑곳 않고 신발을 챙겨 신었다.

“안 가고 뭐 해요?”

“아까는 엄마가 시골에 가셨다는 말은 없었잖아.”

“스터디 때문에 늦게 출근해서 퇴근도 늦을 거라고 전화했더니 이미 시골에 가셨더라고요.”

“정말 같이 갈 생각이야?”

“방해 안 할게요. 오늘 못 온다고 하는 걸 보면 먼 곳인 거 같은데 혼자보다는 저라도 있는 게 낫지 않아요?”

수영은 안 된다고 할 줄 알았는지 제 할 말만 하고 먼저 집을 나가 버렸다. 석은 닫힌 문을 빤히 쳐다보다 밖으로 나왔다.

“운전할 줄 알아?”

“죄송합니다.”

못한다는 소리를 참 깔끔하게도 하네. 출발하기 전에 송 소장한테 다시 전화를 걸었는데 받지 않았다.

“벨트 매.”

“넵.”

골목을 빠져나와 도로로 접어들자 수영은 가방에서 서류를 꺼내 들고 실내등을 켰다.

“뭐 하는 거야?”

“일해야죠. 오늘 생각보다 더 늦어서 많이 못했어요. 게다가 잠이 드는 바람에…… 어? 왜 꺼요?”

석은 실내등을 껐다. 그러자 수영이 조심스러운 목소리로 불을 켜면 운전하는 데 방해가 되는지 물었다.

"밖에서까지 일할 필요 없어."

"빨리 끝내야 다른 일을 하죠. 보아하니 앞으로 한두 달은 이 일만 해야 할 거 같은데."

"빨리 끝내지 않아도 돼. 꼼꼼히만 해."

"빨리 꼼꼼히 하고 있어요."

다시 실내등을 켜려고 하는 걸 손목을 잡아 내렸다.

"이상하시네. 직원이 열심히 일하면 좋아해야 하는 거 아니에요?"

"내가 옆에서 무슨 짓을 하는지도 모르고 잠을 잔 사람이 할 소리는 아닌 거 같은데?"

죄송하다고 하더니 뭔가 이상했는지 눈을 추켜 뜨고 그를 쳐다보았다.

"무슨 짓을 했는데요?"

"짓?"

"네? 아, 죄송합니다."

"오늘 죄송하다는 말 많이 하네."

"근무 시간에 늦기도 했고 잠을 잔 건 잘못한 거니까요. 그보다 저한테 무슨…… 행동을 했는데요?"

"모르면 말고."

늦은 밤 도로는 한산했다. 고속도로로 접어들자 지나가는 차는 거의 없었다.

"사장님."

"말해."

"제 손 언제까지 잡고 있을 거예요?"

석은 힐끔 수영의 손목을 쳐다보고 이내 정면을 응시했다.

"내 걱정해서 같이 가는 거면 졸지 않게 해줘야지."

"손잡고 있다고 안 졸…… 혹시 지금 졸려요?"

눈을 동그랗게 뜨고 쳐다보는 걸 보니 슬그머니 웃음이 나왔다. 네가 곁에 있는데 잠이 올 리가.

"음, 아까는 혼자 가는 것보다 낫겠다 싶어 무작정 같이 가겠다고 했는데 아무래도 내가 생각을 잘못한 거 같아요."

"후회돼?"

"후회는 아니고 미안해서요. 운전할 수 있느냐고 물었을 때 도움이 안 된다는 걸 눈치챘어야 했는데."

석은 자꾸 꼼지락거리는 손목을 꽉 잡았다 놓아주었다. 미안함과 불편함이 뒤섞인 표정을 보니 더 잡고 있을 수가 없었다.

"운전 배워."

"제가 길치에 방향감각도 없고 겁이 많아서……."

"길치와 방향감각 없는 건 내비가 알아서 해줄 거고, 겁은…… 없는 거 같던데."

"가끔 엉뚱한 길로 안내할 때가 있다고 내비 너무 믿으면 안 된대요."

"누가?"

"친구가요. 그 친구 대학 입학하고 바로 면허증 땄는데 내비가 엉뚱한 길로 안내하는 바람에 진짜 고생 많이 했대요. 그때부터 운전을 한 번도 안 해서 결국 장롱 면허 될 판이고요."

수영은 조잘조잘 말이 많았다. 대전—통영 간 고속도로로 접어들 때쯤 구 비서한테 전화가 걸려왔다.

[사장님, 지금 댁에 왔는데 불이 꺼져 있네요. 설마 혼자 출발하신 거예요?]

"현장에서 연락 왔어?"

속도를 줄이며 다급하게 묻자 수영도 걱정이 되는지 긴장한 얼굴로 그를 쳐다보고 있었다.

[방금 송 소장님하고 통화했는데 물건을 쌓아놓은 트럭 위로 떨어져서 크게 다치지는 않았답니다. 엑스레이 찍고 상처 난 곳 치료만 하고 간다고 하는 걸 혹시 몰라서 CT 촬영과 다른 검사도 하라고 했습니다.]

석은 안도의 한숨을 내쉬었다. 수영과 아무렇지 않게 대화를 하면서 왔지만 신경이 바싹 곤두서 있었다.

[소장님이 사장님 내려오지 않으셔도 된다고 했는데, 지금 어디십니까?]

"두 시간 정도면 현장에 도착할 거야."

[세상에, 제가 전화한 지…… 설마 엄청 밟으신 겁니까? 운전도 잘 못하시면서 혼자 가시면 어쩌시려고.]

"내가 운전 못한다고 누가 그래?"

[장거리 운전 경험은 별로 없잖습니까. 조금만 기다리시지, 좌우지간 성격 급한 건 알아줘야 한다니까.]

옆에서 통화 내용을 듣고 있던 수영의 표정이 묘했다. 운전 못 한다는 소리가 들릴 땐 놀란 듯하다가 주변을 살펴보기도 했다. 갑자기 좀 놀려줄까 하는 생각이 들었다.

"내가 요 근래 장거리 운전을 한 적이 별로 없기는 하지."

[그러다 졸음운전이라도 하면 어쩌시려고, 아휴, 사고 났다는 소리 듣고 철렁했는데 이젠 사장님 돌아오실 때까지 저 마음 졸이고 있어야 하겠네요.]

"누가 그러는데 내비가 엉뚱한 길로 안내하는 경우도 있다고 하더군. 길도 어둡고 안개도 좀 낀 거 같기도 하고……."

[아, 진짜 왜 겁까지 주고 그러십니까? 지금 어디쯤 가셨는데요? 제가 지금 그쪽으로 가겠습니다.]

수영의 표정이 점점 더 심각해졌다. 석은 속으로 웃음을 삼키며 더 했다가는 정말 구 비서가 달려올 것 같아 그만둬야겠다는 생각이 들었다. 수영 또한 저러다 울음을 터트릴 것 같아 보였다.

"걱정 말고 자. 내려온 김에 내일 현장도 둘러보고 올라갈게. 끊어."

[자, 잠깐만요. 사장님.]

"운전 중에 통화 오래 하는 거 안 좋아."

구 비서가 무슨 말인가를 더 하려는 것 같아 통화 종료 버튼을 눌러 버렸다. 수영은 두 손을 꽉 잡고 정면을 응시하면서 꼼짝도 않고 있었다. 숨은 쉬고 있는지 모르겠네.

"그래서 그 친구 이야기만 듣고 운전을 안 배우겠다고?"

"네? 아, 안 배우는 게 아니라 못 배우는 거죠. 말했다시피 제가 겁이 많거든요."

"겁이 많다는 기준이 뭐야. 그동안 행동들을 보면 그다지 없어 보이는데."

"제가 뭘 그렇게 겁 없는 행동을 했는데요?"

"시간도 많은데 일일이 설명해 줄까?"

무슨 말을 하는지 알아들었는지 수영은 입을 꾹 다물었다. 그의 시선을 느꼈을 텐데 창밖으로 시선을 돌리고 아예 말을 하지 않았다.

"진수영."

"……."

"진수영?"

"왜 자꾸 불러요! 샤워한 건 그때 사정이 그럴 수밖에 없었잖아요. 언제는 씻으라고 하더니, 차라리 친절하지나 말 것이지 은근히 뒤끝 작렬이네."

뒤의 말은 거의 들릴 듯 말 듯 혼잣말처럼 중얼거렸다. 뒤끝이 길기는 하지.

"어쨌든 그 정도 용기면 운전면허 따도 돼."

"그거하고 이거하고 똑같아요? 샤워는 사장님 집이니까 했지 다른 사람 집이었으면 그냥 젖은 채로 있었을 거예요. 아예 따라가지도 않았을 거라고요."

"지금 나라서 괜찮았다고 말하는 거야?"

"네!"

그녀의 대답과 동시에 석은 차를 급하게 세웠다. 끼익, 브레이크를 밟는 소리가 조용한 도로에 크게 울렸다. 그 반동으로 수영의 몸이 급하게 앞으로 쏠렸다가 뒤로 쿵 부딪혔다.

"괜찮아?"

"……."

"수영아?"

대답이 없어서 갓길로 차를 몰고 가 세웠다. 그때까지 수영은 꽤 놀랐는지 눈도 껌벅이지 않았다.

"많이 놀랐어? 다친 거야?"

나라서 괜찮았다는 말에 발이 저도 모르게 브레이크를 밟았다. 생각 없이 한 말일 수도 있는데 그는 너무 많은 의미로 다가왔으니까. 짧은 순간 어쩌면 하는 기대감까지 생겼었다.

묻는 말에 대답도 하지 않더니 수영이 천천히 고개를 들고 그를 쳐다보았다.

"사장님."

"말해."

날카로운 시선으로 살피는 동안 입안이 바싹 마르는 것 같았다.

"정말 운전 서투시네요. 아무래도 제가 운전을 배워야겠어요."

넷

수영은 창밖으로 펼쳐진 푸른 바다를 보며 나른하게 기지개를 켰다. 잠을 못 자서인지 온몸이 뻐근했다.

“커피 마시고 싶다.”

어제저녁도 스터디하면서 샌드위치 먹은 게 다였고 아침 시간이 훌쩍 지난 지금까지 쫄쫄 굶었더니 배도 고프고 커피 생각은 더 간절했다.

‘내가 올 때까지 얌전히 기다리고 있어.’

5시쯤 거제에 도착했고 석은 그녀를 멋진 바다가 내려다보이는 펜션에 내려놓고 떠났다. 오래 걸리지 않을 거라고 하더니 벌써 11시가 넘어가고 있었다.

“사장님은 뭘 드셨을라나.”

잠 한숨 못 자고 운전하고 와서 곧장 떠났으니 걱정이 되었다. 전화를 해볼까 하다가 괜히 일하는 데 방해가 될까 봐 몇 번 핸드폰을 들었다 포기했다.

'듣던 중 반가운 소리네. 뭐든 배워두면 좋지. 올라가면 바로 시작해.'

한 번도 운전을 배우고 싶다는 생각은 해본 적이 없는데 어쩌자고 그런 소리를 했는지 걱정이 태산이었다. 운전이 그다지 서툰 것 같지도 않던데 도대체 왜 갑자기 급하게 차를 세웠는지 알 수가 없었다.

"진짜 운전을 배워야 하는 건가."

석에게는 말하지 않았지만 고등학교 1학년 때 아빠 차를 타고 있다가 기겁을 한 적이 있었다. 함께 외출을 하고 돌아오는 길에 아빠는 아이스크림을 사러 갔고, 혼자 남은 그녀는 평소 앉아보고 싶은 운전석으로 자리를 옮겼다. 마침 라디오에서 신나는 음악이 흘러나왔고 흥에 겨워 어깨를 들썩이며 콧노래를 부르고 있는데 차가 스르르 움직였다. 핸들만 잡고 있었을 뿐 아무것도 만지지 않았는데 차가 움직였으니 어찌나 놀랐던지 새파랗게 질려서 아빠를 소리쳐 불렀다.

다행히 심한 비탈길이 아니었고 차가 멈춘 곳이 공터라 큰 사고는 없었다. 돌아온 아빠는 깜박 잊고 사이드브레이크를 채우지 않았다고 했다. 그날 이후 운전을 하고 싶다는 생각을 한 적이 없었다.

"면허만 따면 뭐 하냐고. 차가 없는데."

석의 말대로 뭐든 배우면 나쁘지 않겠지 하다가도 운전을 하지 않으면 장롱 면허가 될 텐데 꼭 배워야 하나. 마음이 갈피를 잡지 못했다.

"언젠가는 쓸 일이 있을지 않을까."

더군다나 따로 시간을 내는 것도 아니고 근무 시간에 배우라고 했었다.

"그래. 까짓것 배우자."

학원비도 회사에서 대준다고 하고 시간을 따로 낼 필요 없이 근무 시간에 배우라고 했으니 더 고민하지 말아야겠다. 마음을 정하고 나니 마치 무거운 짐을 내려놓은 것처럼 후련했다.

더 참지 말고 커피를 마셔야겠다는 생각이 들어서 가방을 챙겨 들고 밖으로 나왔다.

"우와, 진작 나올걸."

베란다에서 봤을 때보다 정원에서 내려다보는 바다는 훨씬 더 넓고 아름다웠다. 구름 한 점 없는 파란 하늘, 시원한 바람, 햇살을 받아 보석처럼 반짝이는 바다. 같이 오기를 잘했다는 생각이 들었다.

대학 입학하기 전에도 그다지 기억에 남는 여행은 없었다. 제일 멀리 간 게 이모네 집이었는데 그마저도 손가락에 꼽을 정도였다.

수영은 주변 경치를 감상하며 언덕을 내려왔다. 해안가 주변으로 듬성듬성 건물이 보였다. 편의점도 있고 식당과 펜션이 있는 작은 마을은 조용했다.

"아. 저기 있다."

이런 곳에 커피숍이 있을까 걱정했는데 맨 끝 건물에 아담한 커피숍이 눈에 들어왔다. 서둘러 그곳으로 향했다.

"커피숍까지 예쁘네."

온통 하얀색인 2층 건물은 커피 잔 그림이 달려 있어서 간판을 보지 않아도 무엇을 하는 곳인지 알 수 있었다. 낮은 필로티 건물이라 계단 몇 개를 올라가야 했다. 커피를 사기 전 건물을 한 바퀴 돌았다. 아쉬운 게 있다면 넓은 유리문이 격자무늬라 예쁘기는 한데 바다를 보는 데는 방해가 되겠다 싶었다.

"……."

건물 안으로 들어가려고 계단을 오를 때였다. 유리문 사이로 얼핏 낯익은 모습이 보였다.

"뭐야. 사람 걱정하게 해놓고."

반가운 마음에 고개를 삐죽 내밀고 안을 살피다 멈칫했다. 석은 혼자가 아니었다. 맞은편에 앉은 여자는 긴 생머리에 늘씬한데다 웃는 모습이 참 예뻤다. 여자가 무슨 말을 했는지 석이 얼굴 가득 미소를 머금고 고개를 절레절레 흔들었다.

순간 저렇게 웃을 수 있는 사람이구나 생각이 들면서도 이상하게 기분이 좋지 않았다. 간절히 커피를 마시고 싶었는데 들어가고 싶은 생각도 싹 사라졌다.

다시 돌아서 언덕을 올라가 펜션에 도착했다.

"왜 이렇게 불쾌하지?"

머릿속에서 환하게 웃던 석의 모습과 예쁘고 여린 듯하지만 강단 있어 보이던 여자의 모습이 자꾸 떠올랐다.

"일 때문에 만난 거겠지."

그렇게 믿고 싶은 마음과 석이 누구를 만나든지 무슨 상관인지, 왜 신경을 쓰는지 자신이 한심하다는 생각이 들었다.

"왜 하필 그렇게 예쁜 여자냐고."

신경 쓰지 말자고 하면서도 여자의 얼굴과 석의 미소가 자꾸 떠올랐다. 짜증도 나고 불쾌하고 생각할수록 기분이 나빴다. 석이 다른 여자를 만나는 게 싫다. 여자 앞에서 그런 미소를 짓는 게 싫다.

'샤워는 사장님 집이니까 했지 다른 사람 집이었으면 그냥 젖은 채로 있었을 거예요. 아예 따라가지도 않았을 거라고요.'

내가 무슨 말을 한 거지? 문득 떠오른 생각에 갑자기 머리를 한 대 얻어맞은 느낌이었다. 그건 석을 그 정도로 믿고 있다는 말이었고 저도 모르게 마음속 생각을 드러낸 거나 다름없었다.

"미쳤나 봐."

처음 석을 봤을 때의 강렬했던 그 느낌을 한 번도 잊은 적이 없었다. 힘들 때마다 그를 떠올리며 기운을 냈고 막연히 보고 싶기도 했었다.

만나서 뭘 어떻게 할 수 있는 상황도 아니고, 그런 사이도 아니었지만 혼자서 짝사랑 아닌 짝사랑을 했었다.

지금은 그 마음이 더 깊어졌다. 어쩔 수 없이 자꾸 마음이 그에게 흘러갔다. 집으로 출근하는 것도 좋고 짧은 시간 함께 있는 건 더 좋다.

"혹시 눈치를 챘으면 어쩌지."

내색하지 않으려고 얼마나 조심했는지 모른다. 그런데 아무 생각 없이 석이라서 괜찮다고 힘차게 대답까지 하고 말았다.

"못살아."

석이 만약 그녀의 말을 이상하게 받아들였다면 당황했을 거고 그래서 차를 급하게 멈춰 세웠는지 모른다.

그 순간은 놀라기도 했고 운전이 서툴다는 그녀의 말에 석이 아무 말도 하지 않았기에 깊게 생각하지 않았었다.

아, 진짜 내가 무슨 말을 한 거야.

아아악, 머리를 움켜잡고 발을 동동 구르고 있는데 등 뒤에서 목소리가 들렸다.

"거기서 뭐 해?"

수영은 머리카락을 움켜쥔 채 그대로 굳어버렸다. 차마 돌아볼 수가 없어서 드넓게 펼쳐진 바다만 맹렬히 노려보았다. 저벅저벅, 발자국 소리가 점점 다가왔다.

커피 잔이 눈앞으로 쓱 들어왔다.

"향이 좋아. 마셔."

커피 향이 시원한 바람에 섞여 코끝을 스쳤다. 마시고 싶어서 사러 가기까지 했는데 선뜻 손이 움직여지지 않았다.

"커피 좋아하잖아."

좋아하지. 고등학교 때부터 간간이 잠을 쫓기 위해 마시기 시작한 게 이젠 하루에도 몇 잔씩 커피를 찾는다. 커피숍 아르바이트를 하면서 더 자주 마시게 된 것 같았다.

받을 생각을 하지 않자 석이 그녀의 앞으로 다가와 표정을 살폈다.

"어디 아파?"

"아니요."

"표정이 안 좋은 거 같은데?"

"제가요? 괜찮은데."

살피는 시선이 날카로웠지만 수영은 머리를 대충 정리하고 얼른 커피를 받아 들었다.

"배고프겠다. 식사하러 가자."

그 말을 기다렸다는 듯이 뱃속이 요동을 쳤다. 수영은 어색하게 웃으며 배를 살살 문질렀다.

"구경하느라 몰랐는데 갑자기 배가 많이 고프네요. 가요."

"그래. 맛있는 거 먹자."

석이 주차된 차를 향해 걸어가자 나직이 한숨이 흘러나왔다. 뒷모습도 어찌나 멋있는지 방금 전까지 당황해서 어쩔 줄 몰라 했으면서 넋을 놓고 쳐다보았다.

은은한 커피 향이 유혹을 하고 있는데도 마실 생각도 하지 못했다.

"뭐 해? 타."

"아. 네."

황급히 달려가서 석이 열어놓은 조수석에 올라탔다.

"먹고 싶은 거 있어?"

"아무거나 괜찮아요."

"생각보다 현장에서 시간이 오래 걸렸어. 뭐라도 먹고 있으라고 전화를 하려고 했는데 배터리가 없더라고. 계속 펜션에만 있었던 거야?"

"네."

살짝 찔리기는 했지만 아무것도 먹지 않은 건 사실이니까.

그 여자하고 무슨 사이예요? 아무것도 보지 못한 것처럼 행동해야지 하면서도 머릿속에서는 환하게 웃고 있는 석의 모습이 자꾸 떠올랐다.

"커피 어디서 샀어요? 맛있네요."

"마시지도 않았잖아."

"네? 마셨는데."

보란 듯이 커피를 한 모금 마시자 석이 피식 웃으며 정면을 응시했다. 향은 좋은데 맛은 기대만큼은 아니었다. 어쩌면 맛을 느끼지 못하는지도 모르겠다.

"후회돼?"

뜬금없는 질문에 커피를 노려보고 있다 말고 그를 쳐다보았다. 석은 기분이 좋아 보였다. 사고가 났다고 연락 받았을 때의 무시무시한 표정과는 비교도 되지 않았다.

"따라온 거 후회 하냐고?"

"아니요. 날씨도 좋고 바다도 실컷 보고, 근무 시간인데 일 안 한다고 눈치 볼 일도 없고. 후회할 게 뭐가 있어요."

"내가 눈치 준 적 있었나?"

"말이 그렇다는 거죠. 그리고 저 눈치받을 만큼 일 대충 하지 않았어요."

"열심히 하는 거 같더군."

"같다가 아니라 한다라고 해주세요."

"칭찬은 좀 더 지켜본 뒤에."

인색하기는. 수영은 입을 삐죽 내밀고는 커피를 입안 가득 머금었다.

여자와 함께 있는 모습을 보지 않았다면, 그렇게 환한 미소를 짓는 걸 못 봤다면 일 때문에 내려온 석에게 미안할 정도로 좋았을 텐데.

그렇다고 물어볼 수는 없었다. 무슨 자격으로 물어본단 말인가.

그녀는 단지 직원일 뿐이다. 운 좋게 제안을 받은 덕에 이곳저곳 아르바이트를 다닐 때보다 요즘은 몸도 마음도 훨씬 편안했다.

'얼마 안 남았으니까 졸업할 때까지 잘 다녀.'

김 여사는 그녀가 일하는 곳이 어디인지 묻지 않았다. 그동안 아르바이트 다니는 곳도 어디인지, 몇 시에 끝나는지만 물어봤었다. 무슨 일을 하든 정해진 시간 안에 집에 오기만 하면 된다고 생각하는 것 같았다.

간단한 서류 정리하는 일이라 힘들지도 않고 졸업 후에도 다닐 수 있을지 모른다 했더니 아르바이트와 직장은 다르다며, 졸업 후엔 당연히 남들이 알아주는 회사에 취직해야 한다고 했다. 그래야 조건 좋은 남자를 만나 결혼할 수 있다면서.

결혼이라니, 생각해 본 적도 없고 조건을 따지며 누군가를 만날 생각도 형편도 안 된다.

'당연히 결혼해야지. 그럼 언제까지 이렇게 살 거야? 상황이 바

꿔지 않으면 생활도 달라질 수 없어. 졸업하고 취직하면 선 자리 마련할 테니까 그런 줄 알아.'

그동안 김 여사와 결혼에 대한 이야기를 한 적이 없어서 당황스러웠고 도무지 말이 통하지 않아 답답했다. 당장 오늘 살기도 벅찬데 벌써 결혼 이야기를 하다니 도대체 김 여사는 무슨 생각을 하는지 알 수가 없었다.

"후회는 내가 해야 하는 건가?"

"네?"

차가 바다를 내려다보는 호텔 앞에 멈췄을 때 석이 안전벨트를 풀며 말했다.

"편해 보이지 않아서."

"전혀 아닌데요."

"그래? 그럼 다행이고."

수영은 그가 먼저 차에서 내리는 걸 보며 제발 표정 관리 좀 하자고 스스로를 질책했다.

"내려."

석이 조수석 문을 열어주었다. 일개 직원한테 이렇게 작은 것도 신경을 써주는 남자인데 왜 친절하다는 말을 들은 적이 없는지 이해 불가였다.

"한식 중식 양식 회도 있어. 설마 호텔로 왔다고 오해하는 건 아니지?"

"오해 안 해요."

"아무 설명 없이 호텔로 데리고 왔는데 오해를 안 한다는 건 진짜 겁이 없든가 나한테 아무 감정이 없든가 아니면 날 너무 믿는다는 뜻인가?"

"저 호텔 오기 전에 펜션에 있었거든요. 사장님 혹시 머리 안 아프세요?"

"전혀. 왜?"

"생각이 너무 많은 거 같아서요. 식사하자고 했으니까 당연히 식당 찾아서 왔겠죠."

"이럴 땐 단순하다고 해야 하나."

"제가 좀 그런 면이 있기는 하죠. 복잡한 거 싫어하거든요. 배고픈데 계속 여기 있을 거예요?"

"나도 배고파. 들어가자."

식당은 제일 꼭대기 층에 있었다. 그가 먼저 앞장섰고 그녀는 한 걸음 뒤에서 따라갔다. 창가 쪽 자리에 다가간 그가 의자를 꺼내놓고 기다렸다.

"친절하신 사장님. 감사합니다."

"친절이 아니라 예의지."

굳이 예의라는데 반박하고 싶지 않아 직원이 놓고 간 물을 한 모금 마시고 메뉴판을 펼쳤다. 아무 생각 없이 따라 들어왔는데 횟집이었다.

"세상에, 여기 너무 비싼 것 같아요."

시가라며 아예 금액이 적혀 있지 않은 것도 있고 두 사람이 한 끼 식사를 하기엔 너무 비쌌다. 다른 메뉴가 있을 법도 한데 달랑 회와 매운탕밖에 없었다. 매운탕 또한 얼마나 양이 많은지 모르겠지만 가격이 만만치 않았다.

“아무거나 괜찮다며?”

“그렇다고 이렇게 비싼 곳을 올 줄은 몰랐죠. 다른 곳으로 가요.”

“회 좋아하잖아.”

“물론…… 좋아는 하죠.”

부친은 낚시광이었다. 시간이 날 때마다 낚시를 떠났고 잡아온 생선으로 회와 매운탕을 끓여서 먹었다. 가끔 회초밥을 만들기도 했고 조림과 구이는 김 여사가 싫어해서 없을 때 둘만 해 먹기도 했었다. 일하는 아주머니가 있었지만 생선 요리만큼은 부친이 직접 했다.

그런데 석이 그녀가 회를 좋아하는 걸 어떻게 알았지?

“회식이라고 생각하고 먹어.”

“회식이요?”

“출근하고 둘이 함께 밖에서 식사한 적이……. 아, 한 번 있기는 했네. 그날은 회식이란 말을 안 했으니까.”

“회식을 횟집에서 했다가는 금방 거덜 나겠어요.”

“내가 거덜 날까 봐 걱정되나 보네?”

부담스러워하는 그녀의 마음을 전혀 개의치 않는 석이 직원을 불러 특 정식으로 주문을 했다.

“술도 한잔할까?”

“이 시간에요? 출장도 근무의 연장이에요. 물론 내가 원해서 따라왔지만 근무 시간에 술을 마실 수는 없죠. 그리고 올라가야 하잖아요."

"회식도 근무의 연장이지. 회 먹으면서 한두 잔 하는 건 나쁘지 않을 것 같은데, 올라가는 게 걱정이라면 대리운전을 하면 되고 아니면 내일까지 있던가."

거제도에서 서울이 어디라고 대리운전을 한단 말인가. 수영은 기가 막혀서 입을 딱 벌렸다가 내일까지 있던가, 란 말에 눈을 크게 떴다.

"내일까지 있어도 돼요? 혹시 해결 안 된 일이 있는 거예요?"

"내일 올라가도 되고 해결 안 된 일은 없어. 이왕 왔으니까 여행 왔다 생각하고 주변을 둘러봐도 좋을 거 같은데. 나도 좀 쉬어야지."

와우, 갑자기 기분이 급상승한 수영은 눈빛을 반짝이며 화색이 돌았다. 명지가 여행 다녀온 사진을 보여줄 때마다 얼마나 부러웠는지 모른다. 식구들끼리도 여행을 자주 가지만 친척들과 사이가 좋아서 가끔 펜션을 잡아 모인다고 했다.

"사장님께는 죄송하지만 전 여행 온 기분이에요. 이렇게 멀리 온 적은 처음이거든요."

부친은 낚시, 김 여사는 시골 이모네. 두 분이 같은 날 집을 비우면 그녀는 혼자 있어야 했었다. 부모님 사이가 나쁘지는 않았던 것 같은데 이상하게 함께 여행을 간 적은 없었다. 어쩌다 함께 집에 있으면 외식을 하는 정도였다.

"여행 좋아해?"

"좋아하죠."

"앞으로 자주 가면 되겠네."

"그럴 형편은 아니고 어쨌든 사장님 덕에 호강하게 생겼네요."

"가끔 출장을 가야 할 때도 있을 거야. 어머님이 안 된다고 하시려나?"

"한 번도 없던 일이라 모르겠어요. 근데 제가 출장 갈 일이 있어요?"

석이 대답을 하기 전에 음식을 가져온 직원이 테이블에 내려놓았다. 싱싱해 보이는 회와 함께 밑반찬이 제법 푸짐했다. 이걸 둘이 어떻게 다 먹지 하면서도 입안에 군침이 돌았다.

"술은 뭐로 할까?"

"아빠는 회 먹을 때 정종이나 소주 마셨는데, 사장님은 뭘 좋아하세요?"

"난 상관없는데 정종으로 하지."

직원이 가져온 술을 석이 따라주고 건배를 하자며 잔을 들었다. 가볍게 부딪히고 쭉 들이켰다.

"으으, 좋다. 사장님 이거 광어 지느러미 살인데 제일 맛있는 부위래요. 드셔보세요."

회 하나를 집어서 그의 접시에 놓아주고 그녀도 한 점 먹었다. 입안에서 살살 녹았다. 비싸다고 걱정을 했으면서 손이 자꾸 갔다.

취하지 않으려고 한두 잔만 마시려고 했는데 석이 따라줄 때마다 홀짝홀짝 마셨더니 취기가 살짝 올랐다.

"전 술은 그만 마실래요."

"회도 많이 남았는데 왜?"

"맛있는 회를 더 많이 먹기 위해서이기도 하고, 좋은 곳에 왔는데 취하면 안 되잖아요."

분명 그만 마신다고 해놓고 따라주면 또 홀짝 마셨다. 마지막 잔이라며 따라주는 것도 결국 마셔 버렸다.

"괜찮아?"

"배도 부르고 바다도 보이고 기분 짱이에요."

기분 좋을 정도로 취하기도 했고 낯선 곳에 석과 단둘이 있다는 생각에 살짝 들뜨기까지 했다. 자꾸 실없이 웃음이 나왔다.

펜션으로 갈 줄 알았는데 호텔 옆으로 난 길을 따라 바다가로 내려왔다.

"좋아하는 걸 보니 같이 오기를 잘한 거 같네."

"저 눈치 없이 너무 좋아하죠?"

"눈치 볼 필요 없이 마음껏 즐겨."

"네, 진짜 감사합니다. 대신 올라가면 저 정말 열심히 일할게요."

수영은 두 팔을 활짝 벌리고 숨을 깊게 들이켰다. 파도 소리, 바다 냄새. 모래 밟히는 소리.

뻥 뚫린 가슴으로 따듯한 온기가 스며드는 느낌이었다.

"보기 좋아."

석이 그녀의 곁으로 다가와 기분 좋은 미소를 머금은 채 말했다.

"뭐가요?"

"나에 대해 경계심이 많이 사라진 거 같아서."

"제가 사장님을 경계한다고요? 말도 안 돼. 저 사장님 엄청 좋아해요."

나란히 걷고 있다 석은 멈춰 섰고 그녀는 아무 생각 없이 두어 발자국을 더 걷다 말고 석상처럼 굳었다.

좋아한다고? 헛소리를 할 정도로 취하지는 않았는데 내가 지금 무슨 소리를 한 거야.

미쳤구나. 진수영.

"아, 그러니까 제 말은 그, 그런 뜻이 아니라요."

손까지 휘저으며 변명을 하는 그녀를 향해 석이 천천히 다가왔다. 수영은 그를 똑바로 마주볼 수가 없어 고개를 숙인 채 열심히 머리를 굴렸다.

"그런 뜻이 아니면 무슨 뜻인데?"

목소리가 너무 진지했다. 아, 이럴 땐 무슨 말을 해야 하는 거지?

"직원, 직원으로서 사장님을 좋아…… 한다는 거죠."

"단지 사장으로만? 남자로는 아니고?"

"네?"

수영은 충격적인 말을 들은 것처럼 꼼짝도 않고 서 있었다. 숨을 쉬고 있는지조차 알 수 없었다. 바다도 시원한 바람도 더는 아무런 감흥을 주지 못했다. 오로지 넓은 백사장에서 석만 보였다.

자욱한 안개 속 주변 풍경이 이리저리 흔들렸다. 아이는 걷고 또 걸었다. 안 그래도 흐릿한 시야가 눈물이 앞을 가려 더 보이질 않았다.

"으윽."

뭔가에 걸려 넘어진 아이의 입에서 억눌린 신음이 흘러나왔다. 그뿐이었다. 아이는 울면서도 흐느낌 소리조차 내지 않았다. 비틀거리며 일어선 아이의 시야에 분홍색 작은 운동화가 들어왔다. 그마저도 한쪽만 신고 있었고 흙이 덕지덕지 묻은 신발은 끈이 풀어져 있었다.

절망, 두려움, 공포.

안개는 점점 더 짙어지고 아이는 너무 지쳐 더는 걸을 수가 없을 정도였다. 다리가 꺾여서 주저앉으려는 순간 누군가 아이의 어깨를 확 잡아 당겼다.

"아아악!"

비명과 함께 수영은 침대에서 벌떡 몸을 일으켰다. 숨을 쉴 수가 없었다. 시야에 들어온 모든 것이 낯설었다. 그때 문이 벌컥 열리고 석이 뛰어들어 왔다.

"왜 그래? 무슨 일이야?"

수영은 멍하니 석을 바라보았다. 그는 막 샤워를 했는지 바지만 입고 목엔 하얀 수건을 걸치고 있었다.

"진수영."

"……."

"수영아!"

"무, 무서워요."

덜덜 떨리는 목소리가 겨우 나왔다. 석이 다가와 그녀를 품에 꼭 끌어안았다. 등을 토닥이며 땀에 젖은 머리를 부드럽게 쓸어주었다.

"괜찮아. 괜찮아. 내가 있잖아. 너 혼자 아니야."

울컥, 서러움이 토해져 나왔다. 수영은 그의 품에 안겨 울음을 터트렸다. 그는 연신 괜찮다고 해주었다. 괜찮아. 괜찮아.

그런데도 정체 모를 서러움이 밀려와 그에게 안긴 채 한참을 울었다. 그의 품은 따뜻했고 손길은 더없이 다정했다.

시간이 지나자 눈물도 멈추고 조금씩 진정이 되었다.

"죄송해요."

수영은 그의 품에서 벗어나 얼른 사과부터 했다. 석이 걱정 가득한 시선으로 그녀를 살피며 젖은 얼굴을 손으로 쓸었다.

"꿈을, 꿈을 꾸었어요."

"나쁜 꿈이었나 보네."

"안개 속에 아이가 혼자 있었어요. 신발도 한쪽만 신고 있었고 길을 잃은 것 같은데 누군지는 모르겠어요. 왜 또 이 꿈을 꾼 건지."

"똑같은 꿈을 꾼 적이 있었어?"

수영은 고개를 끄덕였다. 어렸을 때 종종 소리를 지르며 악몽에서 깨어난 적이 있었다. 그때는 무슨 꿈을 꾸었는지 기억이 나지 않았었다. 안개 속에 아이가 혼자 있었다는 것만 어렴풋이 느낄

뿐이었다.

중학교 들어가서 몇 번 꾼 적이 있는데 아마 그때부터였을 거다. 깨어나서도 선명하게 떠올랐다.

안개, 무시무시한 정적, 공포 그리고 한쪽만 신고 있는 끈 풀린 분홍색 운동화. 여전히 아이의 얼굴은 생각나지 않았다.

"혹시 어렸을 때 길을 잃은 적 있었어?"

"아니요."

"그럼 책이나 영화를 보고 엄청 무서웠던 적은?"

"무서움 별로 안 타는 편이에요. 공포 영화도 좋아하고 어렸을 때 학교에서 귀신의 동굴 같은데 가면 제일 먼저 들어갔거든요."

"겁 없는 거 맞네."

석이 가볍게 농담처럼 하는 말에 수영은 피식 웃었다. 진정이 되고 나니 부끄러움도 밀려왔다. 나이 23살에 악몽 꿨다고 울고 난리를 쳤으니, 왜 자꾸 석 앞에서 안 좋은 모습을 보이게 되는지 모르겠다.

"흠흠, 이제 괜찮아요. 고맙습니다."

"내가 먼저 네 방에 들어오는 일은 없을 거라고 했는데……."

석이 그녀의 손을 꼭 쥐며 말끝을 흐렸다. 그제야 새벽까지 잠을 설쳤던 기억이 떠올랐다.

'남자로서 난 아닌가?'

재차 묻는 그의 질문에 대답을 하지 못했다. 집요하게 쳐다보는 시선을 마주 볼 수가 없어서 고개를 푹 숙이고 있는데 석이 알 수 없는 말을 했었다.

'난 오랜 시간을 기다렸는데…… 아직 아닌가 보네.'

무슨 뜻으로 한 말인지 물어보지도 못했다. 심장은 고장 난 것처럼 날뛰고 남자로서는 아니냐는 말만 계속 떠올랐다.

그가 갑자기 손을 잡아끌 때까지 멍청하게 서 있기만 했다. 택시를 타고 해금강과 바람의 언덕을 다녀왔고 펜션이 아닌 호텔로 돌아왔다. 펜션보다는 호텔이 편할 거라면서.

저녁까지 먹고 룸으로 돌아왔을 때 어색해하는 그녀에게 석은 걱정하지 말라며, 먼저 방으로 찾아가는 일은 없을 거라고 했었다.

"사장님이 약속 안 지킨 거 아니에요. 저 때문이잖아요. 고맙습니다."

"또 뭐가?"

"모두 다요. 사장님한테 매번 신세만 지게 되네요. 친절하지 않다고 했는데 저한테 사장님은 친절한 분이세요."

"앞으로도 너한테는 친절할 거야."

왜 자꾸 저런 말을 하는지 모르겠다. 놀리는 건가. 아니면 원래 말을 저런 식으로 하나.

말없이 쳐다보고 있자 석이 나직이 한숨을 쉬며 그녀의 이마를 톡 건드렸다.

"학교 성적은 꽤 좋은 걸로 아는데 나에게만큼은 성적이 별로네. 씻고 나와. 아침 먹고 출발해야지."

석이 나간 뒤에 수영은 멍하니 닫힌 문을 쳐다보고 있었다. 상대가 오해할 수 있는 말을 아무렇지 않게 하지 말라고 충고라도 해야 하는 건가.

고개를 절레절레 흔들며 침대에서 내려온 수영은 경악했다.

"이게 뭐야. 나 이러고 있었던 거야?"

샤워 가운을 입고 잠이 들었는데 자면서 몸부림이라도 쳤는지 허리띠가 느슨하게 풀어져 가슴 둔덕이 보일락 말락 했다.

"말이라도 해주지."

말했으면 더 어색했을 테지만 그래도 이건 너무 창피하잖아.

수영은 울상을 지으며 황급히 욕실로 향했다. 거울 앞에 서서 터져 나오는 비명을 손으로 꾹 막았다. 머리는 산발이고 눈은 퉁퉁 부었고 몰골이 정말 가관도 아니었다.

"아. 진짜 내가 못살아."

언제까지 한탄만 하고 있을 수 없어서 간단히 씻고 나왔다. 그 사이 그가 들어왔다 갔는지 침대에 종이 가방 하나가 놓여 있었다. 하늘빛 원피스와 스타킹, 속옷까지 들어 있었다. 어제 갑자기 따라오는 바람에 아무 준비도 하지 못했다. 세심한 그의 배려에 고마우면서도 이렇게까지 하지 않아도 되는데 하는 생각이 들었다.

검은색 속옷은 그녀의 몸에 딱 맞았다. 문득 그의 집 세탁실에서 그녀의 속옷을 들고 씨익 웃던 석의 모습이 떠올랐다. 부끄러워서 얼굴이 화르륵 달아올랐다.

"그때 사이즈를 본 건가. 아니면 눈썰미가 좋은 거야?"

원피스도 그녀가 입어보고 산 것처럼 꼭 맞았다. 적당한 브이넥에 잘록한 허리, 무릎에 닿을락 말락 한 게 너무 길지도 짧지도 않고 적당했다. 스타킹까지 완벽하게 챙겨 입은 수영은 평소 들고 다니는 화장품을 꺼내 발랐다. 그래 봐야 작은 스킨과 로션, 립스틱뿐이라 금세 끝났다.

거실로 나오자 석이 베란다 창가에 서서 통화를 하고 있었다.

"회사로 갈 거야. 특별한 일 없으면 내일 이야기해."

인기척을 느꼈는지 그가 돌아섰고 수영은 몇 걸음 떨어진 거리에서 멈춰 섰다. 슈트 차림이던 그도 청바지와 그녀와 비슷한 색의 셔츠를 입고 있었다.

뭘 입어도 멋있다는 생각밖에 들지 않았다. 그러니까 자꾸 시선이 가지.

190은 족히 될 것 같은 훤칠한 키에 균형 잡힌 몸매, 그는 전혀 눈치채지 못했겠지만 요 며칠 샤워를 하고 편안한 옷차림으로 서재에 함께 있을 때면 일을 하다가도 문득 그를 쳐다보곤 했다. 그냥 보는 것만으로도 좋았다.

"목 소장이 왜?"

석은 통화를 하면서 흡족한 시선으로 그녀를 바라보았다. 그의 시선이 그녀의 몸을 훑고 지나갈 때마다 어쩔 줄 몰라 하면서도 아찔함을 느꼈다.

"알았어."

곧 전화를 끊을 것 같던 석의 미간이 표 나게 구겨졌다.

"잔소리 좀 그만해. 누가 알면 내가 구 비서 동생인 줄 알겠어. 끊어."

화가 난 것 같지는 않은데 뭔가 많이 못마땅한 표정이었다.

"안 좋은 일 있는 거예요?"

"아니야. 식사부터 하고 가는 길에 잠깐 광주에 들러야겠어."

"광주예요?"

"거기도 현장이 있거든."

"그냥 가는 거죠? 안 좋은 일이 있거나 그런 건 아니죠?"

"말했지만 현장에 자주 가는 편이야. 잠깐 들를 거니까 서울엔 늦지 않게 도착할 거야."

호텔 식당에서 늦은 아침을 먹고 한 시간 정도 해안가를 드라이브한 뒤 광주 현장에 도착했을 땐 점심시간이 지나 있었다.

"잠깐 차에 있어. 오래 걸리지 않을 거야."

"네. 다녀오세요."

"답답해도…… 내릴 생각하지 마."

석은 수영의 모습을 눈으로 쭉 훑어본 뒤 차에서 내렸다. 일찍 문 연 곳이 없어서 돌아다니다 결국 전화를 걸어 부탁을 했다. 옷을 사기는 했는데 너무 예쁘니 신경이 쓰였다. 처음 원피스를 입은 모습을 본 순간 눈에서 불꽃이 치솟는 줄 알았다.

늘 편한 옷을 입은 모습만 봤던 터라 뽀얗고 가는 목선이 드러나고 가슴 굴곡이 선명한데다 잘록한 허리 라인, 주름진 스커트 아래 늘씬한 종아리까지.

저도 모르게 통화를 하면서 마른침을 삼켰다. 현장은 거의 남자들이라 수영의 모습을 보여주기 싫었다. 걸어가다 담배를 꺼내 들고 뒤를 돌아보았다.

내내 일 걱정을 하더니 그예 서류를 꺼내 드는 모습이 보였다.

석은 픽 웃으며 담배를 입에 물었다. 핸드폰의 진동음이 느껴져 주머니에서 꺼내 확인했더니 구 비서였다.

"또 무슨 일이야?"

광주 현장에 들를 생각은 없었는데 어제 들어온 자재에 하자가 있어 반품하고 새로 주문한다는 말을 듣고 그냥 지나칠 수 없었다.

현장 일은 목 소장이 모든 걸 알아서 하고 있지만 오랫동안 거래했던 곳에서 반품해야 할 물건을 보냈다면 확인을 해야 했다.

"왜 말이 없어?"

[아, 죄송합니다. 문자가 들어와서…… 도착할 시간이 된 거 같은데 어디쯤인가 해서 전화했습니다.]

"운전이 서툴러서 아직 가는 중이야."

뿌연 연기를 뿜어내며 시큰둥하게 대답하자 구 비서의 목소리가 평소보다 더 커졌다.

[설마 운전하면서 담배 피우시는 겁니까? 한 손으로 운전하는 게 얼마나 위험한 건데, 당장 끄세요.]

석은 구 비서의 잔소리에 고개를 절레절레 흔들었다. 그의 운전 실력을 못 믿는 것 같아서 장단 좀 맞춰줬더니 아주 가관도 아니네.

비서인지 잔소리꾼인지 어째 시간이 지날수록 더 심해지는 것 같았다.

[사장님 잘못되면 저 큰 사장님 손에 죽습니다. 아시잖습니까?]

"나도 잔소리꾼을 옆에 둘 생각은 없는데."

[잔소리가 아니라…….]

구 비서가 일장연설을 늘어놓는 바람에 핸드폰을 귀에서 멀찍이 떨어뜨리고 담배 연기를 길게 내뿜었다. 문득 고개를 돌렸는데 멀지 않은 곳에서 왁자지껄 떠드는 소리와 함께 노랫소리가 들렸다.

석은 눈을 가늘게 좁혀 떴다.

"노선 똑바로 타. 내 비서로 일을 할 건지 아니면…… 스파이 짓을 계속할 건지."

무슨 그런 말을 하느냐는 구 비서의 말을 끝까지 듣지도 않고 전화를 끊었다. 곧장 사무실과 반대 방향으로 향했다.

그를 아는 직원 하나가 멈칫하더니 꾸벅 인사를 했다.

"술 마시고 일하는 겁니까?"

서늘한 목소리에 삼삼오오 모여 있던 인부들이 서로의 눈치를 살폈다.

"아, 아닙니다. 그냥 힘드니까 잠깐 노래……."

"술 마신 분 현장에서 나가세요."

주변까지 그의 목소리가 들렸는지 건물 위에 올라가 있던 인부들도 고개를 삐죽 내밀고 아래를 내려다보았다.

"알코올 테스트기 가져올까요?"

그제야 두 명이 미적미적 현장을 떠났다. 석은 날카로운 시선으로 인부들을 살폈다.

"에이, 씨팔. 이제 내 돈 내고 술도 못 마시겠네."

노래를 불렀던 남자가 빤히 쳐다보는 그의 시선을 느꼈는지 안전모를 팽개치며 욕설을 뱉었다. 석은 남자를 향해 성큼 걸어갔다.

"지금 씨팔이라고 했습니까?"

"셋이서 딱 두 잔씩 마셨수다."

"내 현장에서는 단 한 잔도 안 됩니다."

"거 되게 꼬장꼬장하네. 현장에 대해서 뭘 안다고……."

"압니다. 아주 잘."

맨정신으로 일해도 사고가 날 수 있는 곳이 현장이다. 더구나 건물이 완공되기 전이라 자칫 잘못했다가는 크게 다칠 수도 있었다. 몇 년 동안 현장에서 일했을 때 생명까지 잃는 끔찍한 사고도 봤었다. 안전 규칙을 철저히 지켜도 사고가 날 수 있는데 하물며 술을 마신 채 일할 생각을 하다니, 용납할 수 없었다.

설마 하는 안일한 생각을 하고 있는 사람을 현장에서 일하게 할 수는 없었다.

"가볍게 목만 축인 거 가지고……. 진짜 더러워서 일 못하겠네."

"안 하셔도 됩니다. 아니, 이 시간부터 댁은 해고입니다."

석은 단호하게 말했다. 불만 가득한 남자의 얼굴이 붉으락푸르락했다. 남자는 뭔가 더 할 말이 있는 듯했지만 매서운 그의 눈빛에 더는 아무 말도 하지 않았다.

"연락도 없이 사장님이 웬일이십니까?"

소식을 듣고 목 소장이 헐레벌떡 달려왔다. 사무실에 있다가 왔는지 한 손에 볼펜을 다른 손엔 안전모를 들고 있었다.

"제가 현장에서 술은 안 된다고 했을 텐데요."

"수, 술이요? 누가 술 마셨어?"

목 소장이 버럭 소리를 지르자 모여 있던 사람들이 하나둘씩 자리를 떴다. 안전모를 걷어찼던 남자만 흠흠, 헛기침을 하며 미적거렸다.

"또 김 씨야? 내가 한 번만 더 술 마시면 쫓아낸다고 했어. 안 했어?"

"딱 두 잔……."

"두 잔 아니라 아예 술 근처도 가지 말라고 했잖아!"

그에게는 불만 가득한 시선으로 노려보던 남자는 목 소장의 호통에 풀 죽은 아이처럼 어깨를 축 늘어뜨렸다.

"목 소장님, 현장 관리 이런 식으로 하실 겁니까?"

"죄송합니다. 제가 다시 단단히 주의를 주겠습니다."

"주의 가지고는 안 됩니다. 다시 한 번 술 마시고 일하는 걸 제가 본다면 그땐 소장님한테 책임을 물을 테니까 그렇게 아세요."

목 소장은 직원 관리나 현장을 통솔하는데 있어 믿고 맡길 수 있는 사람이다. 현장 경험이 많은 만큼 일처리도 꼼꼼하고 확실했다.

딱 하나 마음에 들지 않는 건 정이 많다는 것. 어쩌면 그래서 그를 따르는 사람들이 많을지도 모른다. 하지만 가끔 그의 무른 성격 때문에 신경이 쓰였다. 다행인 건 그동안 큰 사고가 없다는 것. 그렇다고 안심할 수는 없었다.

"사무실로 가시죠."

그가 먼저 성큼 걸어서 현장을 벗어나자 목 소장이 버럭버럭 소리를 질러댔다. 뭣들 하고 있어? 일 안 해? 앞으로 현장에서 술 냄새만 풍겨도 그 즉시 해고야. 알았어? 거기 뭐 하는 거야? 정신 안 차려?

목청도 좋으시지. 사무실 계단 앞에 섰을 때쯤 조용해졌다.

"커피는 됐습니다."

"그럼 냉수라도 줄…… 까?"

둘이 있을 땐 편하게 대화하던 사람이 방금 전 일이 신경이 쓰였는지 말꼬리를 흐렸다. 석은 피식 웃었다.

"왜요? 냉수 먹고 속 차리라고요?"

"속은 무슨, 그런 의미라면 내가 마셔야지."

"잘하시는 거 압니다. 어제 거제도에서 술 마시고 현장에 올라갔다가 떨어지는 사고가 있었습니다. 다행히 크게 다치지는 않았는데 전 술 마시고 일하는 거 용납 못합니다."

"내가 더 신경 쓸 테니까 그만 화 풀어."

"화난 거 아닙니다. 그보다 자재를 반품한다고 하던데 정확히 무슨 문제가 있는 겁니까?"

그가 자재 이야기를 꺼내자 목 소장은 샘플을 남겨놨다면서 PVC 파이프를 보여주었다.

"거기 직원 실수로 폐기 처리하려고 한 게 우리한테 온 모양이야. 사과받고 다시 보내주기로 했어."

"사과가지고 되겠습니까? 소장님이 제대로 확인하지 않았다면 그대로 공사 진행했을 거 아닙니까."

"당연히 그냥 넘어갈 수 없지. 한 번 더 이런 일이 생기면 거래처 바꾼다고 엄포 놨고, 물건을 조금 더 받기로 했어. 안 그래도 추가 주문 들어가야 하는데 그걸로 대체하면 될 거 같아."

석은 고개를 끄덕였다.

"이게 뭡니까?"

생각보다 시간이 많이 지난 것 같아 그만 일어서려고 하는데 목 소장이 두툼한 장부를 들고 와 테이블에 내려놓았다.

"지난번에도 그냥 갔잖아. 장부 확인해야지."

"잠깐 들른 겁니다. 지금 꼭 봐야 할 게 아니면 다음에 하겠습니다."

"시멘트 추가 주문 들어간 건 구 비서한테 들었을 거고, 주변 외관 문제는 몇 군데 더 알아봐야 할 거 같아. 그리고 수영장 말인데……."

"수영장 문제는 소장님 말씀대로 진행하는 걸로 하죠. 자세한 이야기는 결정되는 대로 제가 다시 내려오겠습니다."

따라나오려는 목 소장을 뒤로하고 밖으로 나왔다. 담배를 꺼내 물고 곧장 차가 주차된 곳으로 향했다. 석은 라이터를 켜다 말고 걸음을 멈췄다.

기다리기 지루했는지 차에서 내린 수영이 기지개를 켜며 이리저리 몸을 돌리고 있었다. 양손을 허리에 얹고 고개를 한껏 꺾을 때는 봉긋한 가슴이 유독 도드라졌다.

폴짝폴짝 제자리를 뛸 때마다 스커트 자락이 펄럭이고 어깨 아래까지 내려온 머리카락이 허공에 흩날렸다. 보고 있는 것만으로도 허리 아래로 묵직한 힘이 쏠렸다.

"말 참 안 듣네."

저렇게 예쁜 모습은 혼자만 보고 싶은데.

주변 경관보다 더 시선이 가는 저 모습을 혹여 누가 볼까 얼른 주변을 빠르게 살폈다. 다행히 아무도 없었다.

석은 눈을 가늘게 뜨고 수영의 모습에서 시선을 떼지 못했다. 팔을 활짝 펴고 주먹을 쥐었다 폈다 하는 모습은 마치 따듯한 햇살을 잡고 싶어하는 것처럼 보였다. 환하게 웃는 모습은 햇살보다 더 눈이 부셨다.

"어, 사장님."

그와 시선이 마주치자 수영이 활짝 웃었다. 석은 표정을 가다듬고 담배에 불을 붙인 뒤 천천히 다가갔다.

"지루했나 보네."

"아니요. 몸이 좀 뻐근하기도 하고 차 안에서만 보기엔 주변 경관이 너무 멋있어서 잠깐 내렸어요."

"멋있는 곳이지. 가자."

"담배 다 피우고 가셔야죠."

반도 피우지 않은 담배를 바닥에 비벼 끈 석은 조수석 문을 열어주었다.

"차 문 열어주는 거 안 하셨으면 좋겠어요."

"왜?"

"직원인 제가 열어줘야 하는 거잖아요. 누가 보면 오해하겠어요."

"무슨 오해?"

"사장님과 직원이 아니라…… 어쨌든 제가 열고 탈게요."

"남들 시선 그다지 신경 쓰는 성격은 아니지 않나?"

"그건 또 무슨 뜻이에요?"

"쓸데없는데 신경 쓰지 말고 어서 타기나 해."

뭔가 더 할 말이 있는 듯 입술을 삐죽이던 수영이 차에 타자 석은 피식 웃으며 문을 닫았다.

오해해 주면 고맙지.

다섯

집 앞 골목에 도착했을 땐 저녁 시간이 지나 있었다. 곧장 왔으면 벌써 도착했을 텐데 예정에 없던 수원에 들렀다 오느라 늦었다. 서울 톨게이트를 막 지났을 때 석에게 전화가 왔었다. 오피스텔 부지를 알아보는 중인데 부동산에서 온 거라며 잠깐 들렀다 가도 되겠느냐고 묻기에 흔쾌히 그러라고 했다.

시내에서 조금 떨어진 곳이기는 하지만 지하철도 있고 대학가에서 멀지 않은 곳이라 원룸형 오피스텔 자리로는 괜찮을 것 같은데 석은 명쾌한 답을 하지 않고 돌아왔다.

'토지 가격이 예상했던 금액보다 비싸. 조율이 가능하다면 그쪽에서 연락이 오겠지.'

그녀가 궁금해하는 걸 눈치챘는지 석은 친절하게 설명까지 해주었다. 저녁까지 먹고 오는 바람에 결국 예상했던 시간보다 훨씬 늦게 집 앞에 도착했다.

"저 진짜 집으로 가요?"

"이미 왔잖아."

"3일이나 일 못했는데."

"출장 간 것도 일이야."

"아무것도 한 거 없이 맛있는 거 먹고 구경만 하고 왔는데 일이라고 하기는 좀……. 그런데 오늘까지 그냥 집으로 가면 제가 너무 죄송하잖아요."

"죄송하면 빨리 내려. 피곤해."

"아, 정말 피곤하시겠네요. 그럼 저 오늘까지 쉬겠습니다. 조심해서 가세요."

수영은 피곤하다는 말에 인사를 하고 얼른 차에서 내렸다. 차가 보이지 않을 때까지 지켜보다 골목을 올라갔다.

문을 열고 안으로 들어가 불을 켰더니 김 여사가 좁은 거실에 앉아 그녀를 기다리고 있었다.

"어디에서 오는 거니?"

불이라도 켜놓고 있을 것이지. 이모네 가면 이삼 일 정도였고 더 머물 땐 전화를 하는데 연락이 없어서 당연히 집에 없을 줄 알았다.

"일하고 오지. 언제 온 거야?"

"그 옷 처음 보는 건데 산 거야?"

그녀의 질문엔 대답도 없고 옷차림을 살피더니 대뜸 물었다.

"옷? 아, 어제 샀어."

"어제 언제? 늦게까지 일하는데 옷 살 시간이 있었던 거야?"

따지는 듯한 목소리에 살피는 시선 또한 날카로웠다. 수영은 피곤하기도 했지만 살짝 짜증이 났다. 그동안 월세에 생활비를 보태느라 옷이든 뭐든 꼭 필요한 게 아니면 산 적이 없었다. 부족한 거 없이 풍족하게 살다 어느 날 바닥으로 떨어지고 나니 자신을 위해서 뭘 산다는 건 사치였다. 스킨 로션 없이 지낸 적도 많고 립스틱은 대부분 명지가 생일 선물로 혹은 여행을 다녀오면서 사준 게 다였다.

"직원이랑 저녁 먹으러 나갔다가 옷에 뭐가 묻어서 어쩔 수 없이 샀어."

"꽤 비싸 보이는데, 정말 네가 산 거 맞아?"

"비싼 거 아니야. 내가 돈이 어디 있다고 비싼 걸 사?"

이런 거짓말까지 해야 하나 싶었지만 어쩔 수가 없었다. 사실대로 말했다가는 폭풍 잔소리를 쏟아낼 텐데, 오늘은 제발 조용히 넘어가기를 바랐다.

"그 가방은 뭐야?"

갈아입은 옷이 들어 있는 가방을 가리키며 묻는 말에 뜨끔했다. 옷은 어제 샀다고 했는데 입었던 걸 오늘 들고 왔으니 집에 들어오지 않았다는 걸 알게 될 것 같았다.

오늘 샀다고 했어야 했는데 미처 그것까지 생각하지 못했다.

"어제 갖고 왔어야 했는데 깜박했어."

다행히 김 여사는 더 말을 하지 않았다. 수영은 속으로 안도의 한숨을 내쉬며 피곤해서 쉬어야겠다고 했다.

석과 함께 있을 땐 몰랐는데 집에 오니 갑자기 중노동을 하고 온 것처럼 피곤이 밀려왔다.

"9시 30분까지 일한다면서 오늘은 왜 이렇게 일찍 온 거야?"

"엄마는 내가 일찍 들어온 게 싫어? 다시 나갈까?"

피곤을 느끼는 만큼 감정 조절이 잘 되지 않았다. 평소보다 일찍 왔고 그동안 아르바이트를 하면서 한 번도 이런 날이 없었으니 김 여사가 궁금해하는 건 당연할 수도 있는데, 목소리가 곱게 나가지 않았다.

"넌 엄마한테 말버릇이 그게 뭐니? 좀 고분고분하면 어디가 덧나?"

한 번도 다정하게 그녀를 반긴 적도 없고 힘들었지? 그 한마디를 물어본 적이 없었다. 늘 데면데면했으면서 오늘따라 왜 이렇게 말이 많은지.

"4년이야. 그동안 한 번도 집에서 하루 종일 쉰 적이 없어. 매일……."

"그래서 지금 돈 좀 번다고 또 유세 떨고 싶은 거니?"

"엄마, 제발 좀!"

또 시작이다. 그놈의 유세라는 말 정말 지긋지긋했다. 엄마는 뭐가 저렇게 당당할까. 돈을 벌라는 게 아니다. 그냥 마음이라도 편하게 해줬으면, 바라는 건 그것뿐인데 왜 이렇게 힘들게 하는 걸까.

아, 차라리 석을 따라가서 일을 할걸. 후회가 밀려왔다.

"못 돼먹은 성질머리는 꼭 지……. 그만하자. 할 말 있으니까 잠깐 와서 앉아."

"일단 먼저 씻을게. 나중에 이야기해."

"긴 이야기 아니야."

어쩔 수 없이 김 여사 맞은편에 가서 앉았다.

"이사 갈 거야."

"이사?"

얼마 되지 않는 보증금으로 이사라니. 수영은 이게 대체 무슨 소리인가 싶었다.

"너 졸업하고 이사할까 했는데 지금도 괜찮을 거 같아서 결정했어."

"엄마."

"여기서 멀지 않은 곳으로 갈 거니까 학교나 지금 일하는 곳으로 출근하는 건 불편하지 않을 거야."

"갑자기 무슨 이사를 한다는 거야? 돈은 어디 있고?"

다행히 이곳은 돈에 비해 조건이 좋았다. 방도 두 개고 좁지만 거실 겸 주방도 있었다. 그때나 지금이나 갖고 있는 돈으로는 더 외곽으로 가지 않는 이상 이만한 조건의 집을 구할 수는 없었다.

그걸 모를 리 없을 텐데 이사라니.

"이사는 내가 알아서 할 테니까 넌 그렇게 알고 있어. 적당한 집 구하면 바로 이사할 거야. 주인집에도 오늘 이야기했어."

"방 하나 있는 곳은 싫다면서? 근데 왜 갑자기……. 혹시 월세 밀린 적 있어?"

"월세를 왜 밀려? 아파트 전세로 갈 거야."

그동안 아르바이트를 쉬지 않고 했지만 돈을 모을 수 있는 형편은 못 됐다. 어쩌다 장학금을 받아 등록금이 들어가지 않았다고 해도 그게 얼마나 된다고 아파트 전세로 간단 말인가.

"아파트 전세? 아무리 작은 아파트도 전세가 얼마인 줄 알고 하는 소리야?"

"내가 알아서 한다고 했잖아. 넌 신경 쓰지 말고 그런 줄 알고 있어."

"혹시 이상한 데서 돈을 구하거나 한 건 아니지?"

설마 아니겠지 하면서도 별의별 생각이 다 들었다. 김 여사는 기가 막힌지 그녀를 흘겨보았다.

"네 아빠 사업한다고 감당 못할 빚을 져서 이렇게 됐는데 내가 생각 없이 그런 짓을 하겠니? 너한테 돈 더 벌어오라고 안 해. 그냥 졸업 때까지 힘들어도 조금만 더 참아."

순간 내가 힘들 건 알고 있어? 물을 뻔했다. 수영은 혼란스러웠지만 더 말을 하고 싶지도 않았다. 돈이 어디서 났냐고 묻는다고 해서 김 여사가 대답해 줄 것 같지도 않았다.

"저녁은?"

"먹었어."

"그럼 들어가서 쉬어."

김 여사가 먼저 자리에서 일어나 방으로 들어갔다. 수영은 닫힌 방문을 한참 동안 멍하니 쳐다보고만 있었다.

기말고사 마지막 날, 시험을 마치고 강의실을 빠져나오는데 명지가 그녀의 팔을 잡아챘다.

"이런 날은 커피 한잔 정도는 마셔줘야 하는 거 아니야?"

"바빠."

"네가 언제는 안 바빴니?"

그동안 운전면허도 땄고 한동안 시험 기간이라 제대로 일을 못 했다. 이 주 전부터 석이 공부하라고 편의를 봐주는 덕에 출근은 했지만 일은 거의 하지 않았다. 고맙기는 했지만 부담스러워 시험 끝나면 정말 열심히 일하겠다고 했더니 석은 깔끔하게 한마디 했다.

당연하지.

그랬는데 시험 끝나고 핸드폰을 켜니 문자가 들어와 있었다.

「약 좀 사다 줘.」

무슨 약을 사오라는 건지 설명도 없었다. 어디 아픈가, 다쳤나. 문자를 보자마자 전화를 걸었지만 핸드폰이 꺼져 있었다.

"진짜 미안. 늘 바쁘지만 오늘은 특히 더 바빠.

"그래서 오늘 같은 날도 나를 버리고 가겠다고?"

"버리는 게 아니라 사정이 있어서 그래. 대신 조만간 내가 맛있는 거 살게."

수영은 입이 삐죽 나온 명지를 두고 학교를 빠져나왔다. 그동안 석은 중국 출장을 다녀올 때를 제외하면 늘 함께 저녁을 먹었고, 주말도 집에 있을 때가 많았다.

삼 일 전 현장을 다녀온다며 갔다가 어제 온다고 했는데 그녀가 퇴근하기 전까지 돌아오지 않았었다. 도대체 어디가 얼마나 아픈데 약을 사오라는 걸까.

연락이 되지 않으니 소화제, 진통제, 해열제, 감기 몸살 약까지 한보따리 사서 평소라면 버스를 이용했겠지만 마음이 급해 택시를 탔다.

집은 조용했다. 서재를 열어보고 다시 안방으로 향했다. 석은 침대에 누워 있었다. 상의는 벗고 있는지 반쯤 가린 이불 위로 그의 맨가슴이 보였다.

"사장님. 저 왔어요. 어디 아프세요?"

대답이 없어 가까이 다가갔다가 땀에 흠뻑 젖어 있는 모습을 보고 깜짝 놀랐다. 세상에, 누가 알면 샤워를 하고 닦지 않았든가 비에 홀딱 젖은 줄 알겠다. 이마에 손을 댔다가 가슴이 철렁했다. 손바닥이 불에 덴 듯 뜨거웠다.

"열이 이렇게 높은데, 사장님, 사장님?"

"약 사왔어?"

눈도 뜨지 않고 묻는 목소리가 기운이 하나도 없었다. 수영은 급한 대로 티슈를 뽑아서 석의 얼굴을 닦았다.

"약은 사왔는데 병원을 가는 게 좋을 거 같아요. 열이 너무 높아요."

"약 먹으면 돼."

"약 갖고 될 거 같지 않아요. 움직일 수 있겠어요? 저랑 병원 가요."

석은 말하기도 귀찮은지 살짝 인상을 찌푸렸다. 병원 가자고 실랑이를 더 해봐야 소용없을 것 같아 감기약과 해열제를 챙겨놓고 주방에서 물을 따라왔다.

“뭐 드신 거예요? 빈속에 약 먹으면 안 되는데. 안 드셨으면 죽이라도 끓일까요?”

“머리 울리니까 말하지 말고 해열제만 줘.”

약을 먹은 뒤 석은 다시 침대에 누웠다. 뭘 어떻게 해야 할지 몰라 허둥대다 미지근한 물에 수건을 적혀서 얼굴과 목을 닦아주었다.

“사장님.”

몇 번 망설이다 조용히 불렀는데 대답이 없었다. 잠이 든 것 같아 손과 팔, 이불을 살짝 들춰서 가슴 주변도 손이 닿지 않게 조심하면서 닦아주었다. 수건을 다시 빨아서 이마에 올려주고 땀 때문에 눅눅해진 이불도 새 걸로 바꿔서 덮어주었다.

“죽을 끓여놔야겠다.”

그동안 집에서 식사는 했지만 그녀가 직접 요리를 한 적이 없어서 싱크대부터 열어보았다. 다행히 찹쌀이 있어 물에 불려놓고 냉장고를 뒤졌다. 반찬을 만들어서 갖다 놓는 건지 야채가 없었다. 멀건 죽을 끓일 수는 없다는 생각에 밖으로 나왔다. 버스 정류장 근처에 있는 마트까지 내려와서 야채와 전복을 사와서 죽을 끓였다.

“조금이라도 먹게 하는 게 좋을까.”

고민하다 방으로 들어왔는데 몇 번 불러도 몸을 뒤척일 뿐 눈을 뜨지 않았다. 수건을 다시 갈아주고 서재로 향했다.

오늘부터 정말 열심히 일을 하려고 했는데 집중이 되지 않았다. 글씨를 읽어도 머리에 들어오지 않고 자판을 잘못 눌러서 자꾸 오타가 나왔다. 그냥 놔둬도 되는 건지, 걱정이 되고 불안해서 몇 번이나 방을 들락거렸는지 모른다.

석은 저녁 시간이 훌쩍 지나고 9시가 가까워지는데도 일어날 기미가 보이지 않았다. 오후쯤 억지로 죽 두어 수저 먹고 약을 먹은 게 다였다.

"어쩌지?"

아픈 사람을 혼자 두고 갈 수도 없고 그렇다고 집에 안 갔다가는 김 여사가 난리를 칠 텐데, 퇴근 시간이 가까워지니 마음이 더 불안했다.

'난 항상 진수영 대기조야. 언제든 부르면 달려갈 테니까 제발 좀 불러줘.'

문득 명지의 말이 떠올랐다. 핸드폰을 꺼내 들고 곧장 통화 버튼을 눌렀다.

[이게 누구신가? 날 버리고 가더니 양심의 가책을 느꼈나. 웬일로 이 시간에 전화를 다 해?]

"부탁이 있어."

[커피 한잔도 같이 안 마시고 도망갔으면서 부탁을 하면 내가 들어줄까. 안 들어줄까?]

"들어줄 거야."

[으흠, 이 대단한 믿음은 우정에서 나오는 거겠지?]

명지의 능청스러운 말에 마음이 급하면서도 웃음이 나왔다. 수영은 서재에서 나와 거실 베란다로 향했다. 창문을 열자 서늘한 밤바람이 피부를 스쳐 오소소 소름이 돋았다.

"나 엄마한테 오늘 너랑 있겠다고 할 거야. 이유는……. 네가 다쳐서 병원에 있다고 할게."

[밑도 끝도 없이 이게 무슨 소리야?]

"사정이 있어서 그래. 자세한 건 내일 말해줄 테니까 혹시 우리 엄마한테 전화 오면 나하고 말 좀 맞춰 줘."

베란다로 나왔고 석이 깨어 있다고 해도 안방까지 들리지도 않을 텐데 혹시나 싶어 목소리를 한껏 낮추며 말했다. 그게 더 수상했는지 명지는 끈질기게 물었다. 어쩔 수 없이 간단하게 설명했다.

[그러니까 사장님이 아파서 네가 곁에 있어줘야 할 상황인데, 엄마한테는 나 때문이라고 하겠다. 이거지?]

"응."

[사장님 가족 없어?]

"그건…… 잘 모르겠어."

얼핏 부친만 있다는 소리는 들은 것 같은데 자세한 건 묻지 않았고 석도 그다지 이야기하고 싶어하는 것 같지 않았다.

[진짜 아픈 거 맞아?]

"열이 엄청 높아."

낮에 비하면 많이 내렸지만 안심할 수는 없었다. 혹시 혼자 있다가 열이 더 오르면 어쩌나 싶었다. 아픈데 혼자 있는 게 얼마나 서러운 건지 겪어봐서 안다.

언젠가 아파서 아르바이트도 겨우 하고 돌아왔는데 하필 김 여사가 이모네 가고 없는 날이었다. 밤새 끙끙 앓으면서 어찌나 서럽던지 아침에 일어나니 얼굴도 핼쑥하고 눈은 왕눈이처럼 부어 있었다.

[네가 한 말 다 이해는 했는데 그렇게까지 할 필요가 있을까. 병원 간호사들이 알아서 해주겠지.]

병원이 아니라고 말을 하려다 그만두었다. 단둘이 더구나 석의 집이라고 하면 분명 명지는 더 꼬치꼬치 캐물을 테고 이상한 쪽으로 몰고 갈 게 뻔했다.

정직원으로 일하게 되었다고 했을 때 김 여사나 명지에게 집으로 출근한다는 말은 하지 않았었다.

"그래도 어떻게 아픈 사람만 두고 가. 이번만 부탁할게. 그럼 도와줄 거라고 믿고 나 엄마한테 전화한다. 고마워."

이미 출발해야 할 시간이 지나 있는 터라 마음이 급했다. 김 여사는 웬일로 명지와 달리 별다른 말이 없었다. 부모님이 여행을 가셔서 다친 명지 혼자 병원에 있어야 하는 상황이라고 했더니 믿는 눈치였다.

'이번만이야. 무슨 이유든 외박은 안 돼.'

전화를 끊기 전 싫은 소리를 했지만 그 정도는 아무렇지도 않았다. 살짝 양심에 찔리는 것도 무시했다.

"으악!"

통화를 끝내고 막 돌아섰는데 석이 팔짱을 낀 채 유리문에 기대서 있었다. 어찌나 놀랐는지 핸드폰을 바닥에 떨어뜨렸다.

"언제…… 그보다 이제 괜찮으세요?"

놀란 와중에도 그가 걱정되어 묻자 조금 핼쑥해진 그의 미간이 꿈틀 움직였다. 샤워까지 했는지 살짝 젖어 있는 머리카락과 반팔 티와 바지를 입고 있는 모습이 예전의 그로 돌아온 것 같았다. 괜찮아진 것 같아 내심 안도했다.

"그러니까 지금 내가 명지라는 친구가 된 거고 병원에 입원을 한 상태다?"

"그게……."

"거짓말까지 해가면서 내 곁에 있어주려는 마음은 정말 기특한데, 진수영하고 나하고도 우정인가?"

"네?"

"아니면 직원으로서 상사를 걱정하는 마음?"

아파서인지 그의 말투가 날이 선 듯 느껴졌다. 수영은 선뜻 대답을 할 수가 없었다.

"전에 나한테 친절한 사람이냐고 물었었지. 그 질문 나도 해야겠네."

"……."

"내가 아닌 다른 사람한테도 죽 끓여서 먹여주고 약 챙겨주고, 아, 몸을 닦아주기도 했었지, 진수영, 원래 그렇게 친절한 사람인가?"

수영은 얼굴이 확 달아올랐다. 그의 말을 듣고 있으려니 너무 과한 행동이었나 하는 생각도 들었다. 전혀 모르는 사람도 아닌데 약은 사다 줄 수 있다. 하필 일하는 곳이 집이다 보니 죽도 끓여줄 수는 있다. 하지만 땀이 났다고 수건을 적셔서 몸을 닦아준 건 선뜻 그렇게 할 수 있다는 말이 나오지 않았다.

"왜 아무 말이 없어?"

이럴 땐 무슨 말을 해야 하는 걸까. 수영은 차마 그와 시선도 마주치지 못하고 이리저리 눈동자를 굴렸다.

직장 상사였기 때문이라고 대답하기엔 과한 행동이란 생각이 들기도 했고, 원래 친절한 사람이라고 하기엔 딱히 그런 편도 아니었다. 아르바이트를 하면서 만난 사람들과는 언제나 적당한 거리를 유지했다. 애써 친목을 유지하려고 노력한 적도 없다.

일하는데 불편하지 않을 정도면 충분하다고 생각했으니까. 사람과의 관계를 유지하기 위해서는 시간과 돈이 필요한데 그녀는 둘 다 여의치가 않았다.

"바람이 꽤 찬데 언제까지 이렇게 있어야 하지?"

"아, 죄송해요."

열은 내렸는지 몰라도 반팔 티를 입고 찬바람을 맞아서는 안 된다는 생각이 그제야 들었다. 핸드폰을 집어 들고 얼른 들어가서 문을 닫으려고 하자 그가 앞을 가로막고 비켜주지 않았다.

"비켜주셔야 문을 닫죠."

"대답을 못 들은 거 같은데."

그가 만약 웃으면서 말했다면 놀리는 거라고 생각했을 것이다. 하지만 석의 표정은 무슨 생각을 하는지 전혀 감을 잡을 수가 없었다. 검고 깊은 눈동자가 기필코 대답을 듣고 말겠다는 듯 집요하게 그녀를 살피고 있었다.

"내가 가끔 쓸데없이 오지랖을 부릴 때가 있어요."

"쓸데없이? 그러니까 지금 날 챙겨준 게 쓸데없는 오지랖이었다는 거야?"

수영은 잠시 움찔했지만 왜 이렇게 사람을 몰아세우는지 이해가 가지 않았다. 설사 과한 친절을 베풀었다고 해도 크게 잘못한 것도 아닌데 선생님한테 혼나고 있는 기분마저 들었다.

"말씀하시는 거 보니까 이제 괜찮아지셨나 보네요. 그럼 전 가볼게요."

그를 살짝 밀치고 안으로 들어와 문을 닫으려고 하는데 손목이 잡히고 몸이 홱 돌려졌다.

"왜 이러세요?"

"내가 왜 이러는지 몰라?"

"도대체 무슨 말을 듣고 싶은 거예요? 내가 무슨 죄 지었어요?"

"알고 싶어."

"뭘 알고 싶은데요? 세상 사람들 모두한테 오지랖을 떠는지 궁금……."

"진수영의 진짜 마음."

수영은 입을 꾹 다물었다. 석은 꽤 진지해 보였다. 눈빛이 그랬고 표정 또한 장난기라고는 조금도 찾아볼 수 없었다.

그냥 걱정되었을 뿐이라고 말하면 됐을 텐데, 그가 통화 내용을 들었다고 생각하니 속마음을 들킨 것 같아 부끄러웠다. 그래서 생각도 못했던 오지랖이란 말이 튀어나왔다.

'그냥 다들 하는 미팅일 뿐이야. 그러다 마음 맞는 남자 있으면

사귀는 거고. 딱 한 번, 한 번도 안 돼?'

2학년 때 명지가 미팅을 하자며 잡아끈 적이 있었다. 며칠 전 말을 했을 때도 거절했는데 그날따라 명지는 끈질겼다.

'불타는 청춘을 아르바이트만 하다가 끝낼 거야? 내가 이런 말까지 안 하려고 했는데 저쪽에서 널 꼭 데리고 나오라고 했단 말이야.'

시간도 없고 미팅에 관심도 없지만 어쩔 수 없이 나간 자리에서 딱 한 시간 앉아 있었다. 아르바이트를 갈 시간이었고 마음이 불편했다. 그때 이후 다시는 미팅이나 소개팅 자리에 나가지 않았고 늘 그렇듯이 남자에게 관심을 둔 적은 없었다.

그런데 석에게는 그게 잘 되지 않는다. 함께 있으면 자꾸 시선이 가고, 그를 보지 못하고 돌아갈 때는 이상하게 기운이 없었다. 정신 차리자 수도 없이 다짐했었다. 네 처지에 더구나 모든 게 완벽한 남자인 석이 가당키나 하냐고.

너무 잘 알고 있는데 속마음을 털어놓으라고 다그치니 울컥 화가 났다.

"그냥 고맙다고 하면 안 돼요? 착한가 보다, 친절한가 보다 그렇게 생각하면 안 되냐고요? 걱정돼서 그랬어요. 열은 나지 병원은 안 간다고 하지, 그냥 할 수 있는 걸 했을 뿐이에요."

"단지 걱정돼서 그랬다?"

"그럼 뭐가 더 있어야 하는 건가요?"

"좀 더 솔직해 보는 건 어때?"

솔직하면 그다음은 어떻게 되는데요? 묻고 싶었다. 젊은 나이에 모든 걸 완벽하게 갖춘 남자와 하루하루를 치열하게 살아야만 하는 여자.

지금도 앞으로도 그 거리를 좁힐 수도 없고 그럴 가능성은 기대해 본 적도 없었다. 그렇다고 마음이 움직이는 것까지 어떻게 할 수도 없다. 내 마음인데 내 맘대로 되지 않는 걸 어쩌란 말인가.

수영은 씁쓸하게 웃었다.

“나 좋아해?”

“이 손 놔요.”

“엄마한테 거짓말을 하면서까지 내 곁을 지키고 싶을 만큼?”

“제발, 이 손 놓으시라고요!”

대차게 뿌리쳤지만 그는 놓아주지 않았다. 오히려 더 꽉 잡고 그녀를 곁으로 확 끌어당겼다. 너무 가까운 거리라 얼른 뒤로 물러나자 그가 성큼 다가왔다.

“무슨 말을 듣고 싶냐고? 진수영이 날 좋아하는지, 직장 상사가 아닌 남자로 좋아하는지 궁금한 건 그거야.”

너무 가까운 거리라 그가 말을 할 때마다 이마 위로 뜨거운 호흡이 느껴졌다. 설핏 잘못 움직였다가는 입술이 닿을지도 모른다는 생각이 들었다. 고개를 한껏 뒤로 젖힌 수영은 어금니 안쪽을 꽉 물었다.

그예 그녀의 대답을 듣고 싶은가 보다. 마음속을 들여다보고 싶은가 보다.

불편하고 어색해지는 건 싫은데, 어쩌면 일을 그만둬야 할지도 모른다는 생각이 들자 이 순간을 모면해야 하나 아니면 한 번쯤 솔직해져도 괜찮지 않을까 마음이 갈팡질팡했다.

"난 진수영을 원해. 직원으로서가 아니라 여자로."

"……."

"하루에도 몇 번 아니, 수도 없이 널 안는 상상을 하지."

"도대체 무슨 소리를……."

"못 알아듣겠어? 그럼 더 확실하게 말해줄까. 널 내 여자로 내 곁에 두고 싶어."

수영은 머리를 한 대 얻어맞은 충격에 입만 뻐금거렸다. 석이 갑자기 왜 이러는지 이해할 수가 없었다. 함께 일하는 동안 그는 친절했지만 단지 직장 상사일 뿐 그녀를 여자로 대한 적은 없었다. 취해서 그녀가 먼저 안아달라고 했을 때도 손 하나 대지 않았었다.

그런데 갑자기 왜.

"열이 다 안 내린 거예요?"

"뭐?"

"아니면 원하지도 않았는데 알아서 챙겨주니까 한 번쯤 데리고 놀아도 되겠다 싶어요?"

"진수영!"

"제가 사장님이 손가락 하나만 까닥이면 팍 엎어질 거처럼 쉬워 보여요?"

석은 아주 많이 화가 난 것 같았고 그녀 또한 말도 안 되는 소리를 하면서 자신이 참 못났다고 생각했다.

자격지심 따위 없다고 생각했는데 지난 몇 년 살려고 바동대다

보니 자존감이 바닥으로 떨어졌는지도 모르겠다. 아니면 현실을 너무 잘 깨닫고 마음이 자신도 모르게 삐뚤어졌는지도.

"그렇게 자신이 없어?"

"……."

"쉬워 보이냐고? 그랬다면 벌써 침대로 데려갔겠지. 내 욕심 다 채우면서 널 갖고 또 가졌을 거야. 그런데 그렇게 하지 않았어. 왜였을 거 같아?"

그의 눈동자는 당장이라도 불을 뿜어낼 것처럼 무시무시했다. 그동안 그녀가 알지 못했던 분노 조절 장치를 겁도 없이 건드렸다는 생각이 들 정도였다.

"내가 원하는 건 진수영 마음이거든. 나를 남자로 온전히 원할 때까지 기다렸어. 무슨 말인지 알아?"

"……."

"네 눈빛, 시선."

석의 긴 손가락이 그녀의 눈 주위를 부드럽게 쓸었다.

"네 입술."

콧등을 타고 내려와 입술 라인을 따라 천천히 움직였다. 수영은 눈을 꾹 감았다 떴다.

"나만 바라보고 나만 닿을 수 있기를 바랐는데, 진심을 이렇게 뭉개 버리니 화가 나네. 그런데도 널 원하는 마음이 작아지지가 않아."

입술을 자극하는 그의 손가락이 뜨겁게 느껴졌다. 아직 열이 있는 건지 그녀의 입술이 뜨거운 건지 알 수가 없었다.

"도대체…… 나한테 왜 이래요?"

"충분히 설명했다고 생각하는데 부족한 거야?"

"그러니까 왜……."

"키스하고 싶다. 밀어낼 거야?"

차라리 묻지나 말지 그는 밀어낼 틈을 주지 않았다. 뜨거운 그의 입술이 닿자 수영은 겨우 뜨고 있던 눈을 다시 꾹 감았다.

석은 실오라기 하나 걸치지 않은 몸으로 침대에 누워 있는 수영을 뜨거운 시선으로 바라보았다.

'그렇게 가만히 있으면 키스로 멈추지 않을 거야.'

긴 키스가 끝난 뒤 다시 한 번 경고를 했는데 수영은 눈을 꼭 감은 채 미동도 하지 않았다. 더는 지켜보기만 하는 걸 그만두기로 결심하고 곁에 두었다. 꽤 이성적이라고 자부했는데 손만 뻗으면 닿을 수 있는 거리에 있다는 게 마냥 좋지만은 않았다.

친절한 직상 상사로 있어야 하는 매 순간이 고통이었다. 함께 있는 동안 그는 욕망이란 놈과 수도 없이 싸워야 했으니까. 수영이 돌아가고 난 뒤 그녀가 앉았던 의자에서 잠이 든 적도 있었다.

"아직 기회는 있어."

마음에도 없는 소리를 하면서 석은 수영의 눈동자를 깊이 바라보았다. 열기 띤 눈동자가 파르르 떨렸다.

"내가 싫다고 하기를 바라는 거예요?"

"그럴 리가."

"그럼 입 다무세요."

제법 단호한 말투에 석은 픽, 웃었다. 손으로 그녀의 턱을 어루만지며 목을 타고 내려와 어깨와 팔을 쓸었다.

"난 분명히 기회를 줬어. 그런데도 넌 도망가지 않았지."

봉긋 솟은 가슴을 꽉 움켜잡자 수영이 숨을 급하게 들이켜며 몸을 비틀었다.

"사장님은 말을…… 너무 안 들어요."

"내가?"

"입 다물라고 했잖아요."

"말투가 좀 건방져서 말이야."

석은 빙그레 웃으며 탐스러운 가슴을 한입 가득 베어 물었다. 손으로 만졌을 때보다 더 부드럽고 매끄러운 감촉이 혀끝에 닿았다.

상상했던 것보다 훨씬 더 달콤했다.

"으읏."

얼마나 이 순간을 기대했는지 넌 모르겠지. 해맑게 웃던 미소와 또랑또랑한 목소리. 교복을 입고 있는 널 넋을 잃고 바라봤던 그날 이후 시간이 정말 느리게도 흘렀다.

햇살이 온통 네게로만 쏟아지는 것처럼 눈부신 널 지켜보는 게 기쁨이면서 또 다른 고통이었다.

"너무 부드럽고 달콤해."

타액이 담뿍 묻어 있는 가슴을 보며 석은 흐뭇하게 웃었다. 그는 서두르지 않았다. 맛있는 걸 아껴먹는 것처럼 천천히 야금야금 수영을 느꼈다. 단 한순간도 수영에게 눈을 떼지 않았고 손과 입술은 부드러운 피부를 마음껏 만지고 맛봤다.

"악, 뭐 하는 거예요?"

수풀을 헤치고 그녀의 은밀한 곳에 입술이 닿자 수영은 기겁을 하며 펄떡 뛰었다. 벗어나려고 몸부림치는 걸 허벅지를 꽉 잡고 놓아주지 않았다.

"사장님!"

"날 다시 말 많은 사람으로 만들지 않으려면 가만히 있어."

"그래도 이건……."

"그냥 느껴."

내가 널 얼마나 원하는지, 갖고 싶었는지.

혀끝에 닿는 매끄러운 감촉은 미치도록 황홀했다. 열은 내렸고 푹 쉬었더니 몸도 가뿐했다. 매년 이맘때쯤 열감기로 고생을 했던 터라 이틀 전부터 이미 약은 먹고 있었다. 수영에게 약을 사오라고 문자를 넣고 도착할 때쯤 더운 물로 샤워를 한 뒤 닦지도 않고 침대에서 기다렸다. 이마에 대고 있던 핫팩을 깔고 누워서 잠든 척, 열이 높아 정신이 없는 척 미친 짓도 했다.

젖은 수건으로 얼굴과 몸을 닦아줄 때 혹시나 핫팩을 눈치챌까 봐 어찌나 조마조마했던지.

진작 잠에서 깼지만 일부러 퇴근 시간까지 기다렸는데 아예 집에 가지 않을 생각까지 했다니, 단지 관심을 받아보려고 했었는데 이런 순간이 올 줄이야.

"아읏. 사장님, 그만."

석은 부끄러워하는 수영을 무시했다. 붉은 속살이 주는 부드러움과 촉촉함, 맑은 애액이 흐르는 질 입구를 충분히 핥고 빨아대고 맛봤다.

마침내 고개를 들었을 때 수영의 눈동자는 눈물이 그렁그렁 차올랐고 얼굴은 붉게 달아올라 있었다.

시선이 마주치자 고개를 돌리려는 걸 턱을 잡고 그를 바라보게 했다.

"날 봐야지."

"……."

"난 욕심이 많아. 적당히 대충 그런 거 내 사전에 없어. 내가 원하는 만큼 너도 날 원하게 만들 거야."

"그럴 필요 없어요. 지금도 충분히 사장님을 원하니까."

예쁜 말을 하는 수영의 입술이, 그를 온전히 담고 있는 말간 눈동자가 너무 예뻤다. 예쁘지 않은 곳이 단 한곳도 없을 정도로.

"사실은 나 솔직하지 못했어요."

"무슨 소리야?"

"제가 감히 사장님을…… 좋아해요. 겁도 없이 이런 순간을 꿈꿨어요."

석은 깊은 시선으로 고백하는 수영을 가만히 응시했다. 부끄러운지 몇 번 망설이다 그녀의 손이 그의 볼을 부드럽게 어루만졌다.

"갑자기 너무 용감해진 거 같은데 이유가 뭘까?"

"아까 사장님이 이유가 뭐냐고 물었잖아요. 이게 내 대답이에요."

"후회 안 할 자신 있어?"

"절대요. 평생 후회 안 해요."

세상에 절대로 변하지 않은 건 없지만 이 순간만큼은 믿고 싶었다. 오롯이 그를 담고 있는 눈동자, 붉게 달아오른 볼, 키스로 도톰해진 입술, 실오라기 하나 걸치지 않고 그의 앞에 있으면서 전혀 겁먹지 않은 몸짓. 모든 게 만족스러웠다.

"아무것도 욕심내지 않고 바라지도 않을게요."

석은 수영의 입술에 뜨겁게 키스했다. 헐떡이는 수영을 놓아주고 타액에 젖은 입술을 손가락으로 가만히 쓸었다.

"욕심내. 많이 바라. 그렇게 내 곁에 있어."

대화를 나누기엔 이성이 저만치 달아났지만 수영을 달래주고 싶었다. 날뛰고 있는 욕망이 너무 거세 혹시 상처를 줄까 걱정이 되었다.

"일부러 이러시는 거죠?"

"……."

"저 두렵지 않아요. 말했잖아요. 감히 사장님을 좋아한다고."

눈치 빠른 수영이 그의 입술에 쪽, 입을 맞추고 수줍게 웃었다. 겨우 억누르고 있는데 수영이 고삐를 확 풀어버린 격이었다.

그는 깊은 키스로 수영의 호흡을 빼앗았다. 가슴도 정신없이 물고 빨았다. 이미 축축하게 젖은 수영의 은밀한 숲을 손가락으로 휘젓고 마침내 그곳을 차지했다.

"으읏."

이를 악물고 통증을 참는 수영이 안타까워하면서도 미치도록 황홀한 감각에 한동안 움직이지도 못했다.

촘촘하게 달라붙는 주름진 속살의 느낌은 그나마 남아 있는 이성마저 모조리 앗아갔다. 맹세코 살면서 단 한 번도 이렇게 이성을 잃은 적은 없었다.

생전 처음 달콤한 사탕을 입에 넣은 것처럼 그녀의 몸 곳곳을 핥고 빨고 붉은 자국을 새겼다. 이제 넌 내 여자라고.

수영은 몸을 뒤척이다 뻐근한 통증에 눈을 번쩍 떴다. 새벽빛이 은은하게 스며든 침실은 숨소리도 들리지 않고 조용했다. 혼자 있다는 걸 깨닫자 나직이 한숨이 흘러나왔다.

'기다린 시간이 얼만데 한 번으로 끝날 수는 없지.'

문득 석의 말이 떠오르자 얼굴이 화끈 달아올랐다. 지난밤 그는 여느 때와 달리 친절하지 않았고 배려하면서도 결코 배려라고 할 수 없을 정도로 그녀를 탐했다.

첫 관계가 끝난 후 기진맥진한 그녀를 욕실로 데려가 욕조에서 쉬게 할 때까지도 힘들지만 참을 수 있는 정도였다. 노곤한 몸을 그에게 기대고 평소처럼 대화를 했었다. 학교 이야기가 나온 뒤로 그녀가 말을 많이 했고 가끔 웃기도 했었다.

'왜 자꾸 만져요?'

어깨를 쓸어주고 손가락을 만지는 것까지는 아무렇지 않았는데 아랫배를 어루만지던 손이 슬금슬금 가슴으로 올라오기에 항의를 했더니 한 번으로 끝낼 수가 없단다.

그녀는 기막혀했지만 그를 막을 수는 없었다.

그 멋진 미소와 뜨거운 입술과 열망이 가득한 눈동자를 마주하면서 어떻게 밀어낸단 말인가.

욕실을 나온 건 한참 후였고 그가 침대로 데려온 뒤 잠이 들고 말았다.

"나 지금 웃는 건가?"

열락의 늪에 빠져 헐떡대며 비명을 질렀던 그 순간을 떠올리면 창피하고 부끄러운데 그와 사랑을 나눴다고 생각하니 자꾸 웃음이 나왔다.

"좋아하니까."

감히 사장님을 좋아한다고 고백할 수 있을 정도로 결코 가벼운 마음이 아니니까.

수영은 웃고 있는 자신이 전혀 이상하지 않은 거라고 생각하며 침대에서 내려왔다. 홀딱 벗은 채 욕실로 향했다. 간단하게 씻고 가운을 걸치고 거실로 나왔는데 살짝 열려 있는 서재에서 불빛이 새어 나왔다.

문을 살며시 열자 그 작은 인기척에도 책상에 앉아 있던 석이 고개를 번쩍 들고 그녀를 쳐다보았다.

"왜 더 자지 않고."

"일하는 거예요?"

"일찍 깼어."

그래 봐야 세 시간도 못 잤을 텐데, 수영은 빤히 쳐다보는 그의 시선이 민망해 잠시 머뭇거리다 안으로 들어갔다.

"이리 와."

두어 걸음 떨어진 거리에 멈춰 서자 석이 책상을 톡톡 두드리며 말했다.

"어, 그냥 여기 있을게요."

"거기서 뭐 할 건데?"

"그냥…… 저도 일할까 봐요. 그동안 너무 못했잖아요."

그동안 석이 그녀를 배려해 준 만큼 더 열심히 일할 각오까지 했는데 서재에 있으면서도 아픈 그가 걱정돼서 집중할 수가 없었다.

"일은 근무 시간에만."

"사장님도 일하시잖아요."

"네가 깨어 있는 걸 알았으면 안 했을 거야."

그의 시선은 부담스러울 정도로 집요하게 그녀를 훑고 다녔다. 그저 시선이 닿았을 뿐인데 몸은 열이 나는 것처럼 화끈거렸다.

"이리 와."

왜 자꾸 오라는 건지, 가면 왠지 안 될 것 같기도 한데 계속 버티자니 부드럽게 미소 짓고 있는 모습이 마치 유혹하는 것처럼 보였다.

"확실히 해야 할 게 있어요. 우리 공과 사는 분명히 해요."

"공과 사?"

"근무 시간에는 일만. 사장님은 퇴근하고 오시는 거지만 전 이곳이 직장이잖아요."

"정확히 알아듣게 말해야지."

"저 일할 때 하지 마시라고요."

"뭘 하지 말라는 거야?"

분명 알아들었을 텐데 석은 느긋한 표정으로 의자에 몸을 기댄 채 턱을 느리게 쓸었다. 문득 그의 턱을 만졌을 때가 떠올랐다. 손가락에 느껴지던 까칠한 느낌, 그 아래 굵은 목과 넓은 어깨, 단단한 가슴.

수영은 석이 턱을 만지는 모습을 보면서 대담하게 먼저 다가가 입을 맞추고 혀로 핥던 그 느낌이 어땠는지 선명하게 떠올라 볼이 발그레하게 달아올랐다.

슬그머니 시선을 피하자 그가 벌떡 일어나 그녀에게 다가왔다.

"그게 뭐든 근무 시간에는 하지 말라는 건데."

그의 긴 손가락이 그녀의 턱을 반짝 들어 올렸다. 미소 띤 얼굴로 다가오는 그를 보며 수영은 눈을 감아야 하는지 도망가야 하는지 갈등했다.

"지금은 근무 시간이 아니니까 뭐든 해도 된다는 뜻이네."

"그런 뜻……."

"그렇게 콕 찍어서 말하지 않았으면 모를 뻔했잖아."

씨익, 웃는 모습이 사악해 보일 정도였다. 그런데도 멋지다는 생각이 들다니, 수영은 반항할 생각도 못하고 그의 입술을 느꼈다.

"읍."

키스도 사랑을 나눈 것도 처음인데, 머리도 몸도 그 느낌을 기억해 내는데 단 1초도 걸리지 않았다. 그의 입술은 뜨겁고 달콤했으며 혀의 움직임은 부드러우면서 거침없었다.

허리가 바싹 조여지고 뒤꿈치로 겨우 서 있을 정도로 몸이 끌려 올라갔다. 짓이겨지듯 맞닿은 입술이 불에 덴 것처럼 화끈해지고 심장은 피부를 뚫고 나올 정도로 쿵쾅거렸다.

머릿속이 아득했다.

정신을 차렸을 땐 그녀는 샤워 가운이 풀어헤쳐진 채 책상에 앉아 있었다. 그가 무릎을 꿇고 앉아 그녀의 다리를 천천히 벌리며 황홀한 눈빛으로 쳐다보았다.

"말해봐."

"……."

"네 몸에서 예쁘지 않은 곳이 어디인지."

수영은 가쁜 숨을 토해내며 고개를 가로저었다.

"없다는 뜻?"

"아니요. 그만하……."

"자신에 대해서 너무 잘 알고 있네. 맞아. 진수영은 예쁘지 않은 곳이 없지."

그게 아니라 그만하라는 뜻이었는데. 멋대로 해석한 석은 흡족한 미소를 머금고 부끄러운 곳을 뚫어지게 쳐다보았다. 수영은 속옷도 입지 않은 채 그의 앞에서 다리를 벌리고 있으니 도무지 어떻게 해야 할 줄 몰랐다. 다리를 오므리려고 했지만 그의 손이 꽉 잡고 있어서 할 수 있는 게 아무것도 없었다. 뒤로 물러날 수도 없어서 그의 어깨를 잡고 밀었다.

"거기는 왜 자꾸 보는 거예요? 그만 봐요."

"그래야지. 보고만 있을 수는 없으니까."

웬일로 착하게 말을 잘 듣나 했더니 그가 그녀의 다리를 더 넓게 벌리고 고개를 숙였다.

"아읏. 사, 사장님!"

펄떡 튀어 오르며 소리를 지른 수영은 안 그래도 붉어진 볼이 터질 것처럼 더 붉어졌다. 조금의 망설임도 없이 그녀의 수풀을 길게 핥아 올린 석이 고개를 들고 혀를 쏙 내밀었다. 말간 액이 대롱대롱 매달려 있었다.

"달콤하네."

아이처럼 웃고 있는 모습을 보니 정말 울고 싶었다.

"왜, 먹고 싶어?"

"누가 그렇대요?"

"먹고 싶어도 참아. 내가 하루 종일 먹은 거라고는 죽 몇 숟가락이 다잖아."

"배고프면 식사를…… 으읏."

조금 더 깊고 길게 그녀를 핥아 올린 석이 빙긋 웃으며 말했다.

"허락해 줘서 고마워. 맛있게 잘 먹을게."

먹기는 뭘 먹어요? 내가 음식이에요? 그거 먹는다고 배가 불러요?

머릿속에서 둥둥 떠다니는 불만은 한마디도 하지 못했다. 그는 정말 맛있게 그녀를 핥아먹었다. 할짝할짝, 츕츕, 민망한 소리가 연신 들렸다.

부끄럽고 창피한 것도 잠시 전기가 오른 것 같은 아찔한 전율이 몸을 타고 흘렀다. 몸을 어떻게 할 수가 없었다. 팔을 뒤로 뻗어 책상을 짚었다 어깨를 잡았다가 어느 순간 짧은 그의 머리카락을 잡고 있는 걸 보고 화들짝 놀라 놓기도 했다.

그의 혀는 뜨겁고 부드럽고 집요했다. 클리토리스를 콕콕 찔러대다 쪽 빨아들일 때는 저도 모르게 발을 쭉 뻗고 경련하듯 파르르 떨었다.

“아흣. 사장님. 그만. 제발. 그만.”

아무리 사정해도 그는 멈추지 않았다. 몸은 점점 더 뜨거워지고 호흡은 거칠어졌다. 피가 혈관을 질주하는 것 같았다. 숨을 쉴 수 없는 짜릿한 감각이 몰아쳤다. 눈앞이 뿌예졌다 확 밝아졌다 정신을 차릴 수가 없었다.

마침내 그가 멈췄을 때 수영은 책상에 길게 누워 있었다.

“이제 진짜 식사를 해야지.”

애액으로 번들거리는 그의 입술을 헉헉대며 쳐다보고 있는데 그가 가운을 벗어 던지고 그녀의 안으로 푹 파고들어 왔다.

“아읏.”

강한 압박에 겨우 내뱉고 있는 숨이 딱 멈췄다.

“많이 아파?”

그의 존재가 너무 벅차서 아프면 멈출 거냐는 말도 나오지 않았다. 할 수 있는 건 고작 숨을 할딱이는 것뿐, 고개만 겨우 살짝 가로저었다.

“기특하네.”

말로만 기특하다고 하지 말고 그만 좀 힘들게 했으면, 분명 머릿속은 그런 생각을 했는데 몸은 그를 환영하고 있는지 깊은 곳이 움찔움찔 떨렸다.

"게다가 날 아주 많이 환영하는 거 같고."

아니라고 말할 기운도 없고 몸의 떨림을 그도 느낄 테니 반박할 수도 없었다. 그녀를 당당하게 차지하고 있는 석은 매우 만족스러운 표정이었다. 그의 깊은 눈동자는 열기로 가득해서 바라만 보고 있는데도 그 뜨거움이 온몸으로 전해졌다.

그를 좋아하지만 이런 순간이 올 거라는 생각은 감히 하지 못했었다. 왠지 가슴이 뭉클하고 벅차올랐다.

"사장님."

"말해."

"좋아해요."

그는 잠시 생각에 잠긴 표정이더니 허리를 강하게 쳐올렸다. 으읏, 수영은 턱을 쳐들고 이를 악물었다.

"좋아하는 걸로는 안 돼."

그가 빠르고 강하게 움직이며 말했다. 무슨 말을 더 했던 것 같은데 알아들을 수가 없었다. 머리카락까지 쭈뼛 서는 강렬한 쾌감에 수영은 하얗게 침몰했다.

여섯

수영은 기가 막혀서 말이 나오지 않았다. 넓은 아파트 거실은 깔끔하게 정리가 되어 있었다. 모든 게 새 거였다. 소파 테이블, 벽걸이 텔레비전, 주방 시설까지 막 박스에서 나온 것처럼 반질반질 윤이 났다.

안방은 침대와 옷장 화장대, 그녀의 방으로 짐작되는 작은방 또한 책상까지 완벽하게 갖춰 있었다.

"이게 도대체 무슨……."

석이 골목 입구까지 태워다 주고 떠나는 걸 본 뒤 막 계단을 올라가고 있는데 문자가 왔었다.

「진달래 아파트 201동 1004호.」

비번까지 적혀 있는 걸 보고 이해를 못해 한참 동안 문자를 보고만 있었다. 그동안 살던 집은 텅 비어 있었다. 아파트까지는 뛰어서 10분 정도 거리였다.

'이사 갈 거야.'

처음 그 말을 들었던 날 이후 김 여사는 이사에 관한 말을 더는 하지 않았다. 정말 이사를 갈 거라고는 생각 못했고 시험 기간이라 다른 데 신경을 쓸 여력도 없었기에 그녀도 묻지 않았다. 그런데 정말 이사를 했다.

수영은 핸드폰을 꺼내 김 여사에게 전화를 걸었다. 신호는 가는데 받지 않았다. 잠시 후, 문이 열리는 소리와 함께 김 여사가 이모와 함께 들어왔다.

"이게 대체 어떻게 된 거야?"

오랜만에 보는 이모한테 인사를 할 정신도 없었다.

"이사한다고 했잖아."

이사하는 게 하루아침에 결정되는 게 아닐 텐데 오늘 집을 나갈 때도 말 한마디 없었다. 김 여사는 태연히 말을 하고 양손에 가득 든 봉지를 들고 주방으로 향했다.

"방 마음에 드니? 이모가 골랐는데."

김 여사와 다섯 살 차이 나는 성미는 통화는 가끔 했지만 어릴 때도 자주 보지 못했다. 마지막으로 만났던 게 부친의 장례식 이후 딱 한 번뿐이다. 김 여사는 자주 내려가는데 성미는 그녀의 집을 거의 오지 않았다. 그사이 없던 쌍꺼풀이 생겼고 얼굴이 조금 변한 것 같은데 지금 그걸 따질 상황은 아니었다.

"이모가 설명해 봐. 무슨 돈으로 아파트로 이사를 한 거야?"

"뭘 그렇게 꼬치꼬치 알려고 해? 너희 엄마 그동안 고생 많이 했어. 집 알아보랴, 물건 전부 새로 사랴. 그게 보통 일인 줄 아니? 나도 며칠 전부터 네 엄마 따라다녔더니 아주 온몸이 쑤신다. 성훈이가 요즘 방학이잖니. 매일 왔다 갔다 하느라 정말 힘들었어. 오늘은 시어머니한테 부탁하고 왔으니까 하룻밤 자고 갈 거야."

수영은 너무 기가 차서 입만 뻐금거렸다. 구구절절 늘어놓는 성미의 이야기도 귀에 잘 들어오지 않았다.

"그렇게 서 있지 말고 우리 이사한 기념으로 맥주 한잔씩 할 건데 너도 얼른 가서 앉아. 안주로 너 좋아하는 아몬드하고 바나나 말린 거 많이 사왔어."

"이모."

"아무리 봐도 집 정말 잘 고른 거 같지 않니? 층도 적당하고 남향이야. 이 집도 내가 고른 거다?"

쌩하니 그녀를 지나쳐 가는 성미를 보며 수영은 머릿속이 부글부글 끓어오르는 것 같았다.

"언니 이제 음식 할 만하겠네. 이제 성훈이 아빠가 집에서 회사 다닐 수 있으니까 안심하고 놀러 와야겠다. 오면 맛있는 거 해줘."

성미가 주절주절 떠드는 동안 김 여사는 아무런 대꾸도 하지 않았다. 사온 물건을 냉장고에 넣어두고 식탁에 앉아 과일을 깎았다.

"너 뭐 해? 얼른 와서 앉아."

수영은 숨을 크게 들이켠 뒤 식탁으로 퉁퉁 걸어갔다.

"엄마, 나하고 이야기 좀 해."

"무슨 말을. 전에 말도 했고 보시다시피 내가 알아서 준비하고 이사에 정리까지 다 했잖아. 이제 월세 낼 필요 없으니 너한테 좋은 거 아니야?"

"나쁘다는 게 아니라……."

"앞으로 너 용돈 버는 정도만 아르바이트해. 되도록 늦게 끝나는 거 말고 주말 정도만 잠깐 하면 좋고."

"혹시 로또라도 당첨됐어?"

너무 기가 막히니까 별의별 생각이 다 들었다. 그렇지 않고는 갑자기 월세도 아닌 아파트로 이사를 할 수 없을 테니까.

"로또 당첨됐으면 내가 고작 이런 아파트로 이사했겠니?"

"그럼 뭐냐고? 돈이 어디서 나서 이사를 했는데?"

저도 모르게 목소리가 높아지자 김 여사가 눈을 홱 추켜 뜨고 그녀를 쳐다보았다.

"더 좋은 곳으로 이사했는데 뭘 그렇게 날을 세워? 아빠가 남겨 놓은 거야."

"아…… 빠가?"

"돈 있는 줄 알면 벌 떼처럼 달려들까 봐 그동안 이모한테 맡겨 뒀었어."

"……."

"이제 시간도 좀 지났고 너도 곧 졸업하잖니. 굳이 졸업할 때까지 기다릴 필요 없을 거 같아서 이사한 거야."

김 여사는 할 말 다 했다는 듯 맥주 캔을 따서 살짝 입만 대고 내려놓았다. 술을 좋아하지 않을 뿐더러 그동안 마시는 걸 몇 번

본 적도 없었다. 아마도 맥주를 산 건 술을 좋아하는 성미의 생각일 것이다.

"수영이 너도 앉아서 한잔 마셔. 내내 서 있었더니 맥주가 아주 꿀맛이다."

수영은 멍하니 김 여사를 바라보다 가방을 챙겨 들고 밖으로 나왔다. 어디를 가느냐는 성미의 목소리가 들렸지만 뒤도 돌아보지 않았다.

"하아."

정신없이 걸어 다니다 근처에 있는 버스 정류장 의자에 털썩 주저앉았다. 얼마나 걸었는지 다리도 아프고 이마에 땀방울이 송골송골 맺혔다. 밤바람은 싸늘했지만 추위도 느껴지지 않았다.

'아빠가 남겨놓은 거야.'

부친은 그녀에게 자상한 아빠였다. 바쁜 와중에도 낚시를 갈 때를 제외하고는 그녀와 함께 놀아주고 둘이서 외출도 자주 했었다.

그런 아빠를 다시 볼 수 없다는 게 너무 충격이었고 슬펐지만 김 여사 앞에서 내색도 할 수 없었다. 그녀는 아빠를 잃었지만 김 여사는 남편을 잃었으니까.

'꼴란 돈 좀 번다고 유세 떠는 거니?'

그 말을 들을 때마다 속은 상했지만 한 번도 왜 혼자서만 힘들어야 하냐고, 같이 일하면 안 되느냐고 말한 적도 없고 생각도 한 적 없었다.

"돈이 있었구나."

다행이라고 생각해야 하는 건가. 화도 나고 서운한 생각도 들고 갈피를 잡을 수가 없었다. 소외된 느낌, 영문도 모르고 가족이라는 울타리 밖으로 떠밀린 것 같은 생각도 들었다.

눈앞이 뿌예지더니 눈물이 또르르 볼을 타고 흘렀다.

'그냥 물건이나 대주며 살 것이지 무슨 공사를 직접 하겠다고, 그릇이 작은데 너무 큰 욕심을 내더니 꼴좋다. 날 결국 바닥으로 끌어내려 놓고 갔네.'

장례를 끝낸 후 김 여사는 한동안 제정신이 아닌 듯했다. 멍하니 허공을 바라보다 화를 내며 물건을 집어 던지기도 했었다. 늘 원망하는 말뿐이었다. 어느 땐 남편의 죽음보다 월세방에 살아야 하는 자신의 처지만 생각하는 것 같아 이해되지 않을 때도 있었다.

그런 모습을 볼 때마다 수영은 김 여사가 안쓰럽다기보다는 너무 이기적이라는 생각이 들기도 했었다.

'난 일 못해. 할 수 있는 일도 없고 할 수 있다고 해도 안 할 거야. 사람들이 돈 몇 푼 벌자고 끙끙대는 내 모습을 보면서 안쓰러워하는 것도 싫고 뒤에서 수군대는 것도 싫어. 그러니까 공부도 하고 네가 알아서 일도 해.'

수능이 끝나자마자 김 여사는 모든 짐을 그녀에게 넘겼다. 대학을 다니는 내내 그녀는 단 하루도 집에서 하루 종일 머문 적이 없었다. 쉬는 날 없이 아르바이트를 했고 교통비를 제외한 용돈 5만 원을 남겨두고 모조리 김 여사에게 넘겼다. 방학 때는 일을 더 많이 해서 등록금을 마련했고 장학금을 받을 땐 다음 학기를 위해 그 돈을 따로 남겨뒀었다.

학자금 대출을 받지 않으려고 정말 악착같이 살았다.

'이번 달은 몇만 원 부족할 거야. 과제도 많고 학교 행사 때문에 일을 조금 못했거든.'

돈이 적을 때도 많을 때도 김 여사는 알았다고만 하고 별다른 말은 하지 않았다. 그러면서도 가끔 꼴란 돈이란 말을 해서 속을 뒤집었다.

돈이 있었으면 아파트보다 저렴한 곳을 구하거나 단 몇 푼이라도 월세가 적게 나가는 집을 구했더라면 매 순간 그렇게 아등바등 살지는 않았을 텐데.

아파트 전세를 구할 만큼의 돈이 있어서 다행이라는 생각보다 서러움이 울컥 솟구쳤다.

수영은 소리도 없이 한참 동안 울었다. 집을 나온 지 꽤 시간이 지났건만 김 여사는 아무런 연락도 하지 않았다.

"자겠지?"

지금 이 순간 생각나는 사람은 석밖에 없었다. 언제나 따듯한 눈빛과 다정한 말로 그녀를 빛나게 해주는 남자, 그런 그의 마음을 느낄 때마다 충분히 위로받고 행복했다.

울음 섞인 미소로 한참 동안 핸드폰을 만지작거리다 결국 통화 버튼을 꾹 눌렀다. 신호가 가자마자 듣고 싶은 목소리가 들렸다.

[벌써 내가 보고 싶은 거야?]

"안 주무셨어요?"

혹시 울먹이는 소리가 나올까 봐 더 밝게 말했다.

[네가 없으니까 잠이 안 와.]

"피잇, 그동안 나 없이 잘만 잤으면서."

[잘 못 잤어. 늘 네 생각을 했거든.]

거짓말, 이란 말이 나오지 않았다. 퇴근 시간이 가까워지면 그가 얼마나 아쉬워하는지, 데려다줄 때 일부러 천천히 운전을 하고 도착해서도 잡고 있는 손을 선뜻 놓지 못하는 모습까지. 함께 있으면 매 순간 그의 마음을 느낄 수 있었다.

아무 말이 없자 석이 전화가 끊겼다고 생각했는지 그녀의 이름을 불렀다.

[수영아, 진수영.]

그가 이름을 불러주면 언제나 설레고 달콤했는데 오늘은 가슴이 먹먹했다.

[자는 거야?]

그때 빠앙, 클랙슨 소리가 조용한 도로를 울렸다. 깜짝 놀란 수영은 짧게 비명을 질렀다.

[무슨 일이야? 설마 지금 밖이야? 어디야?]

질문이 쏟아지는데도 진정이 되지 않아 대답을 금세 하지 못했다.

[진수영. 수영아.]

"아무것도 아니에요. 언제 주무실 거예요?"

[안 자. 어디인지 말해. 내가 그쪽으로 갈게.]

"정말…… 오실 수 있어요?"

[이미 나왔어.]

수영은 그가 차를 타고 출발했다는 소리에 듬성듬성 불 켜진 간

판들 이름을 불러주었다. 30분도 지나지 않아 검은색 차가 눈앞에서 멈춰 섰다.

황급히 뛰어내린 석이 그녀에게 다가와 품에 꼭 끌어안았다.

"사람 여러 번 놀라게 하네."

"죄송해요."

"어머님이 안 계신 거야?"

잠깐 망설이다 고개를 끄덕였다. 머리 위로 나직이 한숨 쉬는 소리가 들렸다.

"집에 혼자 있다고 이 늦은 시간에 돌아다니면…… 정말 겁이 없다니까."

"……."

"전화라도 일찍 하던가."

"사장님."

"말해."

"저 오늘 좀 재워주실래요?"

석이 그녀를 떼어놓으려고 하자 수영은 더 찰싹 달라붙었다. 그가 와줘서 너무 고마운데 얼굴을 마주 볼 수가 없었다. 그의 품은 텅 빈 것 같은 가슴을 보듬어줄 정도로 넉넉하고 푸근했다.

"아주 반가운 소리인데, 무슨 일 있는 거야?"

"아무 일 없어요. 갑자기 혼자 있기 싫어서 나왔는데 걷다 보니까 여기까지 왔고, 사장님이 보고 싶어서 전화…… 으악."

말이 끝나기도 전에 몸이 번쩍 들렸다. 수영은 깜짝 놀라 비명을 지르며 그의 품으로 파고들었다.

성큼 걸어간 석이 조수석에 그녀를 내려놓았다.

"집에 가자."

벨트까지 매준 그는 빠르게 운전석으로 돌아와 차를 출발했다. 집까지 오는 동안 석은 그녀의 손을 꼭 잡고 운전만 했다. 위험하다고 해도 단단히 잡은 손을 놓지 않았다.

주차장에 차를 세우고 석이 먼저 내렸고 그녀도 뒤따라 내렸다.

"왜 그러고 서 있어? 들어가자."

수영은 눈앞에 서 있는 석을 가만히 쳐다보았다. 올 거냐고 물었을 때 이미 나왔다고 하더니 쌀쌀한 날씨에 겉옷도 챙겨 입지 않았다. 얼마나 급하게 나왔는지 보지 않고도 알 것 같았다.

"옷을 좀 더 걸치고 나오지."

혼잣말처럼 중얼거리자 그가 픽, 웃으며 다가와 그녀의 손을 꼭 잡았다.

"내가 건강한 남자라는 걸 매일 확인시켜 주는 거 같은데 모르는 거야?"

근무 시간엔 일만, 이란 말은 거의 지켜지지 않았다. 매번 그녀는 단호하게 거절을 하는데 정신을 차려보면 늘 그의 품에 안겨 있었다.

몇 번 힘들다고 투덜댔더니 요즘은 식사를 어찌나 신경 쓰는지 부담스러울 정도였다.

"지난번에 열나서 정신 못 차렸던 거 벌써 잊었어요?"

"그날 우리가 처음 사랑을 나눴던 건 똑똑히 기억하고 있지. 한 번이 아니었지. 아마?"

저렇게 얄밉게 말을 할 땐 정말 꿀밤이라도 때려줬으면 좋겠다. 그럼에도 불구하고 석을 향한 마음은 풍선처럼 부풀고 있었다. 매일 매 순간 그를 떠올리고 그로 인해 웃고 행복하다.

'얼굴 많이 좋아졌네. 전에는 꽃봉오리 같았는데 요즘은 만개한 꽃 같아. 너 무슨 좋은 일 있는 거 맞지?'

며칠 전 잠깐 만난 명지는 자신의 촉은 틀린 적이 없다며 이실직고하라고 협박 아닌 협박을 했었다. 아직 솔직하게 말하지 못했다. 창피하고 부끄러워서가 아니라 왠지 망설여졌다.

'아, 미치도록 뜨거운 사랑 좀 해봤으면 좋겠다.'

언젠가 명지가 텅 빈 강의실에 앉아서 그렇게 말한 적이 있었다. 불같은 사랑을 한 번 해보고 싶다고.

미팅에서 만난 남자와 두 번 정도 사귀는 것 같더니 오래가지 못했다. 한 명은 너무 무관심한 성격이라 그만뒀고 두 번째 만났던 복학생은 집착이 심하다는 이유였다.

뜨거운 사랑, 불같은 사랑.

수영은 가슴이 벅차오르는 걸 느꼈다. 이미 그녀는 그런 사랑을 하고 있으니까.

"무슨 생각을 그렇게 해?"

"사장님 생각이요."

"음, 아주 바람직한 생각이군."

"들어가요."

꼭 잡고 있는 석의 손을 잡아끌었다. 계단을 올라가는 걸음이 여느 때와 달리 빨라졌다.

"넘어지겠다. 천천히 가."

"사장님 춥잖아요."

"괜찮다니까. 그러다 다치면 어쩌려고 그래?"

"사장님이 옆에 있는데 다치기는 왜 다쳐요? 선물 줄 거니까 빨리 가요."

현관 안으로 들어서자마자 그의 목에 팔을 둘렀다. 그대로 그의 입술을 삼켜 물었다. 먼저 다가갔던 적이 없던 터라 당황한 것 같더니 석은 금세 저돌적인 키스를 퍼부었다.

타액이 섞이고 혀가 서로를 갈구하듯 뒤엉켰다. 수영은 그 어느 때보다 적극적으로 매달렸다. 허리가 꺾일 듯이 바싹 조여졌다.

'언제쯤이면 네가 먼저 날 원하게 될까. 이런 화분 말고 난 다른 선물을 받고 싶은데.'

머리가 맑아진다는 허브 화분을 그의 책상에 선물이라며 올려놓자 그렇게 말했었다. 좋아하는 마음은 점점 깊어지는데도 먼저 다가가는 건 쉽지 않았다.

오늘은 용기를 내고 싶었다. 키스를 하고 있는데도 그가 그리웠다. 더 가까이 가고 싶었다. 티셔츠 속으로 손을 밀어 넣고 그를 만졌다.

"음."

군살 없는 허리와 탄탄한 가슴을 어루만지자 맞닿은 입술에서 묵직한 신음이 흘러나왔다.

"이런 선물은 생각도 못했는데."

그녀를 바라보는 석의 눈엔 붉은 욕망이 넘실거렸다. 수영은 요염하게 웃었다.

"아직 진짜 선물이 남았어요."

"기대되는군."

그가 번쩍 안아 드는 순간 수영은 두 다리를 그의 허리에 두르고 키스를 퍼부었다. 석은 그녀를 침대에 내려놓자마자 빠르게 옷을 벗었다. 그녀도 움직였다. 속옷만 남았을 때쯤 석이 다가와 브래지어 후크를 풀고 팬티도 벗겨냈다.

"이렇게 적극적인 모습을 보니까 더 흥분돼."

"보여줘요. 얼마나 흥분했는지."

"직접 확인해."

손목이 잡히고 금세 뜨겁고 단단한 것이 손에 쥐어졌다. 수영은 흠칫 놀라 숨을 들이켰다. 같이 샤워도 하고 더한 짓도 했는데 이렇게 직접 닿은 적은 없었다.

"어때?"

"그게……."

무슨 말을 어떻게 해야 할지 몰랐다. 잡고만 있는데도 꿈틀꿈틀 움직이며 더 단단해졌다. 저도 모르게 더 꽉 쥐는 순간 석이 미간을 좁히며 신음을 흘렸다.

아픈가, 놀라서 얼른 놓으려고 하자 석이 그녀의 손을 움켜쥐며 천천히 움직였다.

"네 거니까 이 녀석이 어떤 놈인지 잘 알아야지."

"정말…… 내 거예요?"

"네가 내 여자니까 나도 네 남자인 건 당연하잖아."

아, 내 남자. 부족한 것 없이 살 때는 욕심을 낼 필요가 없었고, 엄마와 단둘이 남고부터는 하루하루 사는 게 바빠서 온전히 내 것을 갖고 싶다는 생각은 한 적이 없었다.

그런데 이 멋진 남자가 내 남자란다.

가슴이 뜨거워지고 벅찬 희열이 온몸을 감싸왔다.

"그럼 이제부터 제대로 알아봐야겠네요. 사장님은…… 내 거니까."

수영은 무릎을 꿇고 앉아서 손에 쥐고 있는 걸 빤히 쳐다보았다. 평소 그의 모습처럼 조금 오만해 보인 것 같기도 하고 어딘지 모르게 성이 난 것 같기도 했다.

살짝 혀를 대고 핥았다.

"으음, 실험 정신이 너무 투철한 거 아니야?"

"그래서 제가 공부를 좀 해요."

"알아. 성적 좋다는 거."

"내 성적표를 본 적도 없으면서."

날름날름 핥다 입속에 넣고 쭉 빨아들이자 석은 점점 앓는 소리를 냈다. 그가 민감하게 반응하는 걸 보니 더 용기가 났다. 정성껏 핥고 물고 빨았다.

"그만."

그녀가 그만하라고 사정할 때마다 석은 멈추지 않았었다.

'사장님 진짜 나빠요. 그만하라고 하면 좀…….'

물고 빨고 핥았다는 말은 차마 할 수가 없어서 밉지 않게 흘겨보면 그는 너무 맛있는 걸 어떡하냐며 키스로 입막음을 하곤

했다.

수영도 멈추지 않았다. 더욱 대담하게 그의 음낭을 주무르고 혀로 핥았다.

"이제 그만!"

석이 그녀의 어깨를 잡고 침대에 눕혔다. 그는 바닥에 선 채로 그녀의 다리를 잡아 벌리고 단숨에 깊은 곳을 꿰뚫었다.

"아읏. 좀 천천히."

"사람을 미치도록 도발한 건 너야."

"너무 맛있는 걸 어떡해요?"

"뭐?"

석은 어이없어 하는 표정이더니 픽 웃고는 허리를 강하게 쳐올렸다.

"으윽, 나 아무래도 미쳐 가나 봐요."

"나한테 미치는 건 언제든지 환영이야."

"사장님이 너무…… 좋아요."

"아직도 그냥 좋아요야?"

사랑한다고 말하려고 했었다. 좋아하는 감정이 너무 깊어져서 이미 오래전부터 사랑하고 있다고.

몸속 깊은 곳을 연신 파고드는 그를 감당하기가 너무 벅차 말을 제대로 할 수가 없었다. 석은 그 어느 때보다도 더 강하게 그녀의 안으로 파고들었다. 퍽퍽, 살이 부딪칠 때마다 정신을 차릴 수가 없었다. 더 이상 부풀수도 없을 정도로 몸이 팽창되는 느낌이었다.

이러다 펑, 터질지도 모른다는 생각이 들 정도였다.

몸이 난파된 배처럼 이리저리 흔들렸다. 그는 조금의 여유도 주지 않았다. 더 이상 들어올 수도 없을 것 같은데 더 끝까지 닿고 싶어 안달하는 사람 같았다.

"아읏. 아흣."

침대 시트를 움켜잡은 수영은 연신 비명을 질러댔다. 눈앞이 아득했다. 성난 맹수처럼 달려드는 그의 모습이 빠르게 다가왔다 멀어지기를 반복했다.

"좋아한다는 말로 만족 못해."

"으읏."

"더 깊고 더 진한…… 난 이미 그 감정이거든."

감당할 수 없는 쾌감에 모든 게 흐릿한데도 그의 목소리는 선명하게 들렸다. 열기로 뿌옇게 흐려지는 시야를 뜨거운 눈물이 불투명한 유리벽처럼 가로막았다.

"사랑해."

거대한 해일이 그녀를 덮쳤다. 침몰할지도 모른다는 두려움마저 강렬한 희열로 솟구쳤다. 어딘지도 모르는 곳으로 하염없이 떠내려가는 느낌, 그 끝에 닿으면 무엇이 기다리는지 알기에 쾌락은 점점 더 강하게 그녀를 덮쳤다.

"사랑…… 해요."

겨우 목소리가 나왔다. 수영은 울면서 웃었다. 잠깐 멈칫한 그가 몸을 찢어버릴 듯 그녀의 깊은 곳을 푹푹 찔렀다. 감당할 수 없는 희열, 극도의 쾌감.

정신이 혼미해졌다. 깨어 있고 싶은데, 그를 제대로 보고 싶은데.

수영은 까무르 정신을 놓기 전 어렴풋이 생각했다. 다시는 석을 도발하지 말아야겠다고.

"철없는 애도 아니고 언제까지 그렇게 뚱해 있을 거야?"

수영은 수저를 들었다 도로 내려놓았다. 이사를 한 지 벌써 이 주일이 지났다. 석의 집에서 자고 다음날 퇴근을 했을 때 성미는 내려가고 없었다. 김 여사는 거실에 있다 그녀가 들어오는 걸 확인하고는 방으로 들어가 버렸다. 11시 30분에서 조금만 늦어도 난리를 치던 평소와 달리 외박을 했는데도 가타부타 말이 없었다.

시험 끝나면 1시까지 출근이라고 했는데 그동안 일을 제대로 못한 것 때문에 좀 더 일찍 집에서 나갔다. 석은 그럴 필요 없다고 했지만 마음이 편치 않았다. 집을 나설 때 식탁에 주스 한 잔이 놓여 있는 걸 본 건 일주일 전이었다. 이틀은 모른 체했고 다음날부터 주스를 마시고 컵을 씻어놓은 뒤 집을 나왔다.

김 여사는 그녀가 집을 나올 때까지 방에서 나오지 않았다. 오늘은 씻으러 나왔는데 식사 준비를 하고 있었다.

"내가 다 컸어?"

"그럼 아직 애라고 생각하는 거야?"

"난 엄마 생각을 묻는 거야. 내가 다 컸다고 생각한다면 나한테

최소한 말은 해줬어야 하는 거 아니야? 대학 내내 아르바이트하면서……."

"또 꼴란 그 돈 이야기니?"

"엄마는 매번 그렇게 말하는데 그 꼴란 돈으로 우리가 먹고살았다는 생각 안 해?"

"월세 내고 남은 돈으로 뭘 얼마나 잘 먹고 살았는데? 그냥 굶지 않을 정도였어."

"엄마는 어떻게 말을 해도……."

식사하라고 말할 때만 해도 대화다운 대화를 할 수 있을 거라는 기대를 했었다. 엄마 나름대로 생각이 있었겠지.

'갖고 있던 패물 팔았어. 첫 등록금만 내줄 거야. 다음부터는 네가 해결해.'

김 여사는 일을 할 수도 없고 하고 싶지도 않다고 했었다. 크게 불만을 갖지 않았고 할 수 있는 한 최선을 다해서 아르바이트를 하며 살았다.

시간이 지날수록 너무 힘들어서 휴학이든 자퇴를 하고 차라리 일만 하겠다고 했을 때 김 여사는 상처 주는 말을 서슴지 않았다. 무조건 대학은 졸업해야 한다면서.

그런 시간을 보내는 내내 아빠가 남겨줬다는 돈에 대해서는 일언반구 없었다.

"돈 이야기 안 한 게 그렇게 서운하고 억울하니?"

"……."

"말했잖아. 돈 있는 줄 알면 사람들이 그냥 두지 않았을 거라고.

그리고 너 또한 그 돈을 쓰려고 했겠지."
"엄마!"
"널 위해서 말 안 하고 기다린 거야. 이젠 때가 됐으니까 이사한 거고."
"무슨 때?"
"결혼. 집이라도 있어야 상대가 널 얕보지 않을 거 아니야. 대학 졸업장만 갖고 조건 괜찮은 남자를 만날 수 있겠어?"
"갑자기 무슨 결혼 이야기를 해?"
돈이 있다는 걸 알면 쓰려고 했을 거라는 말도 기가 막힌데 뜬금없이 결혼이라니, 점점 어이가 없어졌다.
"능력 있고 돈 많은 남자 만나서 결혼해야지. 되도록 빨리. 넌 이 상황이 지겹지도 않니? 난 넌덜머리가 난다."
"엄마, 도대체 지금 무슨 소리를 하는 거야?"
"내가 지금껏 어떤 심정으로 살았는지 넌 모를 거야. 하루아침에 상거지가 됐어. 돈 있을 때 살살거리던 인간들 모두 등 돌리고 멸시했지. 양순이 그것도 이혼하면서 놓고 온 아들 작년에 자기 돈으로 유학 보냈다고 하더라. 그러면서 돈 이야기할까 봐 어찌나 죽는 소리를 하던지."
너무도 다른 환경, 믿음이 깨진 것에 대한 아픔. 다 이해할 수 있었다. 하지만 그녀의 결혼으로 다른 환경을 꿈꾸는 건 받아들일 수 없었다.
"결혼이 무슨 로또 당첨처럼 기회를 잡는 거야?"
"네 평생이 걸린 문제야."

"난 싫어. 그런 생각으로 엄마가 원하는 조건의 남자를 만나 결혼할 생각 없어."

수영은 딱 잘라 말했다. 김 여사가 사나운 눈빛으로 그녀를 노려보았다.

"조건 따지는 게 뭐가 나빠. 나 좋으라고 이러는 거니? 너를 위해서잖아. 직장 다닌다고 뭐가 달라질 거 같은데. 그래 봐야 지금보다 조금 더 벌겠지. 평범한 남자 만나서 알콩달콩? 정신 차려. 돈이 있어야 사랑도 하고 제대로 누리면서 사는 거야."

결혼에 대해서는 진지하게 생각한 적도 없었다. 석을 사랑하지만 언감생심 미래를 꿈꾸지도 않는다. 그건 가당치도 않은 욕심이니까.

그렇다고 조건 좋은 남자를 만나 말도 안 되는 결혼을 할 생각은 조금도 없었다.

"혹시나 해서 하는 말인데 괜히 아무 남자나 만나고 다닐 생각하지 마. 내가 그동안 너 퇴근 시간 신경 쓴 건 돈도 돈이지만 남자 만날 시간 없게 하려는 거였어."

수영은 너무 기가 막혀서 말도 나오지 않았다. 그동안 공부하면서 쉬는 날도 없이 아르바이트를 했는데 그 이유가 남자를 만나지 못하게 하려는 거였단다.

"흠 잡힐 일 만들어서 좋을 게 뭐 있어. 이제 시험도 끝났고 천천히 선 자리 알아볼 테니까 그런 줄 알아."

"엄마!"

"모양새 좋게 하려면 대학원이라도 가면 좋겠지만 지금 우리 형편에…… 이사하기 전에 고민 많이 했어. 공부를 더 하는 게 좋을까 아니면.”

“지금 날 돈에 팔겠다는 거야?”

“말을 그렇게밖에 못하니? 다 너를 위해서…….”

“내가 아니라 엄마겠지. 분명히 말하는데 앞으로 나한테 결혼 이야기하지 마. 결혼을 하든 안 하든 내가 알아서 할 거고 만약 결혼을 한다면 내가 사랑하는 사람, 날 사랑해 주는 사람과 할 거야.”

수영은 한심하다는 듯 쳐다보는 김 여사를 뒤로하고 가방을 챙겨 들었다.

“너 혹시 남자 만나는 거 아니지?”

“그만 이야기해. 엄마랑 이런 대화하는 거 싫어.”

“남자 잘못 만나 신세 망치고 싶지 않으면 행동 똑바로 하고 다녀. 그리고 이제 휴일엔 쉬어. 선을 보려면 옷도 좀 사 입고…….”

“제발 좀 그만해. 분명히 말하는데 난 선 안 봐.”

숨이 막혀서 더는 김 여사를 마주 보고 있을 수가 없었다. 식사하고 가라는 소리를 무시하고 아파트를 빠져나왔다.

“기막혀.”

김 여사가 뼛속까지 이기적이라는 생각밖에 들지 않았다. 결혼으로 이 상황을 벗어나고 싶은 생각은 조금도 없었다.

저 멀리 그녀가 타야 할 버스가 다가오고 있었다. 수영은 복잡한 머릿속을 떨쳐 내고 뛰었다. 다행히 버스가 출발하기 전에 올라탈 수 있었다. 도서관에 들렀다 빌린 책을 반납하고 어제 석이 부탁한 군주 오피스텔 부동산에 들렀다. 서류를 받아 들고 명지와 약속한 장소로 향했다.

"아우, 추워. 날씨가 완전 불판 위에 올라간 시어머니 같네."

그녀가 도착한 지 얼마 지나지 않아 몸을 잔뜩 웅크린 명지가 툴툴거리며 들어왔다.

"언제는 사흘 굶은 시어머니 같다더니 이젠 불판 위에 올라간 시어머니야?"

"그만큼 날씨가 지랄 맞다는 거지."

"겨울이니까 추운 건 당연하잖아. 그런데 어느 쪽이 더 못된 거야?"

"그래도 굶은 게 조금 낫지 않을까? 불판은 뜨겁잖아. 팔딱팔딱 뛰면서 난리도 아닐 거고. 우우, 상상만 해도 끔찍하다."

참 비유를 해도. 수영은 고개를 가로저으며 큭큭, 웃었다. 명지와 대화를 하면 언제나 유쾌했다. 함께 있으면 우울할 틈을 주지 않았다.

"왜 맨날 시어머니를 못된 사람으로 만들어? 좋은 분들도 얼마나 많은데."

"당연히 그렇겠지. 그런데 이상하게 시어머니하고 연관된 건 좋은 표현이 없더라고."

"네가 나중에 결혼해서 좋은 이야기 많이 하면 되겠네."

"우리 둘 중 누가 먼저 결혼을 할까?"

"글쎄. 넌 빨리할 생각이야?"

"응."

대답이 너무 빨라서 수영은 눈을 동그랗게 떴다. 평소 명지는 진지하게 뭔가를 고민하는 걸 질색했다. 결정도 빠르고 행동도 빨랐다. 먹고 싶은 게 있으면 당장 먹어야 하고 사고 싶은 물건도 망설임이 없었다. 싫고 좋은 게 너무 분명해서 사교성이 좋은 데도 싫은 사람과는 곁에 있는 사람이 민망할 정도로 상대를 하지 않았다.

"사랑하면 같이 있고 싶고 함께 살고 싶을 건 당연한 거잖아. 이 사람이다 싶으면 난 망설이지 않고 결혼할 거야."

"결혼이 물건을 사는 것도 아닌데 신중해야지."

"신중은 하겠지. 다만 몇 년 동안 연애하고 그런 거 못할 거 같아."

"난 오래 연애하는 것도 나쁘지 않을 거 같던데."

"그런 시간 낭비를 왜 해? 근데 웬일이래?"

"뭐가?"

"결혼이니 연애니 그런 이야기 잘 안 했잖아. 남자한테 관심 없다고 미팅도 달랑 한 번밖에 안 했으면서 네가 이런 말하니까 되게 낯설다."

그러게. 왜 결혼 이야기가 나왔을까. 김 여사와 이야기할 때는 기분이 좋지 않았는데 명지와는 슬슬 말이 나왔다.

"혹시 좋아하는 사람 생겼어?"

"좋아하는 사람 없으면 생각도 못해?"

"못할 건 없지만 지난번에도 그렇고 이상한 촉이 온단 말이지."

"촉 같은 소리하지 말고 주문이나 해."

"아, 주문 안 했지."

주문을 하고 돌아온 명지는 줄 게 있다며 가방에서 작은 상자를 꺼내서 그녀에게 건넸다.

"며칠 전 고모네 식구하고 일본 여행 갔다 왔거든. 만년필이야."

"매번 뭘 이런 걸 사다 줘?"

"우리가 연락 안 하는 동안 내가 뭐 하면서 지냈는지 알려줄 겸 어디를 가든 널 항상 생각한다는 걸 알려주려는 의도. 가장 중요한 건 자랑질."

"미안한데 이런 자랑질은…… 언제나 환영이야. 그리고 어떻게 지내는지는 통화하면 되고 늘 내 생각은 안 해도 돼. 네 마음 아니까."

"당연히 알아야지. 나처럼 널 해바라기하는 친구가 어디 있다고."

"고마워. 잘 쓸게. 내가 맛있는 점심 쏠게."

"배보다 배꼽이 더 크겠다. 근데 점심 먹을 시간이 있어?"

"12시쯤 헤어지면 돼. 대신 조금 일찍 먹자."

커피를 받아 들고 온 명지는 자리에 앉자마자 한 모금 마시더니 어딘가를 계속 쳐다봤다. 수영은 명지의 시선을 따라 고개를 돌렸다. 나란히 앉은 남자와 여자가 서로에게 케이크를 먹여주며 행복해하는 모습이 보였다.

"우리 명지 정말 빨리 뜨거운 연애를 해야지 안 되겠네. 그렇게 부러워?"

"응, 완전 부러워. 나 솔직히 외로움 많이 타거든. 외동이라서 그런가 사촌들하고 사이는 좋지만 그거완 별개로 외롭더라고."

늘 밝고 긍정적인 성격인 명지가 외롭다는 말을 하니 조금 놀라웠다. 그녀 또한 형제는 없지만 사는 게 바쁘기도 했고 부친이 살아 계실 때도 크게 외롭다는 생각은 하지 않았었다.

"나 진짜 결혼 일찍 할 거야. 내가 가끔 결혼 일찍 하겠다는 말을 하면 아빠는 서운해하는 눈치고 엄마는 좋은 사람 있으면 일찍 가는 것도 괜찮다 하셔. 고모는 쬐그만 게 벌써 결혼 어쩌구 한다고 구박이고. 근데 웃긴 건 우리 고모 25살에 결혼했다? 결혼은 일찍 했는데 아이를 늦게 낳아서 지금 두 돌 된 딸이 있거든. 얼마나 귀여운지 몰라. 부부 사이도 좋고."

"고모는 남편분 어떻게 만났대?"

"제대하고 복학해서 대학 3학년부터 같이 다녔다는데 고모부가 엄청 따라다녔대. 우리 아빠 형제가 다섯인데 고모만 딸이야. 게다가 늦둥이고. 고모부가 그러는데 우리 아빠도 그렇고 작은 아빠들이 갑질 장난 아니었대."

"갑질?"

"어디 감히 귀한 내 동생을, 이런 마인드였겠지. 우리 고모부 성격 참 좋아. 나 같으면 엄청 서운했을 텐데 지금도 형님, 형님 하면서 엄청 잘 챙기셔. 나도 그런 남자 만나야 하는데. 성격 좋고 능력 좋고. 결혼 승낙받기 전까지 고모도 몰랐는데 우리 고모부네 집안이……."

수영은 명지가 귓속말로 속삭이는 소리에 눈을 커다랗게 떴다.

와우, 소리가 절로 나왔다.

"그뿐이 아니야. 우리 고모한테 임신했다고, 또 조카 태어났다고 축하한다면서 오피스텔 한 채씩 사주셨대. 우리 고모는 뭔 복을 타고났는지 완전 부러워."

부럽지 않다면 거짓말이겠지. 그렇다고 결혼을 현실 탈피 목적으로 선택할 수 없다는 생각은 변함이 없었다.

"내 님은 어디 계실까?"

"어딘가 있겠지. 명지 너는 좋은 남자 만나서 사랑 듬뿍 받으며 살 거야."

"당근이지. 난 불같은 연애할 거야. 문제는 지금 그 남자가 내 곁에 없다는 거지만."

"불같은 연애 좋지."

"내가 연애하고 싶다는 말을 할 때마다 침묵을 고수하더니 오늘 진짜 이상하네."

명지가 커피를 마시려다 말고 눈을 게슴츠레 떴다. 뭔가 찾아내려는 표정이 역력했다. 수영은 빙그레 웃었다.

"날씨 탓인가 봐."

"날씨 탓하지 말고 너 소개팅 할래? 내가 언젠가 말했던 것 같은데 사촌 오빠 중에 졸업하고 바로 사시 합격했다던, 그 오빠 지금 대검에 있거든. 완전 비주얼 끝내주고 성격도 좋아. 날 잡을까?"

"됐어. 알다시피 시간도 없고 아직 누구를 만날 생각 없어. 밥 먹으러 가자."

"나 아직 커피 안 마셨는데."

더 있다가는 당장 날짜를 잡겠다고 할 것 같아 얼른 자리에서 일어났다. 명지는 커피숍을 나올 때가지 끈질기게 소개팅 이야기를 해댔다.

"일단 한번 만나봐. 만나면 나한테 평생 고마워할지 누가 알아? 인연은 가까운데 있을 수 있단 말이야."

"눈 올 거 같지 않니?"

"그럼 더 좋지. 눈 오는 날 남자와 함께…… 딱, 좋은 그림 나오잖아. 그러지 말고 한 번만 만나보자. 응? 응?"

수영은 들은 척도 하지 않았다. 빠르게 평소 명지가 좋아하는 파스타 식당으로 향했다.

일곱

어느새 2월도 훌쩍 지났다. 그동안 수영은 졸업을 했고 3월이면 회사로 출근한다. 꽤 기대하는 것 같은데 그는 많이 아쉬웠다.

수영이 집에서 기다린다는 생각에 퇴근 시간이 엄청 즐거웠는데 회사로 출근하면 전처럼 시간을 함께 보내지 못할지 모른다. 집에서 일하는 시간을 너무 짧게 잡았나 하는 생각까지 들었다.

"욕심이 끝도 없네."

곁에 두기 위해 집으로 출근을 시켰고 서로 마음도 확인했다. 불같은 사랑은 여전히 현재진행형인데 아직 많이 부족하다. 다 채워지지 않았다.

석은 시간을 확인하고 재킷을 챙겨 입었다. 잠깐 백화점에 들렀다 곧장 집으로 갈 생각이었다. 핸드폰을 챙겨 드는데 노크 소리와 함께 구 비서가 들어왔다.

"바빠. 급한 일 아니면 나중에 이야기해."

"어디 가십니까?"

"퇴근."

"혹시 연락받으신 겁니까?"

"무슨 연락?"

"연락을 안 받으셨는데 한 시간이나 일찍 퇴근을 하신다는 건……."

무슨 생각을 하는지 구 비서가 싱글싱글 웃었다. 석은 요즘 구 비서가 왜 저러나 싶어 미간을 좁혔다.

'사장님 요즘 좋은 일 있으신가 봅니다.'

그 말을 한두 번 들었으면 말도 안 한다. 벌써 몇 번째인지 대꾸하기도 귀찮았다. 있다고 하면 무슨 일인지 꼬치꼬치 물어볼 테고, 없다고 하면 표정이 어쩌니 하면서 더 귀찮게 할 테지.

"요즘 왜 그래?"

"제가 왜요?"

"나사 빠진 사람처럼 왜 자꾸 실실 웃어?"

"웃는 건 제가 아니라 사장님인 거 같은데요?"

"내가 언제?"

"방금 전에도 웃으셨잖아요. 아주 음흉하게."

음흉? 석은 기가 막혀서 헛웃음을 지으며 구 비서를 노려보았다. 함께한 시간이 길다 보니 편한 건 좋은데 가끔 저럴 때마다 며칠만 안 보이는 곳으로 치워 버렸으면 하는 생각이 들었다.

"그리고 제가 웃는 건 사장님을 너무 좋아해서죠."

"나한테 침 흘리지 마."

"사장님을 좋아하는 건 맞지만 침 흘린 적은 없습니다."

"할 이야기 있으면 빨리해. 나가봐야 하니까."

쓸데없는 대화로 시간을 낭비했다가는 계획이 어긋날 수 있었다. 다시 시간을 확인한 석은 할 말 없으면 퇴근하겠다며 사무실을 나왔다.

"오늘은 댁으로 곧장 가셔야 합니다."

"난 구 비서한테 내 퇴근 시간 후까지 관리하라고 한 적 없는데."

"당연히 없죠. 할 생각도 없습니다."

"그런데 왜 가라 마라야?"

승강기 버튼까지 눌러준 구 비서가 여전히 미소를 머금은 채 생각지도 못한 말을 했다.

"누가 어디에 와 있다고?"

"큰 사장님께서 사장님 댁에 계신다고 연락 왔습니다."

"언제? 왜?"

"정확히 13분 전에 전화가 왔고 왜는…… 아마도 사장님이 보고 싶어서 온 게 아닐까요?"

석은 미간을 좁히며 인상을 구겼다. 부친은 정리를 하고 내려간 뒤 자주 오지도 않았고 어쩌다 와도 볼일만 보고 내려가는 게 대부분이었다.

마음과 달리 만나면 딱히 할 말이 없었다. 그가 내려가도 식사하고 차 마시는 내내 대화라곤 고작 몇 마디 주고받는 게 다였다.

그랬던 분이 갑자기 연락도 없이 그의 집에 무슨 일로 왔단 말인가. 그것도 하필 오늘!

"오신다는 말은 언제 들었는데?"

"도착하시고 전화받았습니다."

"다른 말씀은 없었고?"

"퇴근하면 집으로 오라는 말씀만 하셨습니다."

승강기 문이 열리고 구 비서도 함께 올라탔다. 석은 구 비서를 힐끔 쳐다보았다.

"같이 갈 생각이야?"

"함께 오라는 말씀은 없으셨습니다."

"그런데 왜?"

"혹시나 해서요."

"혹시 뭐?"

말을 하려면 제대로 하든가 뭘 저렇게 뜸을 들이는지, 그가 못마땅한 시선으로 쳐다보자 구 비서의 표정이 진지해졌다.

"사실은 며칠 전에 큰 사장님께서 저한테 전화를 하셨습니다. 김성숙 씨에 대해서 알아보라고요."

"김성숙?"

"진수영 씨 어머님 말입니다. 그냥 알아보라고만 말씀하셨는데 아무래도 이사한 걸 알고 계신 듯합니다."

"그래서 뭐라고 했는데?"

"알아본다고만 하고 아직 아무 말씀도 드리지 않았습니다. 혹시 그 일로 오신 게 아닌가 해서요."

석은 눈을 가늘게 좁혀 떴다. 그가 빤히 쳐다보자 구 비서는 정말 아무 말도 하지 않았다고 거듭 말했다.

"가보면 알겠지."

차를 타고 주차장을 빠져나온 뒤 백화점에 전화를 걸었다. 물건은 다음에 찾으러 가겠다고 하고 곧장 속도를 높였다.

"이런."

갑작스런 방문이라 미처 생각하지 못했던 게 떠올라 속도를 더 높였다.

평소보다 15분이나 일찍 도착해서 황급히 계단을 뛰어올라 현관문을 열었다.

"정원에 나무가 많아졌더구나."

부친은 백발이 성성한 머리카락을 흐트러짐 없이 가지런히 뒤로 넘기고 소파에 꼿꼿하게 앉아 있었다.

"너무 휑한 거 같아서요."

"갑자기 왜? 내가 말할 때는 들은 척도 않더니."

석은 대꾸 없이 맞은편 소파에 가서 앉았다.

"무슨 일 있으십니까?"

"아들 집에 오는데 무슨 일이 있어야 올 수 있는 거냐?"

두만은 심드렁하게 대꾸하며 맞은편 소파에 앉는 석을 물끄러미 바라보았다. 워낙 말이 없고 무뚝뚝한 아들이나 살갑게 반겨줄 거라는 기대는 하지도 않았다. 그래도 가끔은 사람인지라 서운할 때도 많았다.

고집도 있고 자기주장이 강해서 마음먹은 일은 기필코 해내는 성격이라 믿음직스럽고 뿌듯하기는 한데, 지금까지 사소한 이야기를 주절주절 늘어놓는 걸 못 봤다. 그게 늙어가는 사람한테는 삶의 낙인데.

"미리 전화를 하시지 그러셨습니까?"

집에 와서 제일 먼저 주방부터 살폈다. 걱정과 달리 잘 먹고 지내는지 냉장고가 푸짐했다. 식탁 위에 장미꽃 바구니와 빈 접시, 와인 잔이 놓여 있는 걸 보고 저녁 약속이 있나 생각했다. 그냥 가야 하나 고민하다 상대가 여자일 거라는 생각이 들었고 그냥 갔다가는 궁금해서 잠이 올 것 같지 않았다.

"여자가 있는 게야?"

분명 접시도 잔도 두 개였다. 설마 혼자 식사하면서 저렇게 놓고 먹을 리는 없고 여자가 있을 거라는 생각에 통장 하나를 걸 수 있었다.

"조만간 인사시키겠습니다."

있는데 오늘은 아니라는 소리다. 닦달한다고 순순히 말할 것 같지는 않지만 그렇다고 모른 척하기엔 궁금증이 너무 컸다.

나이 마흔에 얻은 아들, 벌써 서른이 훌쩍 넘었는데 가끔 구 비서를 통해 물어도 여자 만난다는 소리는 듣지 못했다. 지난번 왔을 때 언제까지 혼자 살 거냐고 물었더니 픽, 웃고는 대답이 없었다. 그랬던 녀석이 집에서 여자와 식사를 한다니, 혼자 있다면 춤이라도 출 판이었다.

"지금 나보고 가라는 소리야?"

시간을 자꾸 확인하는 걸 보면 약속을 취소한 것 같지는 않았다. 네놈만 고집이 있는 줄 아나 본데 나 또한 만만치 않지.

두만은 어깨를 툭툭 두드리며 앓는 소리를 했다.

"에고, 나이가 드니 여기저기 안 아픈 곳이 없네. 나 약 좀 먹어야겠으니 물 좀 줘."

속이 타는지 나직이 한숨을 내쉰 석이 주방으로 향했다. 그러게 진작 인사를 시켰으면 좀 좋아. 달랑 하나밖에 없는 자식 놈 장가가는 거 보고 저세상 가려고 이 나이에도 운동을 하루도 빠짐없이 하고 있었다. 이래봬도 신체 나이가 40이란 말이지.

그때 띠딕, 소리와 함께 문이 열리고 낭랑한 목소리가 들렸다.

"사장님 벌써 오셨어요?"

수영은 보라색 스타티스 꽃다발을 손에 들고 골목을 올라갔다. 오늘은 오후에 부동산과 시청에 들렀다 오느라 출근이 늦었다. 제시간에 출근을 하려고 했는데 시청에서 일이 생각보다 오래 걸렸고, 부동산에서 4시 이후에 들러달라는 바람에 어쩔 수가 없었다.

'꽃말이 마음에 들어서 샀어.'

변하지 않는 사랑, 지난주 그녀의 졸업식에 석은 현장에 내려가야 해서 참석하지 못했다. 그는 아주 많이 미안해했지만 수영은 내심 안도했다.

나름 뜻깊은 날이라 그가 와주면 좋았을 테지만 혹시나 김 여사와 마주칠까 신경이 쓰였다. 김 여사는 이모네 내려갔다가 올라온다고 해놓고 졸업식에 오지 않았다. 나중에 두통이 심해서 오후 늦게 출발했다는 연락을 받았을 땐 이미 석에게 충분히 축하를 받은 터라 서운한 마음도 없었다.

'그런 걸 내가 알 리가 없지. 꽃집에서 알려준 거야.'

꽃말을 알고 있는 그가 신기해 물었더니 꽃집 주인이 알려줬단다. 꽃말 같은 건 신경 쓴 적도 없지만 석이 주었기 때문에 의미가 깊었다.

함께하는 시간이 길어질수록 석은 점점 더 그녀의 심장을 깊게 파고든다. 너무 가득 차서 넘칠 정도였다. 크리스마스 때도 한 해의 마지막 날도, 새해의 첫날도 석과 함께 있었다. 김 여사 때문에 외박은 하지 못했지만 그와 함께 보낸 시간은 행복하다는 말로는 부족했다.

겨울이 겨울 같지 않은 느낌이랄까. 이렇게 행복해도 되나 싶을 정도로 행복하다.

수영은 꼼꼼히 두른 목도리 안으로 손을 넣어 태양 모양의 펜던트를 만지작거렸다.

'나한테 태양은 너야.'

새해 첫날 그가 걸어준 목걸이는 한 번도 풀어놓지 않았다. 석은 그녀가 그의 태양이라고 했지만 이미 그는 오래전부터 그녀의 태양이었다.

계단을 올라가자 휑했던 정원에 심어진 나무들이 시선 가득 들어왔다. 잎이 떨어진 나무와 한쪽에 쌓인 눈만 아니라면 겨울 느낌이 전혀 들지 않았다.

"음, 주인을 닮아서 그런가 아주 튼튼하네."

정원이 너무 휑하다며 나무를 심는 건 어떠냐고 했을 때만 해도 석은 별 반응이 없었다. 어느 날 와보니 정원에 사철나무와 소나무가 여러 그루 심어져 있었다. 다음날 단풍나무와 앵두, 자두나무까지 파헤쳐진 잔디를 마무리하는 데 일주일이 넘게 걸렸다.

'이러다 숲이 되겠어.'

그 정도까지는 아니라고 했지만 제법 큰 나무을 심어서인지 정말 작은 숲 같은 분위기였다. 그녀는 아주 만족스러워했고 석도 정리가 끝난 정원을 보고 꽤 마음에 들어 하는 눈치였다.

"벌써 오신 건가?"

거실에 불이 환하게 켜져 있었다. 반가운 마음에 문을 열자마자 신발을 벗어 던지고 뛰어들어 갔다.

"사장님 벌써 오셨어요?"

주방에서 뭘 하고 있었는지 석이 급하게 다가와 그녀의 앞을 막아섰다.

"웬일로 이렇게 일찍……."

한 손에 물 잔을 들고 있던 석이 빠르게 그녀의 입술을 손가락으로 막았다. 수영은 눈을 동그랗게 떴다가 방긋 웃었다.

"할 말이 있어."

"저도 있어요."

생글생글 웃으며 그에게 스타티스 꽃다발을 내밀었다. 석이 미간을 좁히며 꽃을 힐끔 보고는 그녀를 쳐다보았다.

"안 받아요?"

"나 주는 거야?"

"그럼 누구를 주겠어요. 나 꽃 선물하는 거 처음이에요."

문득 꽃을 사고 싶었고 무슨 꽃을 살까 고민하고 있는데 스타티스가 눈에 들어왔다. 석에게 똑같은 꽃을 선물해 주는 것도 좋겠다 싶었다.

"안 받을 거예요? 내 마음인데."

"마음?"

"잊었나 본데 이 꽃말……."

"잠깐만."

석이 그녀의 말을 가로막는 순간 어디선가 굵직한 목소리가 들렸다.

"쯧쯧, 여자한테 꽃을 줘야지 받고 있으니."

수영은 너무 놀라 들고 있던 꽃다발을 툭 떨어트렸다. 석이 나직이 한숨을 쉬며 꽃을 집어 들고 그녀의 손을 잡았다.

"소개해 줄 분이 있어."

"누, 누가 있는 줄 몰랐어요."

안으로 들어오자마자 석이 그녀의 앞을 가로막는 바람에 소파에 누군가 앉아 있는 걸 보지 못했다.

놀라기도 했고 꽃을 주면서 내 마음 어쩌고 했으니 부끄럽고 창피해서 쥐 구멍이라도 숨고 싶었다. 얼굴까지 빨개졌다. 저분도 스타티스의 꽃말을 알까.

석이 그녀의 손을 잡고 거실로 이끌었다. 차마 얼굴을 들 수 없어서 고개를 푹 숙이고 걸었다.

"인사해. 아버지셔."

안 그래도 놀란 심장이 쿵 내려앉았다. 아버지라니. 놀라서 눈을 커다랗게 떴다가 황급히 인사했다.

"처음 뵙겠습니다. 진수영입니다."

노인은 거구였다. 앉아 있는데도 키가 꽤 커 보였고 부리부리한 눈매로 쳐다보는 시선이 어찌나 날카로운지 대롱대롱 매달려 있던 심장이 아예 뚝 떨어지는 느낌이었다.

"저 녀석은 날 불청객 취급하던데 아가씨도 그런가?"

"네? 아, 저는……."

아닌데요. 하자니 무슨 자격으로, 그렇다고 완전 환영합니다. 라고 말할 입장도 아니었다. 이러지도 저러지도 못하고 안절부절못하고 있는데 다정한 목소리가 들렸다.

"일단 와서 앉아요."

석을 힐끔 쳐다보자 앉으라며 고개를 끄덕였다. 수영은 그와 함께 맞은편 소파에 나란히 앉았다.

"진짜 여자가 있는 줄 몰랐네."

"아닙니다!"

누가 있다는 걸 아는 순간 놀랐고 하필 석의 아버지라는 소리에 더 놀라 손까지 휘저으며 부정했다. 두 사람의 시선이 화살처럼 그녀에게 꽂혔다.

"아니야?"

"전…… 직원입니다."

"직원?"

"네, 일하러 온 거예요."

틀린 말을 한 것도 아닌데 두 사람 모두 그녀의 반응이 마음에 들지 않는다는 표정이었다. 옆에 앉은 석도 마주 보고 있는 그의 부친도 한동안 아무 말도 하지 않았다.

어색하고 불편해서 앉아 있을 수가 없었다.

"그럼 두 분 말씀 나누세요. 전 그만 일하러……."

"그냥 앉아 있어."

엉거주춤 일어서는 그녀의 팔을 석이 잡아당기는 바람에 도로 앉을 수밖에 없었다.

"아니면 오늘은 그냥 가고 내일 일찍 와서 일할까요?"

석은 표정이 좋지 않았다. 설마 부친 앞에서 꽃을 건네서 그런가. 왜 하필 오늘 꽃을 샀는지. 혼자 있다면 머리를 쥐어박고 싶었다.

"오늘은 그만 돌아가시죠."

"쫓아내지 못해서 안달이네. 달랑 하나밖에 없는 자식 놈 얼굴 자주 보는 것도 아닌데 저렇게 자꾸 가라고 눈치를 주니, 내가 서운한 생각이 드는 건 당연하지 않겠어요?"

표정도 묻는 목소리도 그다지 서운함은 느껴지지 않았다. 그렇다고 그녀에게 어떤 대답을 바라고 한 말 같지도 않았다.

수영은 여전히 그녀의 손목을 잡고 있는 석의 손을 슬그머니 밀어냈다. 눈치가 없는지 석은 그녀의 손을 더 꽉 잡고 놓아주지 않았다.

"눈치도 눈치지만 약을 먹어야 하는데 미처 챙겨오지를 못해서 가봐야겠다."

"어디가…… 불편하세요?"

무심코 튀어나온 말에 두만이 빙그레 웃었다.

"나이 들면 여기저기 고장이 나는 법이지. 큰 병 아니니까 걱정 말아요."

"웬만한 약은 여기도 있는데 드릴까요?"

"그래 봐야 해열제겠지."

"소화제도 있고 항생제 소염제, 다른 것도 있어요."

"그사이 약국이라도 차렸나 보네. 아니면 아가씨가 약사인가?"

"아, 아닙니다. 지난번 사장님이 아프셔서…… 약을 사오라고 했는데 무슨 약인지 말씀을 안 하셔서 제가 여러 가지 함께 사왔었습니다."

"다음에 저 녀석이 약을 사오라고 하거든 해열제만 사면 돼요. 그럼 불청객은 그만 사라져 주지."

수영은 석의 뒤를 따라서 밖으로 나왔다. 들어올 때 미처 못 봤는데 대문 밖에 검은색 승용차가 있었다. 차가 골목을 내려간 뒤에도 석은 그대로 서 있었다. 바람이 제법 찬데도 추위를 전혀 느끼지 못하는지 골똘히 생각에 잠긴 표정이었다.

"미리 전화를 주시지 저 때문에 아버님이 그냥 가신……."

"직원?"

"네?"

"그러니까 진수영은 내 직원으로 이곳에 온 거다?"

그동안 불만스러운 표정으로 있었던 게 직원이라는 말 때문이었나 보다.

"그럼 뭐라고 해요?"

"내가 지금 직원을 매일 집으로 불러들여서 키스하고 안고……."

"자, 잠깐만요."

"왜?"

"설마 아버님이 우리가 그렇고 그런 사이라는 걸 아시는 거예요?"

"그렇고 그런 사이?"

석의 짙은 눈썹이 홱 꺾였다. 여전히 뭔가 매우 못마땅하다는 표정이었다.

"진수영 직원."

목소리가 서늘했다. 수영은 억울했다. 너무 갑작스러웠고 자신을 어떻게 소개할지 몰라 사실을 말했을 뿐인데 왜 이러는지 알 수가 없었다.

"직원…… 맞잖아요."

"그러니까 진수영 직원은 상사와 매일 섹스하고."

수영은 얼른 석의 입을 막았다. 지나가는 사람은 없지만 혹시나 누가 들었을까 봐 주변을 살피고 눈에 힘을 팍 실었다.

"들어가서 이야기해요."

"……."

"한마디도 하지 말고 일단 들어가요. 알았죠?"

꼼짝도 않고 서 있는 석의 손을 잡아끌고 계단을 올랐다. 그는 일부러 그러는지 마지못해 따라오는 사람처럼 힘주어 잡아끄는데도 천천히 움직였다.

"빨리 좀 걸으면 안 돼요?"

"들어가면 난 직원과 섹스할 건데."

"아, 진짜."

수영은 석의 손등을 찰싹 때렸다. 세게 치지도 않았는데 소리가 너무 커서 깜짝 놀라 황급히 그의 손등을 문질렀다.

"미안해요. 아파요?"

"손등이 아니라 마음이 아파."

"마음이 왜 아파요? 내가 얼마나 놀랐는지 알아요? 미리 말이라도 해주지, 그럼 좀 늦게 오든가 아니면 내일……."

"어차피 일하러 온 건데 왜? 직원이면 놀라야 할 이유가 없지 않나?"

쫌생이, 도대체 직원이라는 말을 몇 번이나 하는 건지.

수영은 한숨을 푹 내쉬며 석을 원망 섞인 시선으로 쳐다보다 커다란 몸을 끌어안았다.

"그 말이 그렇게 서운했어요? 너무 놀라서 그랬어요. 그렇다고 무슨 상황인지도 모르는데 내가 사장님 여자입니다 할 수도 없잖아요."

"왜 없어? 당당하게 말하면 되지. 설마 내가 진수영 남자로 부족한 거야?"

"그럴 리가 없잖아요. 너무 넘치죠. 부족한 건 저예요."

"절대 안 부족해."

"사장님."

"말해."

"우리 언제까지 이러고 있어요? 나 추운데."

그녀가 안고 있는데도 가만히 있던 석이 어깨가 들썩일 정도로 한숨을 내쉬더니 꼭 안아준 뒤 걸음을 옮겼다. 수영은 픽 웃으며 그에게 찰싹 붙어서 따라 들어갔다.

"아버님은 어디에 사시는 거예요?"

"충주."

"그럼 이 시간에 댁으로 가시는 거예요?"

"그럴 수도 있고 아닐 수도 있겠지."

"무슨 말이 그래요?"

주방으로 향하는 석의 뒤를 졸졸 따라가며 묻자 성의 없는 대답만 들려왔다.

"용무가 있다면 안 내려가실 거고 아니라면 내려가시겠지."

"안 내려가시면 왜 가신 건데요. 혹시 저 때문에……."

수영은 갑자기 석이 멈춰 서서 돌아서는 바람에 그의 넓은 가슴에 이마를 콩 박았다.

"진수영 직원은 우리 아버지한테 관심이 많은가 봐."

"네?"

"계속 아버지에 대해서만 묻고 있잖아."

"그야 혹시 저 때문에 가신 게 아닌가 걱정돼서 그러죠. 근데 사장님 아까부터 왜 그러세요?"

"내가 왜 이러는지 정말 몰라?"

모르니까 물었지. 평소엔 다정하게 수영아, 하고 부르던 사람이 심통을 부리는 것도 아니고 왜 자꾸 직원, 직원 하는지 이해가 가지 않았다.

"정말 모른다는 표정이네."

"제가 사장님 머릿속에 들어간 것도 아니고 어떻게 알겠어요. 혹시 내가 실수를 했거나 기분 나쁘게 한 게 있다면 말씀을……."

"진수영."

"이제 직원은 빼셨나 보네."

입술을 삐죽 내밀며 퉁퉁거리자 석이 그녀의 어깨를 잡고 식탁 앞으로 이끌었다.

"와, 이게 뭐예요?"

제일 먼저 식탁 한가운데 놓인 장미꽃 바구니가 보였다. 탐스럽게 핀 꽃송이 사이로 이제 막 봉오리를 터트린 붉은색 장미까지 물방울이 송송 맺혀 있어 싱싱하고 더 화려해 보였다. 그 옆으로 예쁜 접시와 와인 잔, 하트 모양의 분홍색 초까지 놓여 있었다.

"오늘 무슨 날이에요?"

"우리 둘이 식사하는 날."

"식사는 거의 매일 같이하잖아요."

현장에 내려가거나 출장을 갈 때를 제외하면 늘 함께 저녁을 먹었다. 가끔 회사 근처에서 만나 이른 점심을 먹기도 했었다. 그녀의 출근 시간을 맞추다 보니 어쩔 수가 없었다. 석은 사장인 자신과 함께 있는데 무슨 상관이냐고 했지만 연애를 한다고 해서 공과

사를 구분 못하는 사람처럼 보이기는 싫었다. 물론 그녀의 업무 시간에 접근 금지라는 말은 여전히 지키지 않았다.

“내가 원했던 상황은 이게 아닌데…… 배고파?”

“아니요. 부동산에서 샌드위치 먹었거든요.”

“그럼 식사는 나중에 하자.”

“사장님 배고프시잖아요. 못 먹을 정도는 아니니까 지금 먹어요. 제가 금방 준비할게요.”

수영은 냉장고로 향하려다 그에게 손목이 잡히고 넓은 품에 폭 안겼다.

“지금은 다른 게 고파.”

“다른 거 뭐요? 커피요? 아니면 와인?”

생각해 보니 부친이 왔는데 테이블엔 아무것도 놓여 있지 않았다. 아, 내가 뭘 준비했어야 하는 건가. 정신이 있었어야 말이지.

‘전 직원입니다. 일하러 온 거예요.’

너무 갑작스러워 그렇게 말은 했지만 한 번도 석의 여자가 아니라는 생각은 한 적 없었다.

“아버님한테 직원이라고 한 거 때문에 기분 나빴다면 미안해요.”

“많이 미안해해.”

“사장님을 사랑해요. 변하지 않을 거예요. 그런데…….”

말끝을 흐리자 석이 품에서 살며시 떼어놓고 그녀의 눈을 깊숙이 파고들었다.

“왜 말을 하다 말아.”

"내 마음과 상관없이 일을 크게 만들고 싶지 않았어요."

"무슨 소리야?"

"우리가 앞으로 어떻게 될지도 모르고, 사랑한다고 해서 평생 함께할 수는 없잖아요."

석의 눈동자가 차갑게 식었다. 그는 늘 그녀에게 다정했고 분에 넘치는 사랑을 주었다. 석과 함께 있으면 주변의 다른 상황은 아무것도 생각나지 않는다.

오로지 사랑하는 남자와 여자, 마치 세상과 동떨어진 공간에 단 둘만 존재하는 느낌이었다. 하지만 문밖을 나가면 현실이 그녀의 발목을 잡는다.

'지금 그딴 일이 중요해? 내가 이 자리를 어떻게 마련했는지 알아?'

김 여사한테는 일요일에 쉰다는 말을 하지 않았었다. 학교 다닐 때처럼 출근을 한다고 했고 언제나 같은 시간에 집을 나와 석과 함께 시간을 보냈다.

해가 바뀌면서 김 여사는 결혼을 시키지 못해 안달난 사람처럼 입만 열면 새로운 남자의 사진을 들이밀었다. 그동안 두 번의 선 자리가 있었지만 그녀는 나가지 않았다. 시간도 없고 선볼 생각도 없다고 했다.

"지금 그 말 무슨 뜻이야?"

수영은 그에게서 한 걸음 뒤로 물러났다. 알 수 없는 두려움으로 심장이 쿵쿵 뛰었지만 다행히 마음이 차분해졌다.

"내가 사랑하는 건 사장님이에요."

"그런데?"

"다른 건 아무 상관 없어요."

석을 사랑하는 마음에 눈곱만치의 잡음도 섞이길 원하지 않는다. 김 여사가 원하는 조건, 그런 말도 안 되는 생각을 석이 아는 게 싫다. 혹시나 그녀의 마음까지 그렇게 비쳐질까 가끔 숨이 막혔다.

"알아듣게 말해."

"그렇다고요."

"진수영."

수영은 방긋 웃었다. 석의 재킷을 벗기고 하얀 와이셔츠 위를 어루만졌다. 넥타이를 잡아당겨 풀어버리자 석의 짙은 눈썹이 확 꺾였다.

"이런 식으로 대화를 피하려고 하지 마."

"피하는 거 아니에요."

"그럼 제대로 말해. 방금 그 말……."

"부탁이 있어요. 오늘은 내가 하고 싶은 대로 하게 해주세요."

그는 미심쩍은 표정이었지만 수영은 그의 입술에 쪽 입을 맞추고 방그레 웃었다.

"그냥 한 말이었어요. 잊어버려요. 그리고 지금은……."

넥타이를 만지작거리다 눈빛을 반짝이며 콕콕 찌르듯 그의 입술에 키스했다.

"내가 사장님을 사랑하는 걸 즐겨요."

"대화부터 하고."

"쉿!"

수영은 풀어낸 넥타이로 그의 눈을 가리고 손을 잡아끌었다. 소파에 앉게 하고 그의 무릎에 걸터앉았다.

짙은 눈썹을 손가락으로 어루만지고 볼을 쓰다듬고 턱을 어루만졌다.

"사장님. 아니, 강석 씨."

이름을 불러놓고 수영은 풋 웃었다. 그의 미간이 확 좁아졌다.

"왜 웃어?"

"그냥, 예전 생각이 나서요. 그때 나 취했을 때 이름 부르니까 꽤 건방져 보여, 그랬잖아요."

"건방지기도 했고 위험했지."

"근데, 그때 왜 날 안지 않았어요?"

아무리 취했지만 그런 대담한 짓을 하다니, 한동안 미친 짓을 했구나 하는 생각에 머리를 얼마나 쥐어뜯었는지 모른다.

"네 마음이 진심이 아니었으니까."

"나 그때 진심이었는데. 취했어도 강석 씨 아니었으면 절대 그런 짓 안 했을 거예요."

그녀의 담담한 말에 석의 짙은 눈썹이 꿈틀거렸다. 뭔가를 참는 듯 꾹 다문 입매까지 실룩였다.

"어쨌든 이름 부르니까 진짜 좋다. 더 가까워진 느낌이에요."

"아직도 우리가 가까워질 거리가 있었던 거야?"

"없죠."

수영은 망설이지 않고 솔직하게 대답했다. 세포 하나하나까지 그로 채워진 느낌을 매일 받는데 틈이 있을 리가.

단추를 풀어 와이셔츠를 벗기고 탄탄한 그의 가슴을 입술로 꾹 눌렀다. 고작 입술이 닿았을 뿐인데 석의 몸은 금세 반응했다. 그녀가 움직일수록 석은 나른한 신음을 흘리며 긴장이 되는지 숨을 크게 들이켰다.

혀로 그의 단단한 몸에 전혀 어울리지 않는 젖꼭지를 핥아 올리자 그의 손이 그녀의 어깨를 꽉 잡았다. 수영은 단호히 그의 손을 쳐내며 부드럽게 나무랐다.

"손 움직이면 묶을 거예요."

"날 고문하고 싶은 거야?"

"고문이 아니라 사랑이죠."

"사랑은 주고받는 거야."

"오늘은 나만 사랑할 거예요. 강석 씨는 그냥 즐기기만 해요."

"미치겠군."

"말 안 들으면 묶어놓고 도망갈 거예요."

"날 미치게 해놓고 도망가면 지구 끝까지 쫓아갈 거야. 잡히고 난 뒤 감당할 자신이 있으면 그러든가."

"무서워서 도망갈 생각은 하지 말아야겠네요."

수영은 그의 어깨를 손으로 어루만지며 혀로 두툼한 목을 핥고 올라가 귀를 잘근잘근 씹었다. 발갛게 달아오른 귓불을 혀로 달래듯 핥아주자 석이 주먹을 꾹 쥐고 신음을 삼켰다.

이렇게 느긋하게 그녀가 주도하며 사랑을 나눈 적은 없었다. 업무 시간 내에 접근금지란 말을 가뿐히 무시한 그는 언제나 저돌적이고 강렬한 몸짓으로 그녀를 쾌락의 늪으로 이끌었다.

석은 퇴근하면 그녀를 늘 시선 안에 두려고 했다. 커피를 가지러 갈 때도 따라다녔고 분명 일을 하는 것 같은데 고개를 들면 그녀를 쳐다보고 있었다. 할 일이 없으면 편하게 거실이든 방이든 가서 쉬라고 해도 듣지 않았다.

'이제 얼마 남지 않았는데 이 시간을 낭비할 수 없지.'

3월이면 약속한 대로 회사로 출근한다. 지난주에 이력서를 써서 그에게 주었다. 어느 부서에서 근무할지는 모르겠지만 열심히 할 자신 있었다. 무엇보다 남들처럼 아침에 출근하고 저녁에 퇴근하는 평범한 시간을 보낼 수 있다는 게 너무 좋았다.

"그렇게 꼼짝 않고 앉아 있으면 바지를 벗길 수가 없잖아요."

벨트를 풀고 지퍼까지 내렸는데 그는 꼼짝을 않았다. 수영은 그가 볼 수 없으니 눈을 곱게 흘기며 타박했다.

"말을 해줘야 알지."

분명 바지를 벗기려는 걸 알고 있을 텐데 그는 얄밉게 미소를 지으며 엉덩이를 살짝 들어주었다. 여유로운 말투와 달리 그의 중심은 잔뜩 성이 나 있었다. 갑갑한 옷을 벗어나자마자 툭 불거져 나와 당당하게 솟구쳤다.

"언제까지 이러고 있어야 해?"

"전에도 말했지만 사장님은 말이 너무 많아요."

"아무도 그 말은 인정 안 할 거야."

설마. 평소에도 그는 쓸데없이 말을 많이 시켰다. 일해야 한다고 말시키지 말라고 해도 10분을 넘기지 못했다. 그동안 집에서 일찍 나온 이유가 김 여사와 되도록 얼굴을 마주치지 않기 위해서기도 했지만 그가 없는 동안 일에 집중하기 위해서기도 했다.

이젠 회사로 출근하면 그럴 필요가 없겠지만.

수영은 기쁜 마음으로 당장이라도 그녀의 안으로 뚫고 들어오고 싶어하는 그의 중심을 부드럽게 달래주었다.

"으읏. 그만."

간신히 참고 있는지 그의 이마에 푸른 힘줄이 툭 불거져 나왔다. 수영은 요염하게 웃으며 그의 굵은 기둥을 마음껏 주무르고 핥고 빨았다. 타액에 흠뻑 젖은 그의 중심은 그녀의 진득한 애무에 점점 더 몸짓을 키워갔고 사나운 기세를 숨기지 않았다.

그가 어쩔 줄 몰라 하는 모습을 지켜보는 이렇게 즐거울 줄이야.

수영은 그에게서 물러나 천천히 옷을 벗었다.

"빨리 좀 할 수 없어?"

석은 미칠 것 같았다. 이해할 수 없는 말을 해서 사람을 심란하게 만들더니 또 다른 방법으로 그를 휘젓고 있는 수영이 요부 같았다.

착하게 그녀의 말대로 손을 움직이지 않고 있었지만 이미 참을 수 있는 한계를 넘은 지 오래였다. 그래도 참고 참았다. 아무것도 보이지 않으니 작은 자극에도 몸은 격렬하게 반응했다. 바지를 벗기고 그녀가 손으로 입으로 그의 중심을 애무할 때는 온몸에 전기가 통해서 작은 세포까지 미쳐서 날뛰는 것 같았다. 한계를 넘은 몸은 폭발하기 일보 직전이었다.

"설마 감상하고 있는 거 아니지?"

"보채지 말아요."

거친 숨을 토해내는 그와 달리 수영의 목소리는 차분했다. 마침내 그녀가 다가왔고 그의 중심이 그녀에게 닿았을 때 그는 망설이지 않고 허리를 강하게 쳐올렸다.

"읏."

빠듯하게 조여오는 느낌이 너무 황홀해서 넥타이로 가로막힌 시야가 하얀빛으로 번쩍였다.

"그냥 앉아만 있을 거야?"

"좀 기다려요."

"이런 식이면 정말 곤란해."

수영은 그의 무릎에 앉아 도대체 뭘 하는지 움직이지 않았다. 소파에 눕다시피 앉아 있는 그의 얼굴 위로 뜨거운 호흡이 느껴졌고, 가슴엔 그녀의 풍만한 가슴이 짓누르듯 착 달라붙었다. 이러면 곤란한 정도가 아니라 그의 안에서 미쳐 날뛰고 있는 맹수를 확 풀어버리고 싶어진다는 걸 모르나 보다.

그가 호흡을 가다듬는 사이 수영이 천천히 움직였다. 엉덩이를 살짝 들었다 놨다 하는 움직임은 그의 조급함을 더 부추길 뿐이었다. 끝까지 닿고 싶은 그의 안달 난 마음을 조금도 달래주지 못했다. 그런데도 자극은 엄청났다.

"으응."

움직임이 빨라지고는 있었지만 여전히 부족했다. 석은 더는 참지 못하고 그녀의 늘씬한 허리를 잡았다 위로 끌어 올리고는 강하게 밑으로 내려앉혔다.

"아흣."

그도 함께 엉덩이를 들썩였다. 퍽퍽, 부딪히는 소리가 커질수록 쾌감은 감당할 수 없을 정도로 커졌다.

"아아. 사장님."

"일관성이 없네."

"무슨…… 아읏."

"이름."

어느 순간 수영은 그가 유도하지 않아도 빠르게 움직였다. 그녀가 움직일 때마다 흔들리는 머리카락이 그의 얼굴을 간질였다.

열에 들뜬 신음 소리, 사람을 미치게 만드는 서툰 몸짓.

보고 싶었다. 석은 넥타이를 낚아채서 확 벗겨냈다. 갑자기 쏟아지는 빛으로 시야가 흐릿했지만 수영의 모습은 똑똑히 보였다.

"말 진짜 안 들…… 읏."

열기 가득한 눈동자, 발갛게 달아오른 볼, 살짝 벌어진 붉은 입술.

도저히 참을 수가 없어 그녀를 번쩍 안고 소파에 앉혔다. 다리 하나를 어깨에 걸치자마자 깊숙이 파고들었다. 기다렸다는 듯이 먹이를 낚아채는 맹수처럼 내달렸다. 무거운 가죽 소파가 힘을 이기지 못하고 삑삑 소리를 내며 밀려났다.

'사랑한다고 해서 평생 함께할 수는 없잖아요.'

웃기는 소리. 사랑한다면, 진심이라면 평생 함께하지 못할 이유가 뭐란 말인가.

햇살보다 더 눈부신 모습이었다. 어린 계집애를 두고 가슴이 설레다니, 믿을 수가 없었다.

더는 지켜보기만 하지 않겠다고 결심하고 드디어 손에 잡았는데 평생을 함께 못해?

석은 허리를 강하게 내리치며 입술을 비틀었다. 그래도 성이 차지 않아 그녀를 일으켜 세우고 소파를 잡고 엎드리게 했다. 곧장 뒤에서 그녀의 안으로 파고들었다.

"아흑, 좀 천천히……."

"사람을 미치게 했으면 대가를 치러야지."

그는 폭주했다. 퍽퍽, 살이 부딪힐 때마다 그녀의 하얀 엉덩이가 짜부라질 듯 일그러졌다. 뽀얀 피부, 유려한 곡선을 그리며 이어지는 허리와 엉덩이.

시선 안으로 들어오는 모든 게 그를 자극했다. 안고 있는데도 성에 차지 않는다. 그런데 넌 지금 나와의 미래를 부정하는 거냐?

석은 잠시 움직임을 멈추고 가빠진 호흡을 가다듬었다. 가녀린 몸이 그를 견디느라 힘겨워하는 게 보였다.

달래듯 땀으로 축축해진 그녀의 등을 혀로 핥았다. 한 손에 꽉 들어차는 가슴을 움켜쥐고 주물러 댔다. 허리를 가볍게 튕기자 수영이 앓는 소리를 냈다.

아래로 내려온 손이 그녀의 수풀을 헤치고 클리토리스를 자극했다.

"으응."

이미 쾌락이 결집된 그곳은 빵빵하게 부풀어 있었다. 손가락으로 비비고 잡았다 놓기를 반복하자 수영은 허리를 비틀며 어쩔 줄 몰라 했다.

"난 중간에 포기하는 거 몰라."

"으으응. 으읏."

"내가 하는 사랑은 끝까지 함께 가는 거야."

"아, 사장님, 강석 씨. 제발."

난 널 내 품에서 이렇게 애원하게 할 거다. 네 시선이 다른 곳을 향하는 걸 용납하지 않을 거다. 평생.

석은 손가락으로 연신 자극하며 귓불을 잘근잘근 씹다 혀로 달랬다. 땀에 젖어서 피부에 달라붙어 있는 머리카락을 한쪽으로 모으고 목에 걸린 목걸이 줄을 따라 혀로 핥았다.

매일 목걸이를 하고 있는지, 성급하게 옷도 다 벗지 않고 사랑을 나눌 때도 잊지 않고 확인했었다.

태양을 달았으니 이제 달과 별 지구까지 네 몸에 달아야지.

"그만, 으읏. 그만해요."

"무슨 소리. 이제 제대로 할 건데."

"사람 괴롭히는 게 취미예요? 나 미칠 거 같…… 아흣."

석은 몸을 쭉 펴고 허리를 강하게 튕겼다. 그때마다 수영은 고개를 뒤로 젖히며 비명을 질렀다. 한껏 자극을 받은 그녀의 안은 부드럽고 뜨거웠다. 늪처럼 그를 빨아들이며 수축과 이완을 반복했다. 그럴수록 촉촉한 주름의 느낌까지 섬세하게 느껴졌다.

퍽퍽, 살이 부딪히는 소리, 거친 숨소리가 넓은 거실에 이명처럼 울려 퍼졌다.

등에 날개가 돋는 것 같다. 땅을 박차고 날아오르고 싶다. 석은 거침없이 내달렸다. 끝없이 날아오르고 수도 없이 곤두박질쳤다. 미칠 것 같은 희열이 온몸을 강타했다.

"아윽. 아아앙. 아악!"

태양이 화려하게 폭발했다. 수영도 더는 견디지 못하겠는지 자지러지는 비명을 지르며 몸을 바들바들 떨었다.

석은 축 늘어지는 수영을 품에 꼭 끌어안고 소파에 철썩 주저앉았다.

여덟

겨울을 완전히 떨쳐 내고 완연한 봄기운이 감도는 거리는 생동감이 넘쳤다. 한 달 전부터 수영은 비서실로 출근하고 있었다.

처음부터 수영을 다른 부서로 보낼 생각은 없었다. 전부터 구 비서가 직원이 더 있었으면 했었고 어차피 직원을 채용할 계획이었다.

'큰 사장님이 오피스텔에 계신답니다.'

오늘은 모처럼 한가했고 수영과 점심을 먹으려고 했는데 자리에 없었다. 통화를 하고 있던 구 비서가 눈치를 보면서 황급히 끊기에 무슨 전화냐고 물었더니 두만이 올라왔단다.

석은 오피스텔 문을 열고 안으로 들어갔다. 두만은 소파에 앉아 차를 마시고 있었다. 그를 보고 놀라지도 않았다.

"구 비서가 입이 너무 가벼워졌나 보네."

"통화할 때 옆에 있었습니다."

"네 식구라고 감싸는 거냐?"

석은 별다른 대꾸하지 않고 맞은편 소파에 앉았다. 그동안 몇 번 서울에 올라왔다는 걸 구 비서를 통해서 들었었다. 매번 올 때마다 용건이 있었고 그날로 내려갔다. 통화를 해도 별다른 말은 없었다.

평소라면 용무가 있어서 오신 거겠지 하고 넘어갔을 텐데 다른 때와 달리 오피스텔에 들렀다고 하기에 찾아왔다.

"요즘 자주 올라오시네요?"

"자꾸 올 일이 생기니 어쩔 수 없지."

두만의 표정과 말투는 평소와 다르지 않았다. 석은 느긋하게 차를 마시는 두만을 보며 잠시 생각에 잠겼다.

김성숙 씨에 대해서 구 비서에게 알아보라고 한 뒤 두만은 그에게 별다른 말은 하지 않았다. 언젠가 구 비서에게 물었더니 그때 이후 아무 말씀 없었다고 했다. 올라올 때마다 정말 용무만 보고 내려갔고 그에게 직접 말을 하지 않은 터라 아는 체하지 않았다.

"혹시 저한테 하실 말씀 없으십니까?"

"오피스텔 사용료라도 달라는 거냐?"

부친은 일이든 돈이든 대충이라는 걸 모른다. 빌려주는 것과 대가없이 주는 돈도 분명히 하는 분이다. 그 또한 부친에게 도움받은 돈을 얼마 전까지 갚았다.

구 비서에게 그 이후 다른 말이 없다고 해서 그냥 넘어갔는데 만약 계속 신경을 쓰고 있다면 다른 통로를 통해서 알아봤을 것이다. 그런데도 그에게 말 한마디 없었다.

"묻고 싶은 말이 있기는 하지. 비서실 직원 그 아가씨하고 정말 아무 사이도 아니야?"

"아시면서 뭘 물어보십니까?"

"알긴 뭘 알아? 그날 제대로 소개도 시켜주지 않았고, 통화할 때도 아무 말 없었잖아."

두만은 심통난 사람처럼 투명하게 말했다. 당연히 직원이라는 말은 믿지 않았다. 내려가서 전화가 왔기에 설명이라도 해주려나 했는데 고작 안부 몇 마디만 하고 끝이었다.

그래 놓고 제가 궁금한 것만 안달을 내지.

"김성숙 여사님에 대해서 왜 알아보신 겁니까?"

"알면서 뭘 물어?"

"설마 그 돈을 받아낼 생각이신 겁니까?"

"받을 수 있다면야……."

"돈을 빌려간 건 그분이 아닙니다."

당연히 알지. 조금 괘씸했을 뿐이다. 돈놀이를 하면서 돈을 벌었고 아들은 그걸 싫어했다. 돈을 빌려갈 땐 간이라도 빼줄 것 같던 사람들이 갚을 때는 그렇지 않을 때가 많았다. 본인들 쓸 거 다 쓰고 남은 돈을 갈취당하듯 내놓는 사람들, 그는 자선사업가가 아니다.

당연히 법에 접촉되지 않는 선에서 받아내야 했었다.

'전 제 방식대로 살 겁니다.'

대학 내내 돈 한 푼을 받아가지 않았다. 정말 악착같이 돈을 벌었는데 그게 나 혼자 잘 먹고 잘살려고 그랬겠는가 말이다. 하나밖에 없는 아들 잘 키우고 싶었다.

그러다 말겠지 했는데 석은 한결같았다. 결국 백기를 들 수밖에 없었다. 나이가 드니 힘도 부치고 차라리 하고 싶은 일을 할 수 있게 도와주는 게 낫겠다 싶었다.

지금까지 석은 제 할 일을 너무 똑 부러지게 잘해왔다. 공사를 수주 받기도 하고 건물을 직접 지어서 분양을 하거나 통째로 매매를 하면서 승승장구했다.

"넌 처음부터 알고 있었던 게야?"

"진덕수 사장님 딸이라는 걸 말씀하시는 거라면, 네. 알고 있었습니다."

"내가 얼마나 손해를 봤는지도 알고 있겠지."

"말씀드렸지만 그건……."

"우연히 진 사장이 빼돌린 돈이 있는 것 같다는 소리를 들었고 어떤 상황인지 궁금해서 알아봤다. 그러다 그만뒀어."

"왜요?"

"뭘 왜요야? 내 자식이 좋아하는 여자가 하필 그 집안 여식이라잖아. 내 식구가 될지도 모르는데 쑤시고 다닐 수는 없지 않겠어?"

그래서 관뒀다. 평생 주고받는 것에 대해서 명확했고 진 사장에게 건너간 돈은 결코 적지 않았다. 억울하지만 받아낼 대상이 없는데 어쩌겠는가.

알아보기는 했지만 기대를 한 건 아니다. 그렇다고 빼돌린 돈이 있다는 말을 듣고 가만히 있을 수는 없었다.

"그 돈이 정확히 얼마입니까?"

"왜, 네가 대신 갚아주게?"

"원하신다면요."

"콩깍지가 쓰여도 단단히 쓰였나 보네. 너한테 그 돈을 받는다고 해서 달라질 게 뭐야. 어차피 그 주머니가 그 주머니인데. 말했지만 더 신경 쓰지 않을 생각이다. 그 돈 없다고 사는데 지장이 있는 것도 아니고."

돈 싫어하는 사람이 어디 있겠는가. 그래도 어쩔 수 없는 일이라는 게 있다. 안 되는 일에 미련 가져 봐야 골치만 아프고 건강만 해치지.

"진 사장 안주인은 돈 관계에 대해서 잘 모른다고 들었다. 진 사장이 시시콜콜 집에서 이야기하는 스타일도 아니었고 안주인도 바깥일에 신경 쓰지 않았다고 하더군. 그거야 그 집안 사정이고, 혹시 나중에 집안끼리 얽히게 되면 채무 관계에 관해서는 아는 체하지 말라고 하는 소리야."

"그럴 생각입니다."

"그 아이는 알고 있는 게야?"

"부친의 채무 관계에 대해서 전혀 모르고 있습니다."

"그렇겠지. 그땐 어렸고 엄마도 자세히 모르는데 말해줄 사람도 없었겠지."

사람 마음이 다 같을 수는 없겠지만 두만은 왠지 씁쓸했다. 진 사장이 과한 욕심을 부린 건 사실이지만 부부라는 게 뭔가. 힘들 때 도와주고 위로해 주고 물질적인 도움은 아니더라도 보듬어주고 다독여 주었다면 달라지지 않았을까 하는 생각이 들었기 때문이다.

하기는 자신 또한 그렇게 살지 못했다.

"그럼 오늘은 왜 올라오신 겁니까?"

"내일 지인 딸 결혼식이 있어서 왔다. 왜, 그건 구 비서가 말 안 해?"

분명 내가 왔다는 소리만 듣고 달려왔겠지. 안 봐도 훤했다.

"늦바람이 무섭다더니."

생전 여자 만난다는 소리가 없어 내내 걱정했더니 이건 뭐 어미새도 아니고. 두만은 쯧쯧, 혀를 찼다.

"바람, 아닙니다."

"당연히 아니어야지. 그걸 말이라고 해?"

늦게 결혼해서 겨우 얻은 자식이라 결혼을 빨리했으면 하고 바랐건만 서른이 훌쩍 넘은 아들이 이제야 여자를 만난단다. 두 팔 벌려 환영할 일이기는 한데 신경이 쓰이는 건 어쩔 수 없었다.

"아가씨는 참해 보이더구나."

"네."

"싹싹해 보이기도 하고."

어쩔 줄 몰라 하며 앉아 있는 게 훤히 보이는데도 당장 약을 가져다줄 것처럼 하는 모습이 자꾸 생각이 났었다. 하나를 보면 열을 안다고 마음이 따뜻한 아이 같았다.

"씀씀이가 헤프지는 않더냐?"

"그렇지 않습니다."

혹시나 진 사장을 닮아 돈 귀한 줄 모르면 어쩌나 했는데 아니라니 다행이기는 한데, 사실인지 아닌지 곁에서 지켜보지 않았으니 모르는 일. 콩깍지가 쓰인 놈한테 물어봐야 입만 아프겠지.

"넌 나처럼 실패하지 마라."

착 가라앉은 두만의 목소리에 석은 아무 말도 하지 않았다. 그의 기억에 생모는 언제나 뒷모습뿐이었다. 부친이 벌어다 주는 돈을 쓰는데 바빠서 어린 아들을 잘 챙기지 않았다. 늘 일하는 사람 손에 그를 맡겨두고 밖으로 나돌았다.

그러더니 어느 날 비싼 물건들만 챙겨서 집을 나가 버렸다. 그가 일곱 살 때였다.

'너희 아빠 돈 많으니까 넌 잘 클 거야. 애초에 엄마가 없다고 생각해.'

화려하게 치장을 한 생모는 웃으며 그렇게 말했고 그는 울지 않았다.

'엄마, 갔어요. 다시 안 올 거래요.'

부친이 생모를 찾으려고 했는지 그는 모른다. 알고 싶지도 않았다. 석은 잠시 망설이다 한 번도 묻지 않았던 질문을 꺼냈다.

"혹시 찾아보셨습니까?"

"누구를?"

그가 대답을 하지 않자 두만은 코웃음을 쳤다.

"내가 왜 찾아."

"……."

"너한테는 엄마 없이 자라게 해서 미안하지만 찾아서 데려왔다고 해도 어차피 다시 나갔을 여자야."

부친과 이런 대화를 나눈 적이 없었다. 엄마 없는 빈자리를 크게 느끼지도 않았고 부친 또한 그날 이후 모친에 대한 이야기를 하지 않았다.

"내가 뭐에 홀렸던 거지."

결혼 전과 너무 변했다며 가끔 두 분이 싸우는 소리를 들었었다.

'그래, 좋아. 하고 싶은 것도 하고 돈도 마음껏 써. 대신 돈 쓰는 것만큼 아이한테도 신경 좀 써. 그렇게 밖으로만 나돌지 말고 엄마 노릇을 제대로 하란 말이야.'

그럴 때마다 그의 생모는 매번 똑같은 말을 했다. 아이는 낳아 놓기만 하면 저절로 크는 거라고. 자신도 그렇게 컸고 지금 이렇게 잘살고 있지 않느냐며 기막힌 말을 했었지.

"지금이라도 누가 곁에 계시는 게 좋지 않겠습니까?"

"갑자기 왜 생각해 주는 척이야? 이제 짝을 만났으니 내가 짐될까 봐 걱정돼?"

"그런 뜻 아니라는 거 아시잖습니까?"

어린 아들 혼자 키우기 쉽지 않았을 텐데 부친은 나름 최선을 다했다. 아는데 마음과 달리 이상하게 단둘이 있으면 어색했다.

오히려 구 비서가 자신보다 부친과의 인연이 더 오래돼서인지 통화도 자주 하고 시간 날 때마다 찾아가서 말동무도 해준다.

"인연은 억지로 만든다고 이어지는 게 아니지. 내 팔자가 이런 걸 어쩌겠어. 난 벌써 잊었다. 자식까지 버리고 떠난 여자 생각해서 뭐 해. 그러니까 너도 잊어."

"……."

"말은 안 했지만 해마다 그맘때쯤 너 아픈 거 안다."

그 또한 생모의 존재를 잊었다. 기억 속에 그리워했던 적도 없는데 매년 생모가 떠난 그쯤 열감기로 고생을 했다.

"하필 그때 아픈 거지 의미를 부여하지는 않습니다."

"지난 시간에 매달려 사는 것만큼 어리석은 것도 없다. 그나저나 가벼운 마음은 아닌 거 같은데 결혼은 언제 할 거냐?"

"올해 안으로 할 생각입니다."

"이제 4월인데 무슨 그런 뜨뜻미지근한 대답을 해? 설마 아직 말도 못 꺼낸 거야?"

"졸업하고 이제 막 회사에 입사했습니다."

"일이야 결혼해서 하면 되지. 누가 집에 가둬두래?"

요즘 수영은 신나 하는 게 보였다. 덩달아 구 비서도 신입 비서 들어왔다고 좋아했다. 사무실이 환해졌다나 어쨌다나.

그러면서 수영이 안 보는 사이 의미심장한 미소를 지으며 엄지를 척 올려보였다. 구석구석 크고 작은 화분도 생겼다.

'공기 정화기보다 화분이 훨씬 좋아요. 이건 두통에 좋고 이건…….'

잔소리도 늘어서 어쩌다 피우던 담배는 끊었다. 그 핑계로 그는 담배 생각날 때마다 진한 키스를 할 수 있어서 좋지만.

"내 사람이다 싶으면 빨리 데려와."
"마음에 드셨나 보네요."
"데리고 살 사람이 저렇게 좋아 죽겠다는 표정을 하고 있는데 내가 뭘 어쩌겠어. 사람만 괜찮으면 된다. 살아보니 그게 제일 중요하더라."
석은 생각보다 오래 오피스텔에 머물렀다. 여느 때와 달리 부친과의 대화는 편안했다. 둘이서 이렇게 오래 대화를 한 적이 있었나 싶을 정도로 시간 가는 줄 몰랐다.
결혼이라, 사무실로 돌아오는 내내 결혼이란 단어가 머릿속에서 떠나지 않았다.
"왜 이렇게 늦었습니까?"
사무실 문을 열자 수영과 무슨 재미있는 이야기를 하는지 활짝 웃고 있던 구 비서가 벌떡 일어서며 물었다.
석은 두 사람을 힐끔 쳐다보고 안으로 들어갔다. 잠시 후 노크 소리와 함께 수영이 차를 들고 들어왔다.
"무슨 안 좋을 일 있으셨어요?"
"구 비서하고 너무 친한 거 아니야?"
"네?"
수영은 멀뚱히 쳐다보다 풋, 웃었다. 점심 약속이 있다고 나가서 너무 늦기도 했고 표정이 좋지 않아 걱정했더니 괜한 걱정이었나 보다.
"구 비서님 선본 이야기하고 있었어요."
"구 비서가 선을 봤어?"

"이 주 전에 봤대요. 괜찮은가 봐요. 여자 쪽에서도 싫지 않은 거 같고. 일요일 날 다시 만나기로 했는데 데이트할 장소를 물어보기에 알려줬어요."

"어디를?"

"지난번 만났을 때 여자분이 친구가 놀이동산 간 이야기를 했대요. 그래서 두 분이 함께 가보라고 했죠. 날도 좋은데 그런 곳 가면 좋잖아요. 더 친해질 수도 있고."

석은 무슨 생각을 하는지 턱을 어루만지며 그녀를 빤히 쳐다보았다.

"왜요?"

"진 비서도 그런 곳 좋아해?"

"아니요. 전 싫어요."

"왜?"

수영은 잠시 골똘히 생각에 잠겼다. 가본 적도 없는데 가고 싶다는 생각도 한 적이 없었다. 놀이기구 타는 것도 싫고, 사람들 많은 곳도 그다지 좋아하지 않는다.

타보지도 않고 왜 그렇게 싫어하게 됐지?

문득 떠오른 생각에 등골이 서늘해졌다.

'놀이기구 타러온 거 아니야. 귀찮게 하지 말고 엄마 따라와.'

시끄러운 사람들 소리, 즐거운 비명 소리. 어느 순간 거짓말처럼 조용해지고 지친 발소리만 들렸다. 이거 뭐지?

갑자기 머리가 깨질 듯이 아파왔다.

"왜 그래?"

"뭔가 좀……."

"수영아!"

석이 의자에서 벌떡 일어서는 걸 본 것 같았다. 이내 주변이 까맣게 변했다.

아이는 안개가 자욱한 숲 속을 걷고 있었다. 신발을 신지 않은 발이 뭔가에 찔려서 아팠다. 한 치 앞도 보이지 않는 뿌연 안개 속을 아이는 걷고 또 걸었다.

또 같은 꿈이다. 꿈을 꾸면서도 지금 이 상황이 꿈인 게 느껴졌다. 아, 이런 꿈 싫어. 안개가 싫어. 이곳을 벗어나고 싶다. 소리 없는 아우성이 머릿속에서만 왕왕 울렸다. 어느 순간 주변이 이지러지고 발아래서 뭔가 꿈틀거렸다.

수영은 진저리를 치며 몸을 벌떡 일으켰다.

"싫어!"

"수영아!"

공포에 젖은 시선 안으로 걱정 가득한 석의 모습이 들어왔다. 그를 보는 순간 안도의 한숨이 터져 나왔다.

"괜찮아?"

"꿈을 꿨어요."

"꿈? 혹시 지난번…… 그 꿈을 꾼 거야?"

"네. 나 왜 자꾸 그런 꿈을 꾸는 걸까요?"

꿈을 꾸면서도 꿈인 줄 알고 있는 느낌. 그런데도 현실처럼 느껴지는 건 뭘까. 마치 그런 일을 진짜 겪은 것 같은 기분까지 들자 등골이 오싹했다.

"꿈은 그냥 꿈이야. 알아봤는데 같은 꿈을 반복해서 꿀 수도 있대."

"좋은 꿈도 많은데 하필…… 근데 여기가 어디예요?"

"병원이야."

"병원이요? 내가 왜……."

"그건 내가 묻고 싶은 말이야. 갑자기 쓰러져서 얼마나 놀랐는지 알아?"

"내가 쓰러졌어요?"

"의사 말로는 몸에 딱히 이상은 없다고 하는데, 혹시 일하는 거 힘들어?"

"힘들긴요. 아직 일을 배우는 중이기는 하지만 저 정말 즐겁게 일하고 있어요."

"그럼 내가 모르는 일이 있는 거야?"

"그런 거…… 없어요."

김 여사가 선을 보라고 닦달하는 것 외엔 그가 모르는 일은 없었다. 회사 일은 즐거웠다. 석의 집으로 출근을 할 때보다 일도 많아지고 정신은 조금 없지만 진짜 직장인이 된 기분이었다.

'2년 전에 공사한 걸 진 비서가 어떻게 알아? 완공이 3달 늦어진 거까지 아는 거 보니 공부를 꽤 했나 보네.'

공사 지연으로 추가된 금액까지 정확히 이야기하자 구 비서는 혹시 천재 아니냐며 놀라워했다. 그녀는 숫자를 잘 기억하는 편이다. 그동안 본 서류를 전부 기억하지는 못하지만 금액이 잘못 기재되어 있거나 공사 상황이 달라진 건 더 꼼꼼히 살펴서인지 머릿속에 남아 있었다.

'집에서 일한 건 우리 둘만의 비밀이야.'

구 비서한테는 석의 집으로 출근했다는 말은 하지 않았다. 편한 방법도 있을 텐데 직접 서류를 만들라고 한 이유가 따로 있을 거라고 생각했다.

"무슨 생각을 하는 거야?"

"네? 아무것도요. 몇 시예요?"

"7시."

"벌써요? 일찍 들어간다고 했는데."

출근할 때 김 여사가 일찍 들어오라고 했었다. 일이 많다고 야근을 한다고 하는 것도 한두 번이고, 얼마나 대단한 일을 한다고 매일 늦느냐는 잔소리 듣는 것도 지겨워 그러겠다고 했다.

"집에 무슨 일 있는 거야?"

"그동안 매일 늦었잖아요. 일요일도 거의 집에 없었고."

"오늘은 병원에 있는 게 좋을 거 같은데."

"의사가 괜찮다고 했다면서요. 병원은 진짜 아픈 사람이 있어야 하는 곳이죠."

"진짜 괜찮아?"

"네. 오히려 푹 쉰 거 같아서 몸도 가뿐해요."

수영은 걱정스러워하는 석에게 다가가 입술에 쪽 입을 맞추고 활짝 웃었다. 그녀 때문에 바쁜 사람 일도 못하게 한 게 미안해서 버스 타고 가겠다고 했지만 석이 집 앞까지 데려다주었다.

"그럼 쉬고 내일 봐."

"네, 사장님도 조심해서 들어가세요."

"둘이 있는데도 사장님이야?"

"말했잖아요. 사람들 앞에서 실수하면 안 되니까 둘이 있을 때도 사장님이라고 부르겠다고."

"고집은."

"그렇다고 내 남자가 아닌 것도 아닌데 뭘 그렇게 호칭에 집착해요?"

석은 이름 불러주는 게 좋다지만 무슨 상관인가 싶었다. 안전벨트를 풀고 내리려고 하는데 석이 그녀를 빤히 쳐다보고 있었다.

"왜 그렇게 보세요?"

"내 남자란 말 오랜만에 듣는 거 같아서."

"대신 매일 다른 방법으로 확인하고 있잖아요."

수영은 요즘 자신이 너무 뻔뻔해지고 있는 건 아닌가 생각했다. 먼저 키스할 때도 있고 어느 땐 서슴없이 그를 자극할 때도 있었다.

"아, 음. 이제 진짜 가봐야겠어요."

문득 부끄러운 생각이 들어 황급히 내리려고 하자 석이 그녀의 손목을 잡고 확 끌어당겼다. 입술이 닿을 듯 가까이 있는 석을 보는 순간 얼른 고개를 뒤로 젖혔다.

"누가 보면 어쩌려고……."

"보라고 해. 내가 내 여자한테 키스하겠다는데 누가 뭐라고 해?"

"사장님."

"키스하기 좋은 자세인데 도망갈 거야?"

이렇게 간절한 눈빛으로 쳐다보면 거절할 수가 없는데.

수영은 눈동자를 이리저리 굴리며 주변을 살피다 그의 볼에 입을 쪽 맞추고 후다닥 차에서 내렸다. 저녁 시간이라 지나가는 사람들이 제법 있었다. 달아오른 볼을 두 손으로 감싸고 심호흡을 했다.

"왜 내려요?"

"데려다줄게."

"다 왔는데 무슨. 그냥 가요."

"왜 그렇게 불안해하지?"

그가 성큼 다가와 그녀의 앞에 서자 수영은 난감했다. 그녀는 아는 사람이 없지만 누군가 그녀를 알아볼 수도 있지 않은가.

"어머님이 날 만나는 거 몰라?"

"그게……."

석의 눈이 가늘어졌다. 어쩔 줄 몰라 하던 수영은 표정을 가다듬고 차분히 말했다.

"엄마가 엄한 편이에요. 남자 만난다고 하면 아마……."

조건부터 따질 것이다. 그런 모습이 싫었다. 선보라며 내미는 사람들도 하나같이 조건이 좋았다. 그녀는 고작 괜찮은 대학을 나온 것밖에 없는데 그런 조건의 남자들이 선을 보겠다고 하는 것도 이해되지 않았다. 어느 땐 혹시 그녀의 상황을 그쪽에서 모르던가, 잘못 알고 있는 게 아닌가 하는 생각이 들 정도였다.

"내가 진수영의 숨겨진 남자야?"

❖

수영은 샤워를 하고 머리를 대충 말린 뒤 식탁에 가서 앉았다. 밥을 먹고 싶은 생각은 없지만 기다리고 있는 김 여사를 보니 안 먹겠다고 할 수가 없었다.

"회사 그만둬."

잘 먹겠다고 인사하고 수저를 들자마자 마주 앉은 김 여사가 대뜸 말했다.

"그게 무슨 말이야?"

"이모가 아는 사람 통해서 K그룹에 말해놨는데 어제 연락 왔어. 다음 주부터 출근하면 된다더라."

"엄마!"

"그깟 건설회사에 다니는 거보다 훨씬 낫지. 이모 아는 사람이 인사과 과장인데 일하기 편한 곳으로 해준다고 했어."

"왜 내가 다니는 회사를 엄마가 정해? 내가 선택했고 난 지금 하고 있는 일 만족해."

"만족? 뭔 만족. 남들이 알아주는 회사도 아니고 K그룹이면……."

수영은 들고 있던 수저를 탁, 내려놓았다. 누구를 위해서 인생을 사는 것도 아닌데 그놈의 남들 시선, 이젠 지긋지긋했다.

"제발 좀 그만해. 내가 만족한다잖아. 그럼 된 거 아니야?"

"너 혼자 만족하면 뭐 해? 누가 알아주기나 하니? K회사 쉽게 들어갈 수 있는 곳 아니라는 거 너도 알잖아. 더구나 본사야. 이런 좋은 기회가 어디 있어?"

그렇게 좋은 곳이면 엄마가 들어가라는 말이 목구멍까지 올라왔다. 졸업하고 나서 김 여사한테 그동안 일했던 곳이 군주건설이라고 말했었다. 그때는 아르바이트라고 생각해서인지 졸업했으니 다른 직장을 알아보라는 말만 했고, 회사로 출근을 하는 첫날 아침에도 다른 곳에 이력서는 내고 있는지 물었다.

"회사는 내가 알아서 해. 난 여기 계속 다닐 거야."

김 여사의 표정이 당장이라도 펑 터질 것처럼 사나워졌다. 수영은 이번만큼은 물러서지 않겠다고 다짐했다. 그동안도 대화다운 대화를 나눈 적이 없지만 졸업하고부터는 더했다.

입만 열면 선봐라, 직장 알아봐라.

퇴근 시간이 가까워지면 숨이 턱 막혔다.

"왜 그렇게 고집을 부려? 내가 나 좋자고 이래? 다 너 잘되라고……."

"내가 아니라 엄마겠지. 회사도 선보는 것도 싫다고 했는데 내 말을 계속 무시하는 건 날 이용해서……. 악."

찰싹 하는 소리와 함께 고개가 홱 돌아갔다. 수영은 지금 이 상황이 믿을 수가 없어서 입을 쩍 벌린 채 숨도 쉬지 못했다.

"이용? 어디서 입을 함부로 놀려? 설사 그렇다고 쳐. 그게 뭐가 나빠? 난 네 엄마야. 널 키웠고 이제 그만 이 지긋지긋한 생활에서 벗어나고 싶어하는 내가 잘못이야? 엄마를 위해서 그것도 못해?"

차라리 돈을 더 벌라고 하면 그럴 수 있었다. 회사 끝나고 아르바이트를 해서라도 좋아하는 돈을 가져다줄 수 있을 테니까. 하지만 회사를 옮기라는 건 결국 부족한 자신의 조건을 그렇게라도 채우려는 걸 알기에 받아들일 수가 없었다.

"내가 행복한 게 싫어?"

"뭐?"

"회사 옮기는 거? 물론 더 좋은 회사로 가면 좋겠지. 근데 엄마, 나 지금 일하는 곳도 좋고……."

"너 바보니? 좋은 거 알면서 왜 옮기지 않겠다는 거야? 제발 멀리 좀 봐. 그깟 건설회사보다는……."

"나 만나는 사람 있어."

김 여사는 아예 그녀를 씹어먹을 것 같은 표정이었다. 수영은 통증이 느껴지는 볼 따위 신경도 쓰이지 않았다.

'내가 진수영의 숨겨진 남자야?'

그녀는 무슨 그런 말도 안 되는 소리를 하냐며 펄쩍 뛰었지만 그의 날 선 표정을 보면서 마음이 아팠다. 후회도 되었다.

선보라고 했을 때 싫다고만 했지 만나는 사람이 있다는 말은 하지 못했다. 혹시나 석이 김 여사의 마음을 알고 실망할까 봐 두려웠고 그녀 또한 같은 취급을 받게 될까 봐 겁이 났다. 사랑은 서로 간의 믿음이고 소통인데 비겁하게 도망만 친 것 같아 부끄러운 생각까지 들었다.

석은 한참 생각에 잠긴 표정이었다.

'그게 아니면 결혼할 남자가 있다는 걸 왜 숨겨. 설마 나와 결혼하는 거에 대한 확신이 없는 거야?'

아무 말도 할 수 없었다. 놀라기도 했고 결혼을 말하는 석의 표정이 행복해 보이지 않았기 때문이다.

멍청하게 정말 나와 결혼할 거냐고 물었다. 석은 조금도 망설이지 않았다.

'넌 내가 단순히 즐기기 위해 함께 있었다고 생각해? 회사로 출근하기 전에 내가 왜 집에서 일을 하게 했는지 한 번도 생각한 적 없어?'

매일 만나면서 그의 마음을 보여주고 싶었다고, 하루라도 빨리 자신을 남자로 느끼게 하고 싶었단다. 여기저기 아르바이트를 전전하는 모습이 열심히 사는 것 같아 기특하면서도 안타까웠다는 말도 했다.

'실망이네.'

석이 떠난 뒤 수영은 그 자리에서 움직일 수가 없었다. 혼자서 짝사랑을 시작한 게 언제였더라. 힘들 때마다 그를 떠올렸고 우연이라도 부딪히기를 얼마나 바랐던가.

그의 사랑을 의심하지 않고 그녀의 마음 또한 한 치의 흔들림도 없는데 바보같이 왜 김 여사한테 당당하게 말하지 않았을까. 피하려고만 했던 자신이 바보 같았다.

"그 사람 나한테 너무 과분한 남자야."

태어나서 누군가의 사랑을 그렇게 받아본 적이 없기에 그와 함께 있는 매 순간이 행복했다. 그에게 어울리는 여자가 아니라는 거 안다. 너무 부족하다는 것도 안다. 다 아는데 그의 손을 놓을 수는 없다. 이젠 그가 없는 미래를 생각할 수도 없었다.

"과분? 네가 남자 보는 눈이 있기나 해? 어떤 놈인 줄 알고 막 만나고 다녀?"

"말했잖아 나한테 과분한 남자라고. 나 그 사람 사랑해. 그 사람도 나 많이……."

"입 닥쳐! 내가 분명히 말했지? 아무 남자나 만나고 다니지 말라고. 괜히 여기저기 소문이라도 나면 어쩌려고 그래?"

"아무 남자 아니야. 그 사람……."

"네가 남자에 대해서 얼마나 안다고 그딴 소리를 해? 당장 헤어져!"

왜 이렇게 대화가 안 되는 걸까. 왜 이토록 엄마는 그녀의 마음을 몰라주는 걸까. 단 한 번이라도 그녀를, 딸을 진심으로 생각한 적은 있었을까.

부친이 살아 계실 때도 따듯하게 보듬어주는 엄마는 아니었지만 이 정도까지는 아니었다.

수영은 주먹을 꽉 쥐고 고개를 빳빳이 들었다.

"못 헤어져. 아니, 안 헤어질 거야."

"진수영!"

"제발, 한 번이라도 내가 무슨 생각을 하는지, 무엇을 바라는지 내 입장에서 생각 좀 해주면 안 돼? 딸이 만나는 사람이 있다고 하면 어떤 사람인지, 먼저 물어봐야 하는 거 아니야? 엄마는 어떻게 매번……."

"지금 네 주제에 만나는 사람이면 뻔하겠지. 그런 남자 만나봐야 지금과 달라질 게 뭐 있겠어. 내가 분명 행동거지 똑바로 하고 다니라고 했지?"

"엄마는 진짜……."

더는 마주 보고 대화를 할 수 없었다. 등 뒤에서 김 여사가 고래고래 소리를 질렀다.

"그냥 얌전히 있다가 엄마가 소개해 준 남자 만나 결혼하면 되는데 왜 허튼짓을 하고 다녀? 당장 헤어져. 다시는 그 남자 만날 생각하지 마. 회사도 나가지 마!"

방으로 들어온 뒤에도 악을 쓰는 김 여사의 목소리가 들렸다. 수영은 귀를 틀어막았다. 울컥 치솟는 뜨거움을 삼키지 못하고 가슴을 부여잡고 바닥에 철썩 주저앉았다. 눈물이 볼을 타고 주르륵 흘렀다.

도대체 어디서부터 잘못된 것일까. 그녀가 뭘 그렇게 잘못한 걸까.

학교, 아르바이트, 몸은 힘들고 버거웠지만 견딜 수 있었다. 미래에 대한 불안감도 살다 보면 괜찮아지겠지. 지금보다는 나아지겠지. 스스로를 위로하며 견뎌냈다.

그런데 달라지는 게 없다. 변하는 게 없었다. 오히려 더 바닥으로 추락하는 기분이었다.

"흐흑."

수영은 입을 틀어막고 하염없이 울었다. 마음이 너무 아프고 서러워서 참을 수가 없었다.

울다가 잠이 들었는지 깨어나 보니 주변이 캄캄했다. 바닥에 웅크리고 누워 있어서 온몸이 쑤시고 뻐근했다.

"하아."

한참 동안 멍하니 앉아 있었다. 좋아하는 남자가 있다고 차분하게 말하려고 했는데 어쩌다 이렇게 되었는지 모르겠다. 실망했다는 석과 김 여사가 했던 말들이 떠올라 머릿속이 복잡했다. 가슴이 답답하고 숨이 턱턱 막혔다.

수영은 목이 말라서 거실로 나왔다. 커피 생각이 간절했지만 물만 한 잔 마시고 돌아섰다.

방으로 들어가려고 하는데 살짝 열린 문 사이로 김 여사의 목소리가 들렸다. 누군가와 통화를 하는 것 같았다.

"남자가 있단다. 어찌나 당당하게 말하는지 기막혀 죽는 줄 알았어."

모진 소리를 해놓고 김 여사도 잠을 못 자는구나 생각하고 방으로 들어가려고 했었다.

"그 이야기를 왜 또 꺼내? 낳지 않으려고 했는데 네가 말렸잖아. 그때 네 말을 들은 게 잘한 건지, 차라리 너한테 말하지 말걸, 그랬으면 어땠을까. 그런 생각 많이 했었어."

답답하니까 신세 한탄하는 거겠지 생각했는데 낳지 않으려고 했단 말이 귀에 콕 들어와 박혔다. 더는 들어서는 안 될 것 같다는 생각도 들고 한편으로는 호기심도 일었다.

"너 말 참 이상하게 한다? 그럼 그 정도도 못해? 내가 저를 어떤 심정으로 낳았고 키웠는데, 내가 바라는 건 하나야. 수영이가 행복해지는 것. 엄마로서 당연한 거잖아. 이제 힘든 시간 지났고 시키는 대로 하고 얌전히 있다가 결혼하면 되는데 남자라니, 이게 지금 말이 된다고 생각해?"

조곤조곤한 목소리가 조금씩 커졌고 김 여사가 가슴을 퍽퍽, 치는 소리도 들렸다.

"그래. 버리려고 했었어. 그런데 차마 그렇게는 못하겠더라. 나도 그날 일은 후회해. 너 오늘 작정했니? 왜 이렇게 사람 심장을 후벼 파?"

듣지 말았어야 했는데, 그냥 들어갔어야 했는데, 물을 마시러 나오지 말았어야 했는데 듣고 말았다.

버리려고 했다는 말과 함께 안개 속을 헤매는 아이의 모습이 스위치가 켜진 것처럼 떠올랐다. 그리고 저절로 깨닫게 됐다.

그 아이가 누군지, 왜 홀로 안개 속을 걷고 있었는지.

수영은 가슴을 움켜잡고 비명이 터져 나오려는 입을 손등으로 틀어막았다. 다리가 후들거려 서 있을 수도 없었다. 바닥에 철썩 주저앉았다.

김 여사의 목소리가 귓가에서 왕왕 울렸다. 충격으로 하얗게 변한 머릿속은 무슨 말을 하고 듣고 있는 건지 이해를 못하는데 심장은 너무 잘 느꼈다.

"말도 안 돼."

어떻게 이런 일이 있을 수가 있는 거지? 혹시 꿈을 꾸고 있는 건 아닐까.

"난들 그러고 싶어서 그랬는 줄 알아? 내가 오죽했으면…… 으윽."

눈도 껌벅이지 못하고 멍하니 앉아 있는데 짧은 비명과 함께 쿵 부딪히는 소리가 들렸다.

수영은 고개를 홱 돌렸다.

"수, 수영아."

그녀를 부르는 김 여사의 목소리는 너무 작았지만 간절했다. 너무 충격적인 소리를 들어서 정신이 없는데도 불길한 생각이 머리를 스쳤다. 벌떡 일어나 안방으로 향했다.

"엄마!"

김 여사는 바닥에 쓰러져 있었다. 달려가 흔들어도 꿈쩍도 하지 않았다. 손에 쥐고 있는 핸드폰에서는 성미의 목소리가 들렸다.

[언니, 왜 그래? 언니, 언니?]

수영은 창백한 얼굴로 병원 침대에 누워 있는 김 여사를 처연하게 쳐다보았다. 119를 부르고 병원으로 와서 심한 스트레스로 정신을 잃은 것 같다는 의사의 말을 듣는 순간 바닥에 주저앉았다.

낳지 않으려고 했는데 네가 말렸잖아.

버리려고 했어.

"그랬구나."

엄마는 그녀를 낳고 싶지 않았구나. 그래서 버리려고까지 했었구나.

눈앞이 뿌예졌다. 병실을 나와 복도를 걸었다. 너무 서럽고 내가 그런 존재였구나 하는 자괴감이 밀려와 도저히 병실에 있을 수가 없었다. 복도는 조용했다. 끝까지 걸어갔다가 다시 돌아오기를 몇 번, 여전히 머릿속은 멍하고 기운도 없었다. 몸은 걷고 있는데 그녀가 움직이는 것 같지 않는, 꿈속의 아이가 된 것 같았다.

"후우."

긴 한숨을 토해낸 수영은 주머니 속에 손을 넣고는 중얼거렸다.

"핸드폰이 없네."

정신이 없어서 아무것도 챙겨오지 못했다. 이럴 때 석이 곁에 있으면 얼마나 좋을까.

"이모도 걱정할 텐데."

핸드폰이 있어도 석에게 전화하기는 너무 늦은 시간이지만 이모는 연락을 해야 할 것 같았다.

주변을 둘러봐도 늦은 밤 지나가는 사람이 없었다. 간호사한테라도 부탁해 보려고 스테이션을 향해 걷고 있는데 한 남자가 휴게실에서 나오는 모습이 보였다. 남자는 휴대폰을 들고 있었다.

"저기 잠깐만요."

수영은 그녀를 지나쳐 가는 남자를 조심스럽게 불러 세웠다.

"저 말입니까?"

돌아선 남자는 꽤 당황해하는 눈치였다.

"죄송하지만 핸드폰 좀 빌릴 수 있을까요?"

"아. 핸드폰이요."

"잠깐 통화만 할게요."

남자는 손에 들고 있는 핸드폰과 그녀를 번갈아 쳐다보더니 난감해했다.

"그게…… 제 핸드폰이 고장 나서요. 죄송합니다."

수영은 꾸벅 인사까지 하고 돌아서 가는 남자를 쳐다보며 한숨을 푹 내쉬었다. 모르는 사람한테 핸드폰을 빌려주는 게 싫을 수도 있겠지.

결국 간호사한테 부탁을 해야 할 것 같았다. 그때 뚜벅뚜벅 발소리가 들렸다. 그냥 지나갈 줄 알았는데 몸이 홱 돌려지고 눈 깜짝할 사이에 넓은 품에 안겼다.

"사장님."

너무 놀랐지만 누구냐고 묻지 않아도 알 수 있었다. 익숙한 향기, 든든한 품.

그가 왜 이곳에 있는지 묻기 전에 이마에 따듯한 입술이 닿았다.

혼란스러운 머릿속도 널뛰던 심장도 그의 품에 안겨 있으니 거짓말처럼 차분해졌다.

"어떻게 된 거예요?"

"아는 사람이 병원에 있어서."

"그랬구나. 안 그래도 사장님 보고 싶었는데 이런 우연도 있네요. 우리 진짜 우연히 잘 만나는 것 같아요."

술에 잔뜩 취했던 날, 빗속에 주저앉아 울고 있을 때, 편의점까지 항상 힘들 때 석이 그녀의 곁에 있었다. 그가 걱정스러운 눈빛으로 그녀를 쳐다보았다.

"전 엄마가 갑자기 쓰러져서……."

수영은 말끝을 흐리며 눈물이 날 것 같아서 어금니를 꽉 물었다. 석이 그녀를 더 꼭 끌어안았다.

"나한테 전화하지 그랬어."

"경황이 없어서 핸드폰을 놓고 왔어요. 그래서 말인데 저 택시비 좀 빌려주면 안 될까요?"

"택시비는 왜?"

"집에 갔다 와야 하는데 아무것도 안 가져왔거든요. 지갑도 챙겨와야 하고 이모한테 전화도 걸어야 하고."

"내가 다 해결할 수 있는 문제네."

석은 어머니 곁에 있으라며 카드와 핸드폰을 건넸다. 받지 않고 택시비만 달라고 했더니 함께 가자며 그녀의 손을 잡아끌었다.

"어머니가 평소에 건강이 안 좋으셨던 거야?"

"아니요. 의사 말로는 스트레스 때문이래요."

덤덤하게 말했지만 가슴에 무거운 돌덩이가 박힌 것처럼 욱신거렸다. 수영은 차에 타자마자 창밖으로 고개를 돌렸다. 지금은 아무 생각도 하지 않기로 했다. 혼자서 도대체 왜, 라는 생각을 해봐야 알 수 있는 게 없으니까.

가까운 거리라 금방 아파트 앞에 도착했다.

"걱정하지 마. 괜찮으실 거야."

"네. 사장님은 저한테 수호천사 같아요."

"수호천사?"

"매번 저 힘들 때 곁에 계시잖아요."

"사장님 나빠요. 이 소리를 꽤 여러 번 들었던 거 같은데. 그럼 난 나쁜 수호천사인가."

제가 언제요? 란 말이 입속으로 쏙 들어갔다. 그가 안전벨트를 풀면서 그녀를 빤히 쳐다보았다.

수영은 열이 확 달아오르는 볼을 감싸고 황급히 차에서 내렸다.

"도망가는 게 진수영 특기야?"

"도망가는 게 아니라 집에 가는 거거든요? 이상한 소리 할 거면 그만 가세요."

팽 돌아서서 아파트로 뛰어갔다. 1층에 있는 승강기에 올라타 버튼을 누르고 벽에 기댔다.

하루 동안 너무 많은 일이 있었다. 사무실에서 쓰러졌고, 김 여사와 말다툼을 했고, 충격적인 말을 들은 데다 김 여사까지 병원에 입원했다.

"후우."

현관문을 열고 들어오는데 왠지 휑한 느낌이 들었다. 김 여사가 가끔 이모네 가서 혼자 있을 때와는 다른 느낌이었다. 오히려 더 가까운 거리인데 마치 세상에 홀로 남겨진 기분이었다.

"혼자 아니잖아."

그녀를 사랑해 주는 남자, 힘들 때마다 짠 하고 나타나서 그녀의 곁을 지켜주는 남자, 석이 있다.

수영은 심호흡을 하고 가방과 핸드폰을 챙겼다. 성미한테 부재중 전화와 문자가 엄청 들어와 있었다. 통화 버튼을 누르자마자 목소리가 들렸다.

[왜 이렇게 전화를 안 받아? 엄마 괜찮니?]

"병원에 계세요."

[왜, 무슨 일인데?]

오히려 그녀가 묻고 싶은 말이었다. 자신이 들은 말이 무슨 뜻이냐고.

[나 지금 거의 다 왔는데 어느 병원이야?]

전화로 할 수 있는 이야기가 아닌 것 같아 덤덤하게 병원을 알려주고 전화를 끊었다. 성미는 병원으로 곧장 간다고 했다. 엄마 옷을 챙겨서 밖으로 나왔는데 석이 문 앞에 서 있었다.

"깜짝이야. 안 가…… 셨어요?"

석은 말없이 그녀의 가방을 가져가 승강기로 향했다. 수영은 석의 뒷모습을 물끄러미 쳐다보았다. 이 시간까지 잠 한숨 못 자고 있으면서 조금도 흐트러진 모습이 아니다. 감색 셔츠와 편안한 면바지를 입고 있는 그는 슈트 차림이었을 때만큼 멋졌다.

"뭐 해? 안 갈 거야?"

멍하니 쳐다보고 있느라 승강기 문이 열린 것도 몰랐다. 수영은 미소를 머금고 승강기에 올라탔다.

"병원에 입원하신 분이 가까운 분인가 봐요."

"왜?"

"편한 옷차림이라서요."

"아, 좀 급하게 나오느라."

"그분은 괜찮으신 거예요?"

"걱정할 정도는 아니야."

"다행이네요."

병원에 도착해서 그만 돌아가라고 했는데도 석은 병실 입구까지 함께 왔다.

"오늘은 계속 사장님한테 신세만 지네요."

"내 심장을 걱정한다면 몸 잘 챙겨. 오늘은 특별한 스케줄 없으니까 어머님 곁에 있도록 해."

"아마 오전 중에 퇴원하실 것 같아요. 이모가 오신다고 했으니까 상황 봐서 출근할게요."

"그래. 들어가."

"조심해서 가세요. 감사합니다."

그녀는 가는 거 보겠다고 하고 석은 먼저 들어가라고 잠깐 실랑이를 하다 병실 문을 열어주는 바람에 들어갈 수밖에 없었다. 왕고집.

그사이 김 여사는 깨어났고 성미가 와 있었다.

아홉

김 여사가 입원했다 퇴원한 지 2주가 지났다. 그날 김 여사는 성미의 성화에 하루 더 입원을 하고 종합검진을 받았다. 다행히 특별한 이상은 없었고 퇴원 후 지금까지 두 사람은 서로 데면데면했다.

수영은 시간을 확인하고 커피 잔을 두 손으로 감쌌다. 약속 시간이 지났는데 아직 성미는 오지 않았다.

처음 며칠은 머리가 너무 복잡해서 아무 생각도 할 수 없었다. 이대로는 도저히 안 될 것 같아 성미에게 전화를 했지만 이모부와 일본에 가 있다고 했다. 어쩔 수 없이 돌아오는 대로 시간을 내달라고 부탁했고 오늘 아침 서울에 올라온다는 연락이 왔었다.

"내가 좀 늦었지?"

성미는 급하게 왔는지 그녀의 앞에 놓인 물 잔을 단숨에 들이켰다.

"집에 들렀다가 약속 있다고 곧장 나온 거야. 우리 이렇게 밖에서 만나는 거 처음이지?"

"얼굴 볼 기회가 많지 않았으니까."

"내가 서울에 올라오지 않기도 했고 언니가 내려오면서 널 데려오지 않았으니 그럴 수밖에 없었지."

"엄마는 왜 날 데려가지 않았을까."

어릴 때는 가끔 함께 갔는데 중학교 입학하고 난 뒤 방학 때도 김 여사는 그녀를 데려가지 않았다. 명절 때도 거의 왕래가 없었고 부친의 생일쯤 성미가 다녀갈 때 외에는 얼굴을 보지 못했다. 그마저도 언제부턴가 찾아오지 않았다. 제사와 차례를 지내지 않는 그녀의 집과는 달리 성미는 외아들과 결혼을 해서 1년에 제사만 8번을 지낸다고 했다. 게다가 몇 년 째 주말부부였었다. 그래서 김 여사가 주로 내려갔을 것이다.

얼굴은 자주 보지 못했지만 성미는 그녀의 입학과 졸업, 생일이 되면 꼬박 선물을 보내왔었다.

"애 데리고 움직이는 거 쉽지 않잖아."

그런 이유였다면 얼마든지 이해할 수 있었다. 하지만 그녀가 스스로를 챙길 수 있는 나이가 됐을 때도 김 여사는 그녀와 단둘이 어딘가를 가는 것 자체를 좋아하지 않았다.

"운전을 하면 좋을 텐데, 힘들게 따놓고 왜 고이 모셔두기만 하는지 몰라."

"엄마가 운전을 할 줄 알아?"

"그럼, 처음 시작할 때 나하고 같이 학원 다녔는걸. 난 한 번에 땄는데 언니는 5번째 붙었어. 내가 그걸로 얼마나 놀려먹었는데."

그랬구나. 수영은 고개를 끄덕였다. 운전을 했다고 해서 그녀를 데리고 다녔을지는 모르겠다.

"이모 점심은?"

"집에서 출발할 때 먹어서 생각 없어. 넌?"

"나도 간식을 먹었더니 괜찮아. 주문해야지. 뭐 마실 거야?"

"네가 사주는 거야?"

"응. 맛있는 거 마셔."

"키위 주스, 얼음 빼고."

"키위 좋아하는 건 엄마랑 똑같네."

주문을 하고 자리로 돌아온 수영은 어떻게 말을 꺼내야 할지 몰라 커피 잔만 노려보았다. 많이 고민했었다. 그렇다고 김 여사한테 직접 물어볼 용기는 나지 않았다.

"이제 말해봐. 너 나한테 할 말이 있어서 와달라고 한 거잖아."

"맞아. 그런데 어떻게 말을 해야 할지 모르겠어."

"남자 이야기야? 언니가 걱정 많이 하더라."

"남자 이야기 아니고 내 이야기야."

"혹시 임…… 신 했니?"

수영은 아니라고 하면서도 얼굴이 붉어졌다. 아직 누구와도 석의 관계에 대해 편하게 이야기를 나눈 적은 없었다. 학교 다닐 때 아르바이트를 하느라 친구도 별로 없었고 명지는 지난달에 유학을 떠났다. 서로 시간대가 다르기도 했고 적응하기에 바쁜지 메일만 몇 번 주고받았다.

"엄마 쓰러지던 날, 이모랑 통화하는 소리를 들었어."

"어, 어디까지……."

놀랐는지 표정이 확 굳어진 성미는 말까지 더듬었다. 그녀가 빤히 쳐다보자 시선을 피했다.

"이모."

"자, 잠깐만 수영아."

"솔직하게 말해줘. 왜 날 낳기 싫어했는지. 왜 날…… 버리려고 했는지. 혹시 엄마가 아팠어?"

성미가 당황할수록 수영은 더 차분해졌다. 우울증이나 감정 조절을 할 수 없는 상태였나 싶어 물었지만 성미는 고개를 가로저었다.

그럼 도대체 뭐란 말인가.

"꼭 알아야겠니?"

성미의 눈빛은 그냥 모른 척 넘어가기를 바라는 것 같았다. 마치 판도라의 상자를 눈앞에 두고 열지 말기를 바라는 눈빛이기도 했다.

"알고 싶어."

하필 그때 진동 벨이 울렸고 수영은 자리에서 일어났다. 주스를 들고 와 테이블에 내려놓자 성미는 목이 마른지 꿀꺽꿀꺽 들이켰다.

"내가 이 이야기를 하는 게 옳은 건지 모르겠다. 네 엄마가 알면 날 죽이려고 할지도 몰라. 너도 분명 후회할 거야."

"이모한테 들었다는 말 하지 않을게. 아니, 아예 지금처럼 내가 알고 있다는 내색도 하지 않을게."

"그렇게까지 생각한다면 모르는 게 낫지 않겠니?"

"날 위해서야. 이모 말대로 차라리 몰랐다면 좋았을지도 모르지. 하지만 들었고 매일 머릿속에서 떠나지를 않아."

일하는 것도 즐겁지 않고 석과 있으면 행복하면서도 행복하지 않았다. 세상과 겉도는 느낌이었다. 이렇게 살 수는 없었다.

"가끔 똑같은 꿈을 꿔. 어렸을 때도 그랬고 한동안 안 그랬는데 최근에도 꾼 적 있어."

"무슨…… 꿈인데?"

"어떤 여자아이가 안개 속을 혼자 걷는 꿈, 길을 잃은 거 같았어. 아이의 얼굴은 기억나지 않아. 한쪽만 신고 있는 신발은……."

"분홍색 운동화."

"맞아. 그 아이가 나라는 걸 그날 이모와 통화하는 소리를 들으면서 깨달았어."

"세상에. 하느님 맙소사."

성미는 어쩔 줄 몰라 했다. 주스를 다 마시고 빈 물 잔을 몇 번이나 들었다 내려놓았다. 수영은 조용히 일어나 물을 두 컵 따라와서 테이블 위에 내려놓았다. 성미는 한 잔을 숨도 쉬지 않고 다 마시고도 한참을 망설였다.

"꿈 이야기를 엄마한테 한 적 있니?"

"모르겠어. 아마 안 했을 거야."

했다면 엄마보다는 아빠에게 했을 텐데 기억나는 건 없었다.

'우리 예쁜 딸 일주일만인데 아빠 많이 보고 싶었어? 아빠는 딸이 너무 보고 싶어서 꿈까지 꿨는데.'

부친은 종종 지방에 내려가서 며칠씩 집을 비운 적이 있었다. 돌아오면 그날은 그녀가 잠들 때까지 곁에 있어주었다. 그때도 꿈 이야기는 하지 않았던 것 같다.

"널 임신한 건 언니가 결혼하고 5년째 되던 해였어. 형부는 괜찮다고 하는데 언니가 많이 초조해했었지."

드디어 결심이 섰는지 성미가 조용조용 이야기를 시작했다. 그녀도 어렸을 때 부친한테 들어서 알고 있었다. 외아들로 태어난 부친은 결혼하고 얼마 지나지 않아 부모님이 돌아가셨다고 했다. 아이가 생기지 않자 김 여사는 임신을 하기 위해 많은 노력을 했다는 소리도 들었다. 그러니 더더욱 이해가 가지 않았다.

그렇게 힘들게 낳은 아이를 왜 그렇게까지 했는지.

"언니한테 결혼 전에 좋아하는 남자가 있었어. 남자 집안의 반대로 헤어지고 얼마 지나지 않아서 형부를 만났고 몇 달 사귀다 결혼했어. 언니는 다 잊고 행복하게 사는 거 같았어. 형부가 언니를 많이 사랑했거든. 그런데 그 남자를 우연히 만난 거야."

수영은 어금니를 꽉 물었다. 왜 다른 남자 이야기를 하는지 이해가 되지 않지만 말을 끊고 싶지 않았다.

"언니는 그날 일이…… 실수라고 했는데 그 남자는 한동안 언니 주변을 맴돌았어. 내가 직접 찾아가서 제발 언니를 괴롭히지 말라고 사정까지 했는데 그 남자 진심으로 언니를 좋아한다고 하더라. 그래도 이건 아니라고 했지. 언니는 결혼했고 형부랑 행복하게 살고 있다. 그날 일은 그냥 사고였던 거다. 그쪽도 결혼할 여자가 있으니 제발 정신 차리라고 모진 소리도 했었어."

"……."

"그 남자 결혼하는 날 언니는 임신 사실을 알았어. 지우겠다고 하는 걸 내가 말렸지. 그렇게 노력해도 안 생기던 아이가 생겼는데 왜 낳지 않겠다는 거냐고. 무덤까지 가져가자고 했어."

"지금 무슨…… 소리를 하는 거야?"

이해력이 딸린다는 소리는 듣지 못했는데 성미는 점점 알아들을 수 없는 말만 했다. 결국 참지 못한 수영은 묻고 말았다.

"네 친아빠가 따로 있다는 말이야."

"이모!"

"임신 내내 언니는 괴로워했고, 형부가 잘해줄수록 더 힘들어했어. 너 태어나던 날 네 아빠 언니 손 꼭 잡고 울더라. 수고했다면서. 언니를 설득하기를 잘했다고 생각했지."

수영은 눈도 껌벅이지 못했다. 누군가 머리를 둔기로 내려친 것처럼 정신이 멍했다. 어떻게 이런 일이, 도대체 왜 그렇게 아이를 낳기 싫어했는지, 버리려고까지 했는지 궁금했지만 이런 이유일 줄은 몰랐다.

"잘사는 거 같았어. 그렇게 보였으니까. 그런데 어느 날 널 데리고 내려와 엄청 우는 거야. 미칠 것 같다고. 널 보면 예쁘다가도 자신이 벌레를 낳은 것 같다는 생각까지 든다고 했어. 매일 지옥과 천국을 오가는 기분이라고. 형부가 너한테 잘해주면 죄책감으로 괴로워했고, 출장 가서 어쩌다 연락이 없으면 혹시 아는 건가 싶어 힘들어했어. 난 다독였지. 그런 일은 절대 없다고."

"……."

"정신과도 갔었고 너와 한동안 떨어져 있기도 하고 언니도 많이 노력했어. 그러다 그 일이 있었던 거야. 너 여섯 살 때 언니가……. 금방 후회하고 찾으러 갔었어. 그런데 놀이동산 외진 곳에 널 두고 왔다는데 아무리 찾아도 없는 거야. 이틀 뒤 널 찾은 건 놀이동산에서 한참 떨어진 곳이었어. 근처 별장에 온 어느 부부가 널 발견하고 경찰서에 데리고 갔대."

"……."

"그 일이 있고부터 언니와 형부 사이가 예전 같지 않았어. 그렇다고 나빠진 건 아닌데 형부가 전처럼 언니를 다정하게 대해주지 않았거든. 언니는 오히려 그게 더 편하다고 하더라. 다른 남자의 아이를 임신하고 낳은 죄책감이 덜 느껴진다면서."

성미는 연신 물을 들이켰지만 그녀는 손가락 하나 까닥일 수 없었다. 목이 바싹 말라 타들어가는 느낌인데도 손만 뻗으면 닿을 수 있는 거리에 있는 물컵이 너무 멀게 느껴졌다. 성미도 낯선 사람 같았다.

"많이 놀랐니?"

"……."

"내가 후회할 거라고 했잖아. 수영아. 난 네가 엄마를 미워하지 않았으면 해. 네 엄마 표현을 잘 못해서 그렇지 너 많이 사랑해. 아르바이트하고 지쳐 쓰러져 자는 널 보면서 얼마나 안타까워했는지 몰라. 가끔 너 잘 때 따듯한 수건으로 네 발을 닦아줬다고 하더라. 그런 것도 모르고 자는 널 보고 밤새 울어서 통통 부은 눈 들키지 않으려고 학교 가는 것도 못 봤다고 한 적도 많았어.

온몸에 피가 모조리 빠져나간 듯 성미의 목소리가 잘 들리지 않았다. 아무 생각도 할 수 없었다. 머릿속이 텅 빈 것 같기도 하고 연신 북소리가 들리는 것 같기도 했다.

"수영아. 수영아."

"응? 아, 이모, 나…… 들어가 봐야 할 거 같아."

허둥대며 일어서려는 그녀의 손을 성미가 꼭 잡았다.

"우리 오늘 이야기 엄마한테 진짜 비밀이다. 알았지?"

"알았어. 말 안 해."

어떻게 아는 체를 한단 말인가. 수영은 고개까지 끄덕이며 절대 말하지 않겠다고 약속했다.

"그래, 꼭 약속 지킬 거라고 믿어. 참 너 지금 회사는 계속 다닐 거야? 정말 옮길 생각 없어?"

"응, 난 만족해."

"그렇구나. 언니가 하도 좋은 직장을 다녔으면 해서 알아본 건데 좀 아깝기는 하다. 조건도 좋고……."

"이모."

"알았어. 네가 만족한다니 어쩔 수 없지. 그리고 아직 할 말 더 있어. 이건 진짜 네 엄마가 알면 절대 안 되는 거야."

수영은 하얗게 질린 얼굴로 커피숍을 나왔다. 무작정 걸었다. 회사와 반대 방향이라는 것도 알지 못했다. 눈부신 햇살과 피부를 간질이는 기분 좋은 바람도 전혀 느껴지지 않았다. 주변은 찬란한 봄인데 그녀 혼자만 어두운 동굴 속을 헤매는 느낌, 뚜껑을 연 판도라의 상자가 너무 잔인하다는 생각밖에 들지 않았다.

석은 시간을 다시 확인했다. 구 비서한테도 몇 번이나 물었는데 똑같은 대답밖에 하지 않았다. 분명 회사 앞 커피숍에서 이모를 만나고 있다는 소식까지 들었는데 잠깐 화장실을 들어간 사이 사라졌단다.

도대체 화장실에서 얼마나 오랫동안 있었기에 나가는 것도 몰랐단 말인가. 서류를 보고 있는데도 글씨가 눈에 하나도 들어오지 않았다.

"구 비서 잠깐 들어와."

인터폰을 하자마자 구 비서가 노크를 하고 들어왔다.

"아직 소식 없어?"

"네. 그보다 지금 출발하셔야 합니다."

"그보다?"

그가 눈을 확 추켜 뜨자 구 비서가 움찔하며 뒤로 한 걸음 물러났다. 수영이 사라졌다. 근무 시간에 핸드폰도 꺼져 있고 집에도 들어가지 않았단다.

핸드폰은 배터리가 나갔을 수도 있고, 근무 시간이지만 다른 볼일이 생겼을 수 있다. 하지만 이런 적이 없기도 했고 지난번 오피스텔에서 부친이 한 말이 떠올라 불안감이 증폭했다.

'진 사장한테 돈을 못 받은 사람들 중에 질이 좋지 않은 사람도

있을 거야. 다 나 같지 않다는 뜻이야. 무슨 말인지 알아들어?'

그날 이후 수영에게 사람을 붙였고 수영의 앞집으로 이사까지 시켰다. 다행히 그동안 마주치지 않았는지 수영이 병원에서 핸드폰을 빌려달라고 하면서도 모르는 것 같다고 했다.

'혹시나 사장님께 전화할까 봐 빌려주지 않았습니다.'

핸드폰에 그의 번호가 저장되어 있어서 빌려주지 않았다고 하는 말을 듣고 제법 머리가 돌아간다고 생각했는데, 어떻게 회사 근처에 있던 사람을 놓치는가 말이다.

"정말 집으로 간 거 아니야?"

"방금 다시 연락이 왔습니다. 진 비서 어머님과는 몇 번 인사도 했는데 마침 1층에서 만났답니다. 짐이 많아 들어주면서 누가 있으면 내려오라고 하지 그러냐고 했더니 딸은 회사 가고 없다고 했답니다. 집까지 짐을 들어다 주면서 살펴봤는데 없는 것 같다고……."

쾅, 석은 책상을 내려쳤다. 그럴 리야 없겠지만, 그런 일이 생겨서도 안 되겠지만 혹시나 하는 생각에 불안해서 미칠 것 같았다.

"두 사람이 무슨 이야기를 나눴는지는 모르고?"

"네, 멀리 떨어져 앉아서 듣지 못했답니다."

"미치겠군."

"별일 없을 겁니다. 진 비서 성격에 핸드폰을 일부러 꺼놓지는 않았을 거고, 들어오면 제가 따끔하게 혼…… 아무 말도 하지 않겠습니다."

그가 사납게 노려보자 구 비서가 얼른 말을 바꿨다. 석은 머리를 거칠게 쓸어 넘기며 재킷을 챙겨 들었다.

"진 비서 들어오면 곧장 나한테 전화해."

"어디로 가시는 건지……."

"계약서 쓰는 건 다른 날로 잡아."

"그러다 그쪽에서 마음을 바꾸면 어쩌시려고요?"

지금 오피스텔 매매가 문제야? 버럭 소리치고 싶은 걸 꾹 참고 밖으로 나왔다. 입을 열면 험한 말이 튀어나올 것 같았다.

대구 오피스텔은 중심 상가에 위치해 있고 교통편도 좋은 편이라 매매하는데 크게 어렵지는 않았다. 매매 이야기가 나오자마자 매수자가 나타났고 저녁에 시간이 된다고 해서 내려가려고 했었다. 수영도 알고 있을 텐데 도대체 말도 없이 어디를 갔을까.

커피숍도 들어가 보고 회사 주변도 차로 돌았다. 수영의 아파트 주변까지 살폈다. 핸드폰은 여전히 꺼져 있었다. 혹시나 해서 집으로 향했다.

"진수영!"

현관문을 열자마자 신발이 보였고 곧장 뛰어들어 갔다.

"진수영, 어디 있어?"

방마다 모두 열어봤다. 거실 욕실, 세탁실에도 없었다. 석은 다시 안방으로 향했다. 문만 열고 봤을 때는 몰랐는데 안으로 들어서자 물소리가 들렸다. 욕실 문을 벌컥 열자 샤워 부스 안에 수영이 몸을 잔뜩 웅크린 채 앉아 있는 게 보였다. 달려가 차가운 물이 쏟아지는 샤워기를 잠그고 수영을 번쩍 일으켜 세웠다.

"도대체 이게……."

석은 할 말을 잃었다. 흠뻑 젖은 수영의 눈동자는 텅 비어 있었다. 얼마나 울었는지 눈 주위는 퉁퉁 부었고 몸을 덜덜 떨었다.

욕조에 따듯한 물을 틀은 뒤 수영의 옷을 벗겼다. 욕조에 내려놓은 뒤 더운 물을 몸에 뿌려주며 볼과 어깨를 연신 문질렀다.

"잠깐 기다려."

욕실을 나와 따듯한 물과 독한 술을 한 잔 따라서 다시 들어갔다.

"마셔."

"어느 걸로 마실까요?"

"둘 다."

수영은 그가 건네는 잔을 멍하니 쳐다보고만 있었다. 물 잔을 입에 대주자 고개를 흔들었다.

"술 마실게요."

욕조 물은 점점 차오르고 술 한 잔을 모두 마신 수영은 인상을 찌푸리지도 않았다.

"물도 마셔."

잔을 받아 마시면서도 아무 생각이 없어 보였다. 움직임도 느리고 영혼이 모두 빠져나가 텅 빈 몸만 그의 앞에 있는 것 같았다. 몇 시간 동안 불안, 초조, 분노로 미칠 것 같았는데 저런 모습을 보니 물어볼 수가 없었다.

도대체 무슨 일이 있었을까.

욕조의 물이 차고 넘치는데도 수영에게서 시선을 뗄 수가 없었다.

"잠깐 혼자 있게 해주세요."

석은 무릎을 세우고 끌어안은 채 고개를 숙이고 있는 수영을 잠시 쳐다보다 수도를 잠갔다.

곁에 있겠다는 말이 목구멍까지 올라왔지만 참았다.

"필요하면 언제든지 불러."

밖으로 나온 석은 욕실 문 앞에서 한참 동안 서 있었다. 저렇게 힘든 모습을 하고 있으면서 혼자 있고 싶어하는 수영이 서운하면서도 걱정이 되었다. 시선이 무겁게 가라앉았다.

아무것도 할 수 없었다. 소파에 앉아 있을 수도 끊었던 담배 생각이 간절했지만 커피를 내려놓고 연신 들이켰다. 거실을 서성이다 욕실 문에 귀를 대보기도 하고, 서재에 들어갔다가 혹시나 부르는 소리를 듣지 못할까 봐 다시 나왔다.

수영이 욕실에서 나온 건 어스름한 저녁 빛이 유리창을 통해 거실 가득 들어차 있을 때였다.

수영은 욕실에서 나와 주방에 있는 석의 뒷모습을 한참 동안 쳐다보았다. 인기척을 느꼈을 텐데 그는 돌아보지 않았다. 조용히 다가가서 그의 허리를 끌어안고 등에 얼굴을 기댔다.

"음, 커피 향 좋다."

"줄까?"

"네. 주세요."

"가서 앉아 있어. 커피 가지고 갈게."

"사장님과 떨어져 있기 싫어요."

그의 넓은 등에 볼을 비비고 더 찰싹 달라붙었다. 걷다 보니 익숙한 주변이 시선 안으로 들어왔고 그제야 다리에 통증이 느껴졌다.

근무 시간이라는 것도 연락을 해야 한다는 것도 생각나지 않았다. 석의 집으로 들어와서 욕실로 들어갔다. 옷도 벗지 않고 샤워기를 틀었다. 뼈가 시릴 정도로 물이 차가웠지만 주저앉아 오열했다. 이모가 했던 말들이 틀어놓은 라디오처럼 귓가에서 맴돌았다. 귀를 막아도 더 선명하게 들렸다. 수없이 떠올랐던 물음표는 이모의 말을 듣고도 느낌표가 되지 않았다.

그때 석이 거짓말처럼 나타났다.

"사장님."

"말해."

"사랑해요."

그녀의 고백에 석은 아무 말도 하지 않았다. 수영은 다시 한 번 그에게 사랑한다고 말했다. 그가 그녀의 손을 잡고 몸을 돌렸다. 살피는 시선이 다른 때와는 달리 조심스럽고 걱정이 가득 담겨 있었다.

"죄송해요."

"뭐가?"

"다요. 전부 다."

따듯한 그의 손이 볼을 감싸자 수영은 눈을 가만히 감았다 떴다.

"왜 아무것도 묻지 않아요?"

"네가 안전한 거 확인했으니까 됐어."

"할 말이 있어요. 그전에 커피 한 잔만 마실게요. 그 정도는 기다려 줄 수 있죠?"

"힘든 이야기면 천천히 해도 돼."

수영은 고개를 가로저었다. 여전히 머릿속은 혼란스럽고 아무런 정리가 되지 않았지만 석에게는 말을 해야 한다고 생각했다.

어떻게 받아들일지 겁도 나고 두렵지만 그를 속일 수는 없었다.

"커피 마시러 가자."

그가 커피를 머그컵에 따라서 거실로 향하자 수영은 그의 옷자락을 꼭 잡고 따라나왔다. 소파에 그와 나란히 앉았다.

"커피 맛있다."

넓은 거실은 조용했다. 온화한 저녁 햇살이 점점 그 빛을 잃어가고 있었다. 이곳을 처음 온 게 언제였더라. 고작 몇 달밖에 되지 않았는데 너무 익숙해서인가 긴 시간이 흐른 것 같은 느낌이었다. 혼자서 남몰래 가슴에 품었던 남자, 운명처럼 그를 만나고 사랑을 나누고 행복했다.

수영은 커피를 한 모금 마시고 베란다 창을 통해 정원을 바라보았다. 봄기운을 흠뻑 빨아들인 나무들이 한껏 생명력을 뽐내고 있는 정원은 처음 봤을 때처럼 휑한 느낌이 들지 않았다.

"내가 가끔 꾸었다는 꿈 말이에요. 오늘 그 이유를 알았어요."

그녀가 이야기를 하는 동안 석은 묵묵히 듣고만 있었다. 엄마 아빠 그리고 그 남자.

수영은 긴 이야기를 하는 동안 석의 얼굴을 쳐다보지 않았다. 그가 어떤 표정을 하고 있을지 궁금했지만 가끔 커피를 마시느라 말을 멈출 때도 고개를 돌리지 않았다.

"아빠는 내가 친자식이 아니라는 걸 알고도 전혀 내색하지 않았어요."

"알고…… 계셨던 거야?"

"엄마가 아이를 너무 원하니까 혼자서 검사를 받아보셨대요. 엄마의 희망을 무너뜨리는 것 같아서 말할 수 없었나 봐요."

"……."

"엄마는 다른 남자의 아이를 임신하고 낳았다는 죄책감을 갖고 살았고, 아빠는……."

수영은 이미 다 마셔 버린 커피 잔을 물끄러미 쳐다보았다. 다 알고 있었으면서도 아내를 놓지 않았던 아빠의 심정이 어떠했을지 감히 상상도 되지 않았다.

"남들한테는 나쁜 사람이었을지 모르지만 저한테는 아니었어요. 나중에 엄마가 저를 버리려고 했었다는 걸 알고 아빠가 엄청 화를 냈대요."

성미는 그녀가 길을 잃고 헤매는 꿈을 꾸었다는 말에 아마도 무의식중에 그날 일이 기억에 남아 있던 것 같다며 마음 아파했다.

경찰서로 찾으러 온 사람은 아빠였고 어린 그녀는 고열로 병원에 입원까지 했단다. 집으로 돌아온 뒤엔 그때 일을 전혀 기억하지 못했다고 했다.

모든 이야기가 끝난 뒤 수영은 석을 바라보았다.

"내 이야기 끝까지 들어줘서 고마워요."

석은 말없이 그녀를 안아주었다. 등을 쓸어주고 이마에 입술을 꾹 눌렀다.

"괜찮…… 아요?"

차분하게 이야기를 했을 때와는 달리 묻는 목소리가 떨렸다. 석은 질문의 의도를 모르겠다는 표정이었다.

"이해해요."

"뭘 이해한다는 거야?"

"이런 내가 사장님 곁에 있는 거 싫……."

"지금 많이 힘들다는 거 알아. 그렇다고 해서 우리 사이에 대한 부정적인 생각을 하는 건 용납 못해."

석은 변함없었다. 여전히 그녀를 사랑하고 안타까운 이야기에 마음 아파했다. 눈빛이 그랬고 목소리가 그걸 분명히 말해주고 있었다. 수영은 뜨거움이 울컥 치솟았다.

"정말 이런 나라도…… 괜찮은 거예요?"

"내가 사랑하는 건 지금 내 앞에 있는 진수영이야. 내 마음은 변함없어."

단호한 목소리에 수영은 와락 그의 품으로 달려들었다. 충격적인 이야기를 듣고 커피숍을 나와 거리를 헤매는 동안 아무 생각도 할 수 없었다. 차가운 물줄기 아래에서도 눈물밖에 나오지 않았다. 거짓말처럼 그가 나타난 순간 또 다른 두려움이 밀려왔다. 석이 이 모든 걸 알게 되면 우리 사이는 어떻게 되는 걸까.

그런데 그는 그런 생각을 하는 그녀를 나무랐다. 용납하지 않겠다며 변함없다고 말한다.

"너무 무서웠어요. 내 존재가……. 아니, 엄마가 밉고 안타깝고 괜히 들었나 후회도 되고, 그런 와중에도 사장님이 날 어떻게 생각할까, 지금도 많이 부족한데……."

"부족하지 않아. 다시 말하지만 내 마음은 변함없어. 그러니까 약속해. 다시는 쓸데없는 생각하지 않겠다고."

수영은 울음이 터질 것 같아 어금니를 꽉 물고 고개를 끄덕였다.

"엄마는 무뚝뚝한 편이에요. 살가운 성격이 아니라 가끔 상처받을 때도 많았어요. 공부를 잘해도 칭찬 같은 거 안 했어요. 그런데도 제 상장은 항상 잘 보이는 곳에 모아뒀고, 수학경시 대회나 학교에 일이 있으면 데려다주고 기다려 주고 학부모 행사도 빠지지 않고 참석했죠. 둘이 살면서도 크게 다르지 않았어요."

"……."

"힘들었지. 다정한 말 한마디 없었죠. 그런데 저 잘 때 몰래 발도 닦아주고 많이 우셨대요. 엄마 마음을 다 이해하지는 못하지만 모든 걸 알게 되니까 그럴 수밖에 없었겠다 하는 생각도 들어요."

"어머님은 수영이를 사랑하셨을 거야."

"엄마가 가끔 모진 말을 할 때 참 많이 속상했어요. 지금은 그런 말을 하면서 엄마도 많이 힘들었겠다 싶어요. 앞으로 엄마를 어떻게 대해야 할지 모르겠어요."

석이 그녀를 더 꼭 끌어안았다. 수영은 그의 온기를 더 느끼고 싶어 바싹 다가갔다.

“달라진 건 없어. 넌 여전히 어머님의 딸이고 내가 사랑하는 여자야. 그러니까 앞으로 무슨 일이 있으면 제일 먼저 나한테 와.”

“…….”

“약속이 있다고 나갔던 사람이 연락도 안 되고 들어오지도 않고, 내가 얼마나 걱정했는지 알아?”

“죄송해요. 다시는 안 그럴게요.”

그가 그녀의 이마에 입술을 꾹 누르자 수영은 고개를 들고 그의 입술에 입을 맞췄다.

한 번, 두 번.

“뭘 어떻게 해야 할지 아무 생각도 나지 않았어요. 내가 엄마의 인생을 망친 거 같고, 아빠한테는 큰 죄를 지은 것 같고.”

“넌 잘못한 게 없어.”

아, 이 남자의 마음은 도대체 얼마나 깊은 걸까. 그의 깊은 사랑이 도저히 가늠이 되지 않았다. 원망과 죄책감이 뒤섞인 마음이 그의 따듯한 위로와 한없는 사랑에 조금씩 누그러졌다.

“뭐 좀 먹을래?”

수영은 고개를 가로저었다. 그는 안쓰러운 표정으로 그녀를 잠시 쳐다보더니 번쩍 안아 들고 방으로 향했다. 침대에 내려놓고 그녀의 머리를 가만가만 쓸어주었다.

“아무 생각도 안 났는데 걷다 보니 이곳이었어요. 나도 모르게 사장님 생각을 하고 있었나 봐요.”

“그건 칭찬해 줄게. 그만 말하고 눈 감아.”

“혼자 있기 싫어요. 같이 누워요.”

옆자리를 툭툭 두드렸는데 그는 그녀의 다리를 주무르기 시작했다.

"괜찮아요. 하지 말아요."

몇 번을 괜찮다고 해도 그는 멈추지 않았다. 수영은 포기하고 그가 하는 대로 내버려 두었다. 시간이 지날수록 몸이 노곤해졌다. 깨어 있고 싶은데 눈이 자꾸 감겼다.

"사랑해."

"저도…… 사랑해요."

잠들기 전까지 석의 목소리가 계속 들렸다. 사랑해. 사랑해. 사랑해.

수영은 살포시 웃으며 깊은 잠 속으로 빠져들었다.

성미를 만난 지 일주일이 흘렀다. 그날 정신을 잃은 것처럼 자다가 석이 깨워서 집으로 돌아갔다. 집이 텅 비어 있어서 핸드폰을 확인했더니 이모네 집에 내려간다는 문자가 와 있었다.

아마도 복잡한 그녀의 심정을 위한 성미의 배려였을 것이다. 김 여사는 이틀 후에 돌아왔고 달라진 건 없었다.

「괜찮니?」

어제 성미가 보낸 문자를 보고 한참 생각했다. 괜찮은 건가.

김 여사는 그날 이후 회사를 옮기라는 말도 선을 보라고도 하지 않았다. 만나는 남자가 있다는 걸 알게 됐는데 궁금하지 않는 건지, 그녀의 마음을 인정한 건지 가타부타 말이 없었다. 다행이라면 다행이지.

「괜찮지 않지만 괜찮아 질 거야.」

성미는 그녀의 답장에 아무런 답변도 하지 않았다. 괜찮지 않아도 내색할 수 없고 무언가를 할 수 있는 것도 아니다.

'안타까운 일이지만 난 어머님께 감사해. 내가 사랑하는 여자를 낳아주신 분이니까.'

석은 그날 이후 그녀에게 더 신경 쓰고 사랑하는 마음을 전보다 더 적극적으로 표현했다. 좋은데 가끔은 회사에서도 그러니 곤란할 때도 있었다. 제발 조심하라고 타박을 해도 들은 척도 하지 않았다.

"그나저나 왜 아직도 안 오시는 거야."

요즘 석은 매일 점심시간마다 약속이 있다며 외출을 했고 이틀 전에는 오피스텔 계약 건으로 대구를 다녀왔다.

나중에야 그녀 때문에 계약이 미뤄졌다는 걸 알고 얼마나 미안했던지.

'나한테는 네가 전부야. 너보다 중요한 건 없어.'

이런 남자를 어떻게 사랑하지 않을 수 있을까.

수영은 어서 석이 돌아오기를 기다리며 배시시 웃었다. 매일 사무실에서 보고 퇴근 후 함께 시간을 보내는 데도 그가 늘 보고 싶었다.

"진 비서 어디 아파?"

"아니요. 왜요?"

"왜 사람 겁나게 실실 웃고 그래?"

"제가 웃는데 왜 겁이 나요?"

"그러다 비도 안 오는데 꽃 꽂고 뛰어나갈까 봐 그러지."

그녀는 어이없어 했고 구 비서는 싱글싱글 웃으며 일어나서 커피 두 잔을 준비해서 다시 돌아왔다.

"감사합니다."

"커피 한 잔에 무슨 감사까지. 서류 정리 다 된 거야?"

"조금 더 봐야 해요. 근데 요즘 사장님 매일 어디를 가시는 거예요?"

구 비서는 커피를 마시다 말고 움찔했다. 이내 표정을 가다듬고 아무렇지 않은 척 태연히 말했다.

"진 비서가 모르는 걸 내가 어떻게 알아?"

"저보다 사장님 곁에 오래 계셨잖아요. 제가 모르는 개인적인 일도 많이 아실 텐데 모르세요?"

오래되기는 했지. 하지만 사장님이 진 비서를 안 것도 결코 짧은 기간은 아니야.

말하고 싶은 걸 꾹 참고 이미 다 확인했던 서류를 펼쳐 들었다. 열심히 일하는 걸 보면 물러날 줄 알았는데 궁금한 걸 못 참는 성격인지 끈질기게 물어왔다.

"정말 모르세요?"

"비서는 알아도 꾹, 몰라도 꾹. 무슨 말인지 알지?"

"그건 비밀 엄수에 관한 거구요. 당연히 비서면 사장님이 누구를 만나는지 어디에 계시는지 알아야 하는 거 아니에요?"

"누가 알면 나만 비서인 줄 알겠어."

"그러니까요. 한두 번도 아니고 매일 저렇게 나가시는데 우리 둘 다 왜 모르는 걸까요?"

사장님이 말을 안 하니까 모르지. 절대 함구하라고 했으니 그는 모르는 거다.

구 비서는 뜨거운 커피를 꿀꺽꿀꺽 마셨다. 읏, 뜨거워.

눈치 빠른 수영이 벌떡 일어나 생수 한 잔을 가져와 건넸다. 단숨에 물을 들이켰다.

"뜨거운 커피를 무슨 생수처럼 마셔요. 그러다 큰일 나요."

곤란한 질문을 자꾸 하니까 그렇지. 입안에서 맴도는 말을 꾹 삼키고 물 한 잔을 더 따라와서 마셨다. 이럴 땐 자리를 피하는 게 좋은데 중요한 전화가 올지 몰라 그럴 수도 없었다.

"구 비서님."

"근무 시간에 잡담하는 거 아니야. 열심히 일해야지."

엄중한 목소리로 경고했지만 고집이 누구 못지않게 센지 포기할 줄을 몰랐다. 천생연분이네.

구 비서는 고개를 흔들었다.

"대구 오피스텔도 매매했고 거제도 건도 조만간 계약될 거 같고. 도대체 무슨 일 때문에 매일 나가시는 걸까요?"

"거제도 건 아직 계약 안 했잖아. 계약서를 써야 확실한 거지."

"그렇기는 하죠. 오늘 확정되면 전화 준다고 했으니까 곧 확실해지겠죠."

그래서 자리를 못 비우는 거다. 실내 인테리어가 끝나려면 한 달 정도는 더 있어야 하는 상황이라 매매 조건이 어떨지 확실하게 알아야 하기 때문이다.

공사가 끝난 후 계약을 하면 금액을 더 높게 책정할 수 있는데 굳이 지금 하겠다는 이유가 뭔지 알 수가 없었다.

처음부터 대구 오피스텔은 매매를 염두에 두고 진행했지만 거제도는 아니었다.

'당분간 큰 공사는 안 할 생각이야.'

닥치는 대로 일을 할 때와는 달리 한동안 석은 개인 주택과 공사 현장이 작은 곳은 맡지 않았다.

"나 또 궁금한 거 있는데."

오늘 날 잡았나. 구 비서는 또 무슨 질문으로 그를 당황하게 하려나 싶어 모른 척 고개를 돌렸다.

"앞으로 공사하는 건 다 매매하실 거래요?"

"그건 왜?"

"대구는 제가 가보지 않아서 모르겠고, 거제도에는 한 번 가봤는데 사장님이……."

"거제도를 가봤다고?"

설마 지난번 사고 났을 때 함께 갔던 건가. 어쩐지 느낌이 이상하더라니.

"아, 그게…… 사고 소식 들었을 때 제가 함께 있었거든요."

"꽤 늦은 시간이었을 텐데."

구 비서가 눈을 가늘게 뜨자 수영은 당황한 표정이 역력했다.

"그랬었네. 그게 그렇게 된 거였어."

"뭐, 뭐가요?"

"어쩐지."

"무슨 생각을 하시는 거예요?"

"글쎄, 내가 무슨 생각을 할까."

늘 주변을 맴돌기만 했었다. 도대체 무슨 생각을 하고 있는 건지 알 수 없어 답답함이 극에 달할 때는 조심스럽게 만나보는 건 어떠냐고 물으면 석의 반응은 한결같았다.

묵묵부답, 대답을 하지 않으니 더는 물어볼 수도 없었다.

남자의 순정이라고 하기엔 너무 긴 시간이었고 그렇다고 몰래 훔쳐보는 취미 같은 건 없어 보이는데 왜 지켜보기만 하는지.

생각도 결정도 빠르고 행동은 더 빠른 사람이 수영에게만은 거북이에 빙의한 사람 같아 지켜보면서 얼마나 답답했는지 모른다.

'다음 주부터 비서실 직원 한 명 더 올 거야.'

그때만 해도 그 직원이 진수영일 거라고는 생각도 못했다.

구 비서는 음흉한 미소를 지으며 눈을 가늘게 좁혀 떴다.

"오해예요. 그날은 정말……."

"내가 무슨 생각을 하는 줄 알고 오해라는 거야?"

산증인이 여기 있는데 오해는 무슨 오해.

진 비서는 석이 그동안 자신을 지켜봤다는 걸 알고 있을까. 석이 없을 때 확인을 해볼까 심각하게 고민을 하다 고개를 가로저었다.

'입조심해.'

그 말을 할 때 석의 표정이 어떠했는지 떠오르자 호기심이 단박에 사라졌다. 그렇다고 회사로 출근해서 달라진 건 없었다. 비서와 사장, 딱 그 정도였다.

"등잔 밑이 어두웠네."

"네? 무슨 말씀이세요?"

"그런 게 있어. 나 잠깐 화장실 좀 다녀올게. 중요한 전화 올 거 있는 거 알지? 절대 자리 비우지 마."

사무실을 나와서 곧장 승강기 옆 계단으로 향했다. 옥상까지 가자니 시간이 걸릴 거고 화장실은 혹시나 누군가 있을지도 모르고, 그렇다고 언제 누가 지나갈지도 모르는데 복도에 서 있을 수는 없었다.

표정 관리가 되지 않았다. 웃고 싶기도 하고 소리를 지르고 싶기도 했다. 목 안이 간질거렸다. 급기야 참을 수 없는 웃음이 터졌다.

"하하하."

열

석은 아파트에서 나와 오피스텔로 향했다. 승강기에 탔을 때 핸드폰을 확인했더니 시간 되는 대로 오피스텔로 오라는 두만의 문자가 와 있었다.

"요즘 정말 자주 올라오시네."

휙휙 지나가는 길가 가로수 벚꽃은 한껏 자태를 뽐내더니 어느새 초록색 이파리들로 가득했다. 시간의 흐름은 이토록 거짓이 없다.

차가 신호에 멈췄는데 마침 학교 앞이라 교복을 입은 아이들이 우르르 몰려나왔다. 살짝 열어놓은 창문으로 재잘거리는 소리와 까르르 웃음소리가 들렸다.

석은 문득 어느 날이 떠올랐다. 고등학교 2년 동안 담임을 맡았던 권재민 선생님과는 대학을 들어와서도 꾸준히 연락을 주고받았다. 그가 공사현장에서 일을 한다는 걸 알고 있어서인지 문자나 통화를 하거나 가끔 만날 때도 '몸조심해라' 란 말을 늘 하던 분이셨다. 지방으로 발령받고 내려가기 전 군대에 있는 그의 면회를 오기도 했었다.

그날은 선생님이 다시 교감으로 서울에 있는 고등학교로 왔다는 소식을 듣고 찾아갔었다.

"어떤 미친 새끼야? 빨리 안 나와!"

3학년 1반 앞을 막 지나갈 때였다. 갑자기 앙칼진 목소리가 복도까지 쩌렁쩌렁 울렸다. 잠시 걸음을 멈추고 교실 안을 살폈다.

앞에 나와 있는 여자아이는 독이 잔뜩 올라 있었다.

"찌질 한 놈, 딱 저 같은 짓을 해놓고 당당하게 나설 용기는 없나 보네."

"야, 장난 좀 한 것 가지고 뭘 그래?"

창가에 앉아 있는 남학생이 짜증스럽게 말하자 어디선가 쿡쿡 웃음소리가 들렸다. 그게 여자아이를 더 부추겼는지 화를 벌컥 냈다.

"장난? 이런 걸 네 엄마한테 했어도 그렇게 말할 수 있어?"

"말이 너무 심한 거 아니야? 내가 한 거도 아니고……."

"그러니까 이딴 짓 한 놈 나오라고 했잖아!"

대꾸하던 남학생은 불만 가득한 표정이면서도 더는 아무 말도 하지 않았다. 도대체 무슨 장난을 쳤기에 저 정도일까 호기심이 일었다.

"화가 나는 건 이해하는데 적당히 좀 하자. 자습시간이잖아. 시험도 얼마 남지 않았고 개인적인 일은 이따 쉬는 시간에 따로 해결했으면 좋겠어."

검은 뿔테 안경을 쓴 남학생이 하는 소리에 여학생이 발끈했다.

"개인적인 일? 이게 그렇게 넘어갈 일이야?"

"장난이 지나쳤다는 거 알아. 하지만 방해받고 있는 다른 아이들도 생각해야지."

여기저기서 웅성거리는 소리가 들렸다. 대부분 여자를 비난하는 소리였다.

"그래 좋아. 시끄럽게 해서 미안해. 그래도 이건 아니지. 같은 반 친구를 이런 식으로 놀리는데 자기 일 아니라고, 공부 방해된다고 입 다물라고 하는 건 아니지 않니?"

"입 다물라고 하는 게 아니라 쉬는 시간에……."

"됐어. 시끄럽게 한 건 사실이니까 사과할게. 하지만 이 말은 꼭 해야겠다."

시끄러운 와중에도 묵묵히 공부를 하고 있던 아이들이 일제히 고개를 들었다.

"내가 꼭 빌어줄게. 이런 짓을 한 놈, 알고도 모른 체 방관한 놈. 너희들 엄마도 이런 짓을 당하길 바라. 누나, 여동생. 지금 사귀고 있거나 앞으로 사귈 여자 친구도 꼭, 반드시 이런 짓을 당하기를 진심으로 빌어줄게."

여학생의 목소리는 당당하고 거침없었다. 교실은 찬물을 뒤집어쓴 듯 숨소리도 들리지 않고 조용했다.

“다시 한 번 강희한테 이딴 짓 하는 놈 있으면 진짜 내 손에 죽을 줄 알아.”

여자아이가 팔랑팔랑 흔들던 제법 큰 두 장의 사진이 그의 눈에 들어왔다. 한 장은 휠체어에 앉아 있는 여학생의 사진이었고 또 다른 한 장은 체육복을 갈아입는 모습이었다.

사진 속 여자아이 몸은 곳곳에 낙서가 되어 있었다. 얼굴 가슴 그리고 허벅지 안쪽. 체육복을 갈아입는 사진은 은밀한 곳에 구멍까지 뚫려 있었다.

“머리가 있다면 오늘 중으로 진심으로 사과하는 인간이 있기를 바란다.”

여자아이가 사진을 박박 찢는 모습을 보고 그는 교실을 지나쳤다. 자신의 일도 아니고 친구의 일로 저렇게 흥분하는 모습이라니.

당당하고 거침없는 말투가 정의의 사도 같기도 했었다.

그래서인지 어깨 아래까지 내려온 윤기 나는 머리카락과 뽀얀 피부, 반짝반짝 빛나던 눈동자가 한동안 머릿속을 떠나지 않았다.

그랬던 아이를 다시 본 건 일주일 후였다.

‘어디서 구라를 쳐? 내가 오빠를 몰라? 그리고 지금 누구한테 호랑이 담배 피우던 시절 멘트를 날려?’

석은 현준을 나무라는 수영을 떠올리며 빙그레 웃었다. 그때 수영은 고등학교 3학년이었다. 둘 사이가 어찌나 친밀해 보이는지 어이없는 질투를 했던 것도 같다.

언젠가 현준을 만나 수영에 대해서 조심스럽게 물었었다.

'수영이? 수영이가 왜? 그러고 보니 너 수영이 이야기 자주 한다? 혹시 이상한 생각하는 거 아니지? 그랬다가는 내 손에 죽을 줄 알아.'

그렇게 협박까지 했으면서 외국으로 떠나기 전 그를 찾아와 수영을 챙겨달라고 했었다. 무심한 척 내가 왜? 라고 했지만 현준의 부탁이 아니더라도 모른 척하지는 않았을 것이다.

그렇다고 돈으로 생색낼 생각은 없었다. 걱정과 달리 수영은 잘 견뎌내고 있었다. 공부도 아르바이트도 열심히 하는 모습을 보면서 기특하면서도 안쓰러웠다.

"미친 짓도 했었지."

어느 날 수영이 미팅을 하고 있다는 연락을 받았다. 그맘때 그럴 수도 있지, 처음 이야기를 들었을 땐 그렇게 생각했는데 일에 집중을 할 수가 없었다. 결국 찾아갔다. 도착해서 차에서 내리기도 전에 수영이 커피숍을 나오는 걸 봤다. 뒤따라 나온 남학생이 아쉬운 표정으로 바라보는 것도 모른 체 수영은 떠났다.

그는 다시 들어간 남학생이 다른 여학생과 함께 커피숍을 나올 때까지 지켜봤다. 눈빛이 마음에 걸려 혹시나 수영 주변에서 맴도는 건 아닐까 걱정했는데 두 달 후 군대에 갔고 이후는 본 적이 없었다.

그가 아는 한 수영이 미팅이나 소개팅을 한 건 그때가 처음이자 마지막이었다.

"두 번은 안 되지."

그런 모습을 더 봤다면 아마 조금 더 일찍 수영의 앞에 나타났던가, 상대를 찾아가는 일까지 있었을지도 모른다.

석은 픽 웃으며 속도를 더 높였다. 오피스텔 문을 열고 들어가자 두만이 그를 기다리고 있었다.

"어서 와라."

"요즘 자주 오시네요."

마음속 생각을 지나치지 않고 드러내자 두만의 인상이 팍 구겨졌다.

"이게 다 너 때문이잖아. 네가 하필."

"하필 뭐요? 왜 말씀을 하시다 그만두십니까?"

마주 앉은 두 사람은 한참 동안 말이 없었다. 두만은 무슨 생각을 하는지 무릎 위에 놓인 손가락을 톡톡 두드리며 그를 빤히 쳐다보았다.

"하실 말씀 있으시면 하세요."

"너 정말 그 아이와 결혼할 생각인 거냐?"

"네."

그는 머뭇거림 없이 즉각 대답했다. 수영의 당당하고 거침없는 성격, 햇살처럼 밝은 미소, 따뜻한 시선, 마음도 몸도 너무 예쁜 여자.

뭐 하나 마음에 들지 않은 것이 없었다.

"설마 그게 궁금해서 오신 겁니까?"

"내가 그렇게 한가한 줄 알아?"

"한가하신 거 맞잖습니까."

사채업을 정리하고 충주로 내려간 뒤 텃밭 가꾸는 거 외엔 특별히 하는 일이 없었다. 지난달에 근처에 있는 작은 건물 하나를 매매했다는 소식은 들었다. 도로변에 있는 상가 건물인데 비어 있는 3층도 임차인이 들어와서 신경 쓸 것도 없을 것 같은데, 뭐가 바쁘단 말인가.

"건물을 사셨다고 들었습니다."

"앞으로 구 비서 전화를 받지 말던가 해야지 원."

"저보다 구 비서가 더 아들 같다고 하실 때는 언제고……."

"내가 오죽하면 그런 말을 했겠어. 그 말 듣고 뭐 느낀 거 없어?"

"있습니다."

"뭘 느꼈는데?"

"구 비서가 있어서 다행이라는 생각했습니다."

두만이 입술을 실룩이며 그를 매섭게 노려보았다. 석은 모른 척 시선을 돌리며 흠흠, 헛기침을 했다.

"나이 든 애비 놀리니까 재미있냐?"

"하실 말씀 있으시면 하세요. 회사 들어가 봐야 합니다."

"바쁜 척은, 누가 알면 세상 일 혼자서 다 하는 줄 알겠다."

"요즘 정리할 게 있어서 좀 바쁩니다."

"뭘 정리하는데?"

회사에서 같이 있고 저녁 시간에 잠깐 얼굴 보는 걸로는 만족이 되지 않는다. 결혼을 하고 지금처럼 일을 한다면 함께 있는 시간은 많지 않을 게 뻔했다.

함께 여행도 다니고 그동안 수영이 누리지 못한 것, 받지 못한 것. 다 해줄 생각이었다. 그래서 일을 줄이기로 결정했다.

"일이야 알아서 잘할 테니 걱정할 필요는 없고. 내가 요즘 사람들을 만나고 다닌다."

"사람들이라면 누구를 말씀하시는 겁니까?"

"진 사장이 그렇게 되고 남은 돈은 은행으로 모두 들어갔고, 알겠지만 나를 포함해서 몇 명은 손해를 많이 봤다."

알고 있는 이야기라 석은 고개를 끄덕였다.

"그 일로 한동안 진 사장 아내가 힘들었었지."

"수영이 어머님이요? 채무 관계는 잘 모른다고 하셨잖습니까?"

"내가 알기로는 몰라. 하지만 돈 받을 사람들이 그런 거 따지겠어? 받을 수 있는 한 받아내려고 했겠지."

진 사장의 장례를 치르는 동안 그는 빈소를 지키지는 않았지만 함께 있었다. 사정을 모두 알고 있는 현준이 부탁하기도 했고 왠지 모른 체할 수가 없었다.

다행히 장례식은 조용히 끝났다.

"어쨌든 이사를 가고 난 뒤 진 사장 아내는 일을 한 적 없고 그 아가씨, 진 비서가 공부하면서 아르바이트한 돈으로 생활했다고 들었다."

"맞습니다."

"내가 전에 이사 간 걸 다른 사람한테 들었다고 했었지. 그게 구장본 그 사람이다. 신촌에서 캐피탈 간판 걸고 일하고 있는데 쉽게 생각할 사람은 아니야. 진 사장이 죽기 전에 적은 돈들은 거의 정리했다고 들었다. 내가 알고 있는 사람들 몇 명을 만나봤는데 이미 지나간 일이고 받을 수 없는 돈에 연연하지 않겠다고 하더구나. 그런데 구장본은…….”

“그 사람도 만나봤습니까?”

두만은 고개를 끄덕였다. 내 며느리 될 아이니 허튼짓하지 말라고 경고라도 하고 왔어야 했나. 새삼 후회가 되었다.

“요즘은 많이 변했다고는 하는데 그자는 나와 달라. 나 또한 빌려준 돈을 받기 위해 욕먹을 짓은 했지만 법을 어기면서까지 하지는 않았다.”

그마저도 석은 싫다고 했었다. 그만큼 돈을 벌었으면 이젠 그만하라고.

처음엔 네놈이 누구 덕에 이 정도로 사는지 아느냐는 생각으로 들은 척도 하지 않았었다. 시간이 지나면 변하겠지 했는데 대학 들어가고도 손 한번 벌리지 않고 제 힘으로 학비와 생활비를 벌었다. 마치 굳이 그 일을 하지 않아도 돈을 벌 수 있다는 걸 보여주기라도 하듯이.

어느 순간부터 이러다 정말 하나밖에 없는 아들과 등 돌리고 사는 거 아닌가 하는 생각이 들기 시작했다. 늙어서 돈만 껴안고 살면 뭐 하나 싶기도 했다.

‘그만하면 됐다. 이제부터 진짜 네가 하고 싶은 일을 해.’

처음엔 생각해 보겠다고 하더니 어느 날 사업계획서를 들고 나타났다.

'돈은 빌리는 겁니다. 꼭 갚겠습니다.'

지독한 놈, 꼬박꼬박 은행 이자까지 보태서 돈을 보내오더니 그예 다 갚았다. 알고 봤더니 그동안 모아둔 돈이 제법 있었다. 공사장에서 일한 돈으로 학비와 생활비를 충당해 놓고 남은 돈과 그동안 일하면서 번 돈을 제법 잘 굴린 모양이었다.

"혹시 수영이하고 제 사이를 그쪽에서 알고 있습니까?"

"모르는 거 같았어."

"그렇군요."

"뭐가 그렇다는 거야? 이게 그냥 그렇군요 하고 넘어갈 일이야?"

너무 태연히 말하는 걸 보니 울컥 화가 치솟았다. 어디 부족한 놈이라면 말도 안 한다. 제 앞가림 잘해, 머리 좋아. 어디 내놔도 뿌듯한데 왜 하필 그런 집안의 자식을.

두만은 혀를 끌끌 찼다.

"제가 알아서 하겠습니다."

"뭘 어떻게 할 건데?"

"상속 포기했고 수영이나 김 여사님은 그 빚을 대신 갚을 의무는 없습니다."

"누가 그걸 몰라? 나하고는 다르다고 한 말 못 들었어? 그 아이가 다칠 수도 있어."

"그런 일은 없을 겁니다."

두만은 어두워진 시선으로 석을 바라보았다. 한참을 고민하다 결국 입을 열었다.

"아까도 말했지만 그때 구장본이 데리고 있는 애들이 진 비서의 어머니를 몇 번 찾아갔었다. 일을 해서 돈을 갚으라고, 팔자 좋게 대학은 무슨 대학이냐고 협박을 했다고 들었다. 그냥 뒀다가는 안 되겠다 싶어 내가 나섰다. 구장본이나 나나 진 사장과 개인적인 친분도 있었고 가끔 사석에서 셋이 만난 적도 있었지. 그만하라고 했다. 어차피 돈 줄 사람은 고인이 됐고 월세방에 살고 있는 사람들한테 무슨 돈을 얼마나 받아내겠냐고. 그동안 진 사장의 정을 생각해서라도 그만 포기하라고."

"……."

"그때 이후 구장본은 찾아가지 않은 걸로 알고 있다. 어떻게 알았는지 이사를 간 걸 알게 됐고 이상하다는 생각이 들었겠지. 고작 아르바이트하면서 아파트 전세금을 마련할 돈을 벌었을 리는 없을 테니까."

두 사람은 한동안 침묵했다. 거실은 숨소리도 들리지 않고 조용했다. 사람 하나만 놓고 보면 석의 짝으로 흡족했다. 큰 흠만 없다면야 누구라도 환영했을 것이다.

제 어미의 사랑을 받지 못하고 자란 아이다. 그런 아들을 보듬어주고 사랑해 준다면 더 바랄 게 없었다. 그런데 하필 처음으로 석의 입에서 결혼하겠다는 말이 나온 여자가 진 사장의 딸이라니.

두만은 애잔한 눈빛으로 석을 바라보았다.

"지켜줄 자신 없으면 지금이라도 그만둬."

석은 무슨 그런 황당한 이야기를 하느냐는 표정이었지만 걱정이 되지 않을 수 없었다. 어떤 이유로든 석이 상처받기를 바라지 않는다. 고작 24살 아이를 언제부터 마음에 담고 있었는지 모르지만 쉽게 다가가지 않았을 것이다.

그런 만큼 결코 가벼운 마음은 아니겠지. 제 여자를 지키려고 하겠지.

"구 장본은 내가 다시 만나보겠지만……."

"그러지 마십시오. 이 일은 제가 알아서 합니다."

"도대체 뭘 어떻게 알아서 한다는 거야?"

"신경 써주셔서 감사합니다. 전 그만 일어나 보겠습니다."

석은 자리에서 일어섰다. 걱정 가득한 시선으로 쳐다보는 두만에게 인사를 하고 오피스텔을 나왔다. 차에 타기 전 무음으로 해놨던 핸드폰을 꺼내 확인하자 부재중 전화와 문자가 들어와 있었다.

「사장님, 어디십니까?」

「사장님, 언제 들어오세요?」

약속이나 한 듯 1분 간격으로 구 비서와 수영의 문자가 찍혀 있었다. 구 비서에게 전화를 걸었다.

[사장님 어디십니까? 왜 그렇게 연락이…….]

"진 비서는?"

[어휴, 거제도 건보다 진 비서가 더 궁금하십니까. 그럼 직접 전화를 하시지 왜…….]

"진 비서 회사에 있어?"

묻는 목소리가 서늘해서인지 즉각 대답이 들려왔다.

[잠깐 화장실 갔습니다. 그동안 내내 함께 있었고요.]

그제야 석은 나직이 안도의 한숨을 내쉬었다. 차에 올라타서 시동을 건 후 회사로 가겠다는 말을 하다 이내 생각을 바꿨다.

"진 비서 들어오면 퇴근하라고 해."

[지금 당장 말입니까?]

"이유는 알아서 말하고 당장 퇴근시켜."

[그야 어렵지 않지만 사장님은 들어오시는 겁니까?]

"아니, 나도 퇴근할 거야."

[너무 티 내는 거 아니십니까? 그럴 거면 아예 대놓고 하시던가요. 중간에서 저 혼자만 모른 척하는 게 얼마나 힘든지 아십니까?]

석은 불만 가득한 구 비서의 말에 대꾸도 하지 않았다. 누가 아는 척하지 말라고 했나.

[그건 그렇고 거제도 건은 조만간 계약될 거 같습니다. 조금 더 생각을 해본다고 했는데 계약 조건까지 세세하게 물어봐서 사장님이 말씀하신 대로 전했습니다. 다른 곳에서도 관심을 보이는 것 같답니다.]

"알았어. 자세한 이야기는 내일 출근해서 하고, 진 비서 주변에 사람 더 붙여."

[왜요? 무슨 일 있으십니까?]

"지난번처럼 멍청한 일 생기면 그땐 구 비서도 아웃인 줄 알아."

구 비서의 군기 바싹 들어간 대답을 듣고 전화를 끊었다. 석은 주차장을 빠져나와 곧장 집으로 향했다.

❖

수영은 화장실에서 나와 손을 씻고 문자를 확인했다.

「퇴근하면 바로 집으로 와.」

석에게서 온 문자였다. 점심시간쯤 나가서 전화를 해도 안 받고 문자를 보내도 답장이 없더니 달랑 이렇게만 보내왔다.

"칫, 집이라니. 누가 알면 그곳이 내 집인 줄 알겠네."

툴툴대면서도 웃음이 나왔다. 밖에서 저녁을 먹고 갈 때도 커피는 꼭 석의 집에서 마셨다. 예전처럼 늦게 들어갈 수 없어서 함께 있는 시간은 그렇게 많지 않았다. 석은 무척 아쉬워했고 그녀 또한 같은 마음이지만 어쩔 수 없었다.

"이제 한 시간 정도 남았네."

빨리 시간이 갔으면 좋겠다. 수영은 얼굴 가득 미소를 짓고 알았다고 답장을 보낸 뒤 화장실에서 나왔다.

그때 다시 문자음이 울렸다.

「퇴근하면 곧장 집으로 와.」

이번엔 김 여사가 보낸 문자였다. 수영은 문자를 한참 쳐다보았다. 지난번 쓰러져서 병원에 입원하고 난 뒤 마주 앉아서 대화를 나눈 적은 거의 없었다. 아침은 주스 한 잔만 마시고 나오고 저녁엔 식사를 하고 들어가서 서로 얼굴을 보는 시간은 많지 않았다. 다녀왔다고 인사하면, 고개를 끄덕이거나 들어가서 쉬라는 말이 전부였다. 오히려 성미와 이야기를 하고 난 뒤 평소보다 일찍 들어갔다.

"갑자기 무슨 일이지?"

석도 퇴근하면 빨리 오라고 하고, 김 여사도 곧장 오란다. 이걸 어쩐다?

"진 비서, 오늘은 일찍 퇴근해."

사무실로 들어오자마자 구 비서가 마치 기다리고 있었던 듯 말했다. 수영은 시간을 다시 확인했다.

"아직 퇴근 시간 안 됐는데요."

"이런 날도 있어야지. 사장님도 곧장 퇴근하신다고 하셨고 나도 정리하던 거 끝나면 바로 나갈 거야."

"사장님께 전화 왔어요?"

"좀 전에, 거제도 건은 내가 말씀드렸어."

이게 웬일이래. 일찍 퇴근하면 집에 들렀다 석에게 갈 수도 있겠다 싶었다. 수영은 방긋 웃으며 재차 확인했다.

"저 정말 퇴근해도 되는 거죠?"

"속고만 살았나. 빨리 가. 그래야 나도 얼른 정리 끝나고 가지."

"네, 그럼 저 먼저 퇴근합니다."

더 머뭇거릴 것도 없이 가방을 챙겨 들고 사무실을 나왔다. 곧장 집으로 향하는 버스에 올랐다. 아파트 주변은 한 달에 한 번 열리는 장터로 사람들로 북적거렸다.

느긋하게 구경을 할까 하다가 도대체 김 여사가 왜 일찍 오라는 건지 궁금해서 서둘러 걸었다.

그러다 문득 한곳에 시선이 머물렀다.

—추억의 풀빵. 단돈 1,000원에 다섯 개.

언젠가 부친이 사 들고 왔을 때 김 여사가 좋아했던 게 떠올랐다. 붕어빵은 익숙한데 그녀는 처음 보는 거였고 먹어보니 딱히 맛있다는 생각은 들지 않았다. 그런데도 두 분은 두 봉지나 되는 걸 그 자리에서 모두 먹었었다.

황금붕어빵보다 더 맛있는 풀빵, 둘이 먹다 둘 다 죽어도 책임 안 짐.

화려한 색상의 종이에 코팅까지 해서 붙여놓은 문구를 보고 사 가야겠다는 생각이 들었다.

"2,000원어치 주세요."

방금 만들어진 풀빵을 받아 들고 아파트로 올라왔다. 비밀번호를 입력하고 안으로 들어서자 조용했다.

"다녀왔습니다."

문자를 받고 오는 동안 생각을 정리했다. 어차피 달라진 건 없었다. 만나는 남자가 있다는 걸 말한 이후 더는 선보라는 압력은 없었지만 조건에 연연하는 김 여사에게 오늘은 확실하게 말할 생각이었다. 석을 사랑하지만 한 번도 조건을 따진 적 없다고. 결혼을 하면 그녀가 일해서 번 돈 외에 다른 건 바라지 말라고.

"엄마. 방에 있어요?"

외출을 했나 싶어 현관을 확인했는데 김 여사의 신발은 그대로 있었다. 풀빵 봉지와 가방을 거실 테이블에 내려놓고 돌아섰는데 안방 문이 벌컥 열렸다.

어찌나 세게 열었는지 문이 벽에 부딪쳐 꽝, 소리가 났다. 깜짝 놀란 수영은 그 자리에 멈춰 서서 눈을 커다랗게 떴다.

"엄…… 마."

김 여사는 혼자가 아니었다. 입은 테이프로 막혀 있고 두 손도 푸른색 청 테이프로 칭칭 감겨 있었다. 뒤따라 나온 남자 둘은 딱 보기에도 평범해 보이지 않았다.

키가 큰 남자는 눈가에 흉터가 있고 인상이 험악해 보였다. 그보다 작은 남자는 까무잡잡한 피부에 짧은 머리를 노랗게 염색했고, 살이 쪄서 단추가 터질 것처럼 빵빵해 보였다. 둘 다 신발을 신고 있었다.

"당신들, 뭐야?"

"딱 봐도 우리가 나이 더 들어 보이지 않나? 어디서 반말이야?"

노랑머리가 불쾌하다는 듯 짜증스럽게 말하며 김 여사를 소파에 끌어다가 앉혔다.

"엄마, 괜찮아?"

김 여사는 잔뜩 겁먹은 표정으로 고개를 가로저었다. 으으, 무슨 말을 하는지 알아들을 수 없는데 시선은 자꾸 현관 쪽을 가리켰다. 도망가라는 뜻인 거 같았다.

남자 둘이 그냥 두고만 보고 있지도 않겠지만 김 여사를 혼자 두고 도망갈 수는 없었다.

"원하는 게 뭐예요?"

"역시 젊은 아가씨라 말이 통하네. 원하는 거야 뻔하지. 돈."

성미와 함께 골랐다던 가구는 그저 평범했다. 패물도 다 팔았고 집에 돈 될 만한 것도 없고 현금 또한 없을 것이다. 그동안 월급 받은 건 그녀의 용돈을 제외하고 모두 김 여사 통장에 입금했다. 그 돈이 고스란히 남았을 리도 없고 남았다 해도 얼마 되지 않을 건 뻔했다.

"보면 몰라요? 우리 집엔 돈 없어요."

"이렇게 나오면 곤란하지. 우리 진지한 대화를 나눠야 할 거 같은데 그전에 목 좀 축이자고."

키 큰 남자가 눈짓을 하자 노랑머리가 귀찮은 내색을 하면서도 쿵쿵 발소리를 내며 주방으로 향했다. 생수병을 꺼내와 둘이서 나란히 물을 마시는 모습을 보며 수영은 열심히 머리를 굴렸다. 아무리 생각을 하려고 해도 머릿속엔 도둑, 강도라는 단어만 둥둥 떠다녔다.

반쯤 생수병을 비운 키 큰 남자가 김 여사 옆에 털썩 주저앉아서 싱글싱글 웃었다.

"앉지 그래?"

"그냥 나가면 신고 안 할게요. 그러니까……."

생수병이 휙 하고 그녀를 아슬아슬하게 비켜가 팍, 어딘가에 부딪혔다. 그 바람에 수영은 말을 하다 말고 입을 꾹 다물었다.

김 여사의 턱 끝이 바들바들 떨리는 게 보였다. 침착하자. 침착해야 해.

마음속으로 아무리 다짐을 해도 무섭고 떨리는 건 그녀도 마찬가지였다.

"두 번 말하기 입 아파. 앉아!"

명령조의 말투에 수영은 엉거주춤 맞은편 소파에 앉았다.

"냄새가 좋네. 하나 먹어도 되지?"

남자가 풀빵을 하나 꺼내서 이리저리 살피더니 물었다. 수영은 엉겁결에 고개를 끄덕였다. 그것만 먹고 나가주기를 간절히 바라면서 김 여사와 남자를 힐끔 쳐다보았다.

엄마, 괜찮아?

그녀가 눈빛으로 묻는 걸 알아챘는지 김 여사가 눈치를 살피며 작게 고개를 끄덕였다.

"맛이 왜 그래. 이 맛도 저 맛도 아니고. 야, 너도 하나 먹어봐."

키 큰 남자가 풀빵 하나를 휙 던지자 노랑머리가 한 손으로 받아서 입속에 넣었다.

"맛있는데? 더 줘."

"저렴한 입맛은 어디를 가나 똑같네. 너 다 먹어."

봉지째 날아간 풀빵을 받아 든 남자는 하나로는 성에 안 차는지 서너 개를 한꺼번에 입에 넣고 우적우적 씹었다.

"자, 시선 집중."

키 큰 남자가 소파 뒤에서 커다란 야구 방망이를 집어 들고 쿵쿵 바닥을 두드렸다. 화들짝 놀란 수영은 마른침을 꿀꺽 삼켰다.

"내가 인내심이 부족해. 요점만 간단히 말할 테니까 잘 들어. 우리 사장님이 받아야 할 돈이 무려 2억 5천이야. 원금만."

"그게…… 무슨."

"말 끊지 말고. 마음 넓으신 우리 사장님께서 이자는 됐고 원금만 받아오라는데 요즘 공짜가 어디 있어. 안 그래. 진수영 씨? 아무리 돈 빌려간 사람이 저 세상 갔다지만 가족이 남인가? 줄 건 주고 받을 건 받고, 이게 상도덕이지."

"……."

"내가 왜 여기 있는지 설명은 충분히 된 거 같고. 자. 대답해 봐. 돈은 언제 줄 거야?"

"말했지만……."

"돈이 없다느니 어쩌니 하는 개소리는 집어치우고, 이 집 팔기 전에 대출을 최대한 받아서 주면 반 정도는 갚을 수 있을 거 같고, 팔리면 나머지를 갚고. 그래도 받을 돈이 남네."

"이 집 전세예요. 우리 집 아니라고요. 그리고."

탁, 남자가 야구방망이로 테이블을 내려쳤다. 비싼 거라더니 고작 한 번으로 테이블이 와작 소리를 내며 형편없이 망가졌다.

"누구를 바보로 아나. 등기부등본에 떡하니 김성숙 이름이 찍혔는데 어디서 거짓말이야? 좋게 이야기했더니 내 말이 우스워?"

남자가 버럭 소리를 지르며 눈동자를 번뜩였다. 그 와중에 노랑머리는 다 먹은 봉지를 거꾸로 흔들며 입맛을 다시고 있었다.

수영은 겁먹은 표정으로 김 여사를 쳐다보았다. 포기한 건지 너무 겁이 나서 아무 생각이 없는 건지 그녀를 보는 시선이 멍해 보였다.

"아빠가 돈을 빌렸다는 증거 있어요?"

"뭐?"

남자는 재미난 이야기를 들은 사람처럼 누런 이빨을 드러내며 크게 웃음을 터트렸다. 수영은 오싹한 한기를 느끼며 두 손을 꽉 마주 잡았다.

“증거? 증거 있으면 확실히 돈을 갚기는 할 거고?”

으으으, 김 여사가 격하게 고개를 흔들자 남자가 야구방망이를 그녀의 앞에 들이밀며 나직이 협박했다.

“사모님, 나 힘쓰게 하지 말라고 했죠. 따님 다치는 꼴 보고 싶으면 얌전히 계세요. 내 말 알아들었습니까?”

김 여사는 울 것 같은 얼굴로 격하게 고개를 끄덕였다.

석은 도착할 시간이 지났는데 오지 않는 수영에게 전화를 걸었다. 받지 않아 구 비서의 이름을 꾹 눌렀다.

[사장님 전화 받고 10분 후 퇴근했습니다.]

“별다른 말 없었어?”

[좋아하면서 나갔는데 왜요? 혹시 진 비서 만나기로 했었습니까?]

문자에 답장도 왔었고 이미 도착하고도 남을 시간이었다. 전화라도 받으면 걱정이 안 될 텐데 신호는 가는데 받지를 않았다.

[별다른 일 있었으면 연락이 왔을 텐데, 제가 이수철 씨한테 연락해 보겠습니다.]

“됐어. 내가 직접 전화할게.”

석은 곧장 이수철에게 전화를 걸었다. 신호가 가자마자 목소리가 들렸다.

[네, 사장님.]

"진 비서 지금 어디 있어?"

[댁에 계십니다.]

"집에 있다고?"

[퇴근하고 곧장 댁으로 갔습니다. 저도 지금 집이고요.]

석은 미간을 좁히며 베란다 창가로 걸어갔다. 집에 들렀다 올 생각인 건가. 혹시 퇴근 후를 정시 퇴근으로 생각하고 아파트로 간 건가.

"진 비서가 집에 들어가고 난 후 누구 온 사람은 없었어?"

[없습니다. 제가 방금 씻고 나와서 화면 확인했습니다.]

얼마 전에 수영의 집 현관문 앞을 확인할 수 있는 CCTV를 설치했었다. 조금 더 기다려야 하나. 잠시 고민하던 석은 알았다고 말하고 전화를 끊었다.

다시 전화를 걸었지만 수영은 받지 않았다. 크게 숨을 들이켠 석은 청바지와 편한 옷으로 갈아입고 집을 나왔다. 도로를 한참 달리고 있는데 이수철에게 전화가 걸려왔다.

[혹시나 해서 낮 시간을 확인했는데 진 비서님이 퇴근하기 전에 남자 둘이 찾아왔습니다. 나간 모습이 없는 걸 보니 아직 집에 있는 거 같습니다.]

"언제 왔는데?"

[4시쯤입니다.]

"본 적 있는 사람들이야?"

[없습니다. 그동안 진 비서님 집에 찾아온 사람은…… 사장님

말고는 없었습니다. 제가 들어가 볼까요?]

"아니. 내가 갈 거야."

젠장, 석은 욕설을 뱉어내며 엑셀을 힘껏 밟았다. 차가 쏜살같이 도로를 내달렸다. 그동안 수영에게 말하지 않고 점심시간마다 김 여사를 찾아갔었다.

'엄마가 엄한 편이에요.'

정식으로 소개하는 자리를 만들고 싶었지만 요즘 수영은 괜찮다고 하면서도 가끔 멍한 표정으로 있었다. 하루라도 빨리 그의 곁에 두고 싶은데 수영을 채근할 수는 없었다. 그래서 직접 찾아가는 걸로 마음을 바꿨다.

첫날은 문전박대. 둘째 날은 겨우 문만 열고 몇 마디 나눈 게 다였고 셋째 날 드디어 집 안까지 들어갔었다. 그래 봐야 고작 10분 남짓 이야기를 했을 뿐이었다. 넷째 날은 외출을 하고 없어서 한 시간을 집 앞에서 기다렸다가 인사만 하고 돌아왔다.

오늘은 집에서 차를 마시며 이야기를 나누었다.

'사실 처음 찾아왔을 때 놀랐어요. 수영이가 만나는 사람이 있다고는 했는데 강 사장일 거라고는 생각 못했거든요. 그날…… 현준이하고 찾아왔었잖아요. 장례식 치를 때도 많이 도와준 거 알아요. 경황이 없어서 아마 내가 인사를 못했을 거예요. 그때 정말 고마웠어요.'

장례식장에서는 빈소에 잠깐 들렀다 내내 멀리 떨어져 있었기 때문에 모를 거라고 생각했는데 기억을 하고 있었다.

김 여사는 그날 일을 떠올리는 것만으로도 힘든지 어두운 표정이었다.

'아버님 성함이 강두만 사장님이라면서요. 남편한테 이름은 들었었어요. 사업에 대해서는 모르지만 가끔 누굴 만난다는 소리는 했거든요.'

김 여사는 정말 진 사장이 하는 일에 대해 잘 모르는 것 같았다. 남편 하는 일이 늘 불안했다고 했다. 열심히 하는 건 알고 있지만 점점 일을 늘리고 욕심을 부리는 것 같아 그러지 말라고 해도 듣지 않았다고.

'여기 찾아오는 거 수영이는 모르나 본데 먼저 말을 안 하기에 나도 아는 체 안 했어요. 들어보니 수영이를 많이 사랑하고 둘 다 같은 마음인 것 같은데 솔직히 건설 쪽 일하는 거 마음에 안 들어요.'

이해한다고 했다. 하지만 건설 쪽이라고 해서 모두 불안한 건 아니라고, 사람만 보고 수영의 짝으로 인정해 달라고 부탁했다.

사람을 상대하면서 그렇게 긴장하기는 처음이었다.

'내가 바라는 건 하나예요. 우리 수영이가 행복하게 사는 것. 부끄럽지만 따듯하게 보듬어준 적도 없고 고생한다고 다독여 준 적도 없어요. 내가 해줄 게 없으니 수영이한테 조건 좋은 남자 만나라고 모진 소리도 많이 했어요.'

행복하게 해주겠다고, 수영을 사랑한다고 말하자 김 여사는 조금 더 시간을 갖자고 말했다.

만족스럽지는 않았지만 김 여사가 어느 정도 마음의 문을 열었다는 느낌은 받았다. 엄마로서 수영을 사랑한다는 것도 느꼈다.

석은 불안한 마음에 신호도 무시하고 달렸다.

아파트는 낮에 왔을 때도 사람들이 북적이더니 저녁 시간이 되자 더 많았다. 근처에 차를 세우고 황급히 수영의 집을 향해 달렸다. 10층에 도착하자 이수철이 승강기 앞에서 기다리고 있었다.

"오셨습니까?"

"문 열 수 있어?"

"열쇠가 망가져도 상관없다면요."

그가 고개를 끄덕이자 이수철이 그의 집으로 들어가 장비를 들고 나왔다.

"혹시 몰라서 사람 두 명 불렀습니다. 잠깐 기다리시는 게……."

"태권도 선수였다고 들었는데."

"네, 그래도 저 혼자 감당이 안 될지 몰라서요. 다치는 사람이 있어서는 안 되지 않습니까."

당연히 안 되지. 그런 일은 절대 있어서는 안 된다. 석은 대답 없이 수영의 집 초인종을 눌렀다. 인기척이 없었다.

"안에 있는 거 확실해?"

"네, 확실합니다."

"얼마나 빨리 문을 열 수 있지?"

"어차피 부수는 거라 몇 초면 됩니다."

다시 초인종을 눌러도 대답이 없자 석은 고개를 끄덕이고 뒤로 물러났다. 쾅, 쾅, 쾅.

단 세 번에 번호키가 엉망으로 망가졌다.

문을 벌컥 열고 안으로 들어간 석의 눈에서 새파란 섬광이 뿜어져 나왔다.

열하나

찰싹, 뺨에 불이 붙은 것 같은 통증과 함께 수영은 소파 위로 쓰러졌다. 김 여사가 어쩔 줄 몰라 하며 버둥대자 노랑머리가 칼을 들이대며 조용히 하라고 협박했다.

"못 줘? 네가 빌린 게 아니야? 제 아비를 닮아서 뻔뻔하기는."

볼이 너무 얼얼해서 정신까지 아득했지만 수영은 어금니를 앙다물고 소리쳤다.

"협박에 폭력까지, 당신들 이러고도 무사할 거 같아요?"

"왜, 법으로 하겠다고 하려고? 우리나라 법이 잘못된 거야. 남의 돈을 빌렸으면 갚는 게 당연한 거지 누구는 땅 파서 돈 버는 줄 알아?"

남자는 내일 당장 대출을 받고 집을 부동산에 내놓으라고 윽박

질렀다. 월급은 고스란히 자신들에게 입금하고 회사에서도 직원 대출을 받든지 알아서 융통해서 최대한 빠른 시간 안에 돈을 갚으라고도 했다.

수영은 못한다고 했다. 돈을 빌려준 사람도 억울하겠지만 그녀도 억울했다. 그렇다고 차마 빌려준 사람한테 받으라는 말은 할 수 없었다.

"말했지만 우리가 갚아할 의무 없어요. 법적으로……."

"법 진짜 좋아하나 보네. 누가 알면 그쪽에서 일하는 줄 알겠어. 돈을 빌리면 갚는다. 이게 법이야. 우리 사장님은 좋게 이야기하라고 했지만 난 생각이 다르거든. 그동안 뻔뻔하게 잘살았으면 이제 능력됐으니 갚아야 하잖아. 안 그래?"

수영은 눈을 부릅뜨고 남자를 노려보았다. 어떻게 해도 출구는 없어 보였다. 진동으로 돌려놓은 핸드폰이 몇 번 울렸지만 받을 수도 없었다.

분명 석한테 온 전화일 거다. 그가 와서 도와줬으면 하는 마음과 석에게는 이런 모습을 보여주고 싶지 않은 마음이 동시에 들었다.

"여사님이 등기권리증을 잃어버렸다고 하는데 그건 다시 만들면 되고, 어이, 진 사장 딸. 그만하고 여기 각서에 사인하시지?"

버티자니 이 상황이 너무 무섭고 사인을 하자니 그 큰돈을 어떻게 갚을지 눈앞이 깜깜했다.

"당신 사장님을 만나게 해줘요."

"우리 사장님을 네가 왜 만나. 잔머리 굴릴 생각인가 본데 꿈깨. 널 그동안 술집 같은데 팔아넘기지 않은 것만으로도 감사하게 생각하라고. 우리 사장님이 너 엄청 봐준 줄이나 알아."

남자가 눈을 희번덕거리며 그녀에게 다가왔다. 수영은 주춤주춤 물러나 소파 끝에서 더는 물러날 곳이 없자 몸을 한껏 웅크렸다.

"어떤 식으로 갚느냐는 네 사정이고 우리는 돈만 받으면 돼. 어차피 도장 찍게 되어 있으니까 시간 끌지 말자. 응?"

그때 초인종 소리가 들렸다. 그녀와 김 여사의 시선이 부딪혔다.

"찍소리 하지 말고 있어. 입 벙긋했다가는 둘 다 몸에 칼자국 날 줄 알아."

키 큰 남자가 그녀의 곁에 있었다. 밀치고 나간다고 해도 김 여사를 신경 써야 하는 상황, 비록 노랑머리가 칼로 제 손톱을 다듬고 있기는 하지만 언제 칼끝이 김 여사를 향할지도 몰랐다.

수영은 속이 바싹 타들어갔다. 무섭고 떨리고 숨도 쉴 수 없었다. 남자가 그녀의 멱살을 움켜잡고 확 끌어당겼다.

"아악!"

그녀가 비명을 지르자 남자의 거친 손이 입을 틀어막았다.

"날 자극하지 마. 안 그래도 바지 앞이 후끈거려 죽겠거든."

남자의 시선이 그녀의 몸을 쭈욱 훑었다. 다시 초인종이 울렸다. 남자는 여유만만하게 싱글싱글 웃었다.

"선택해. 사인하고 누가 왔는지 확인하든지, 아니면 나랑 재미 좀 보고 나서 사인을 하든지. 어떻게 할래?"

아무리 정신을 차리려고 해도 눈앞이 자꾸 뿌예졌다. 왜 자신한테 이런 일이 생기는 건지. 뭘 그렇게 잘못했다고.

역시 태어난 게 죄였던 건가.

어금니를 아무리 꽉 물어도 몸이 덜덜 떨리는 건 어쩔 수가 없었다. 머릿속으로 자꾸 안 좋은 생각만 떠올랐다. 역시 태어나지 말았어야 했다. 그랬다면 엄마가 죄책감을 갖고 살지 않았을 거고 아빠는……. 수영은 눈을 질끈 감았다. 굵은 눈물이 볼을 타고 주르륵 흘렀다.

“난 우는 여자 보면 더 흥분하는데. 일부러 자극하는 거야?”

“당신, 후회할 거야.”

“후회? 그거 먹는 건가.”

남자가 낄낄 거리며 몸을 더 바싹 끌어당기는 순간 쾅, 쾅, 쾅. 소리와 함께 문이 벌컥 열렸다. 그리고 믿을 수 없는 사람이 눈앞에 나타났다.

“그 손 당장 떼!”

소리를 지르지는 않았지만 목소리는 머리카락을 쭈뼛 서게 할 정도로 차가웠다. 그의 눈은 그녀를 향해 있었다. 섬뜩한 푸른빛을 뿜어내는 눈동자는 당장이라도 뾰족한 화살을 쏟아낼 것만 같았다.

석이 움직였고 그의 앞을 가로막는 노랑머리가 퍽, 소리와 함께 저만치 나가떨어졌다. 남자가 그녀를 내팽개치듯 밀었다. 소파에 처박힌 수영은 안도하면서도 불안한 시선으로 석을 바라보았다.

“사장님, 그냥 경찰에…….”

그녀의 말이 끝나기도 전에 석이 주먹을 휘둘렀다. 키 큰 남자가 부서진 테이블로 꼬꾸라졌다.

"다친 데 없어?"

"네, 난, 난 괜찮아요."

그는 그녀를 돌아보지 않고 물었고 수영은 떨리는 목소리로 말했다.

"엄마랑 방에 들어가 있어."

남자가 휘두르는 주먹을 석은 가뿐히 막아냈다. 동시에 남자의 턱을 후려쳤다. 비틀 거리는 남자는 이내 석의 거친 발길질에 휘청거리다 다시 맞고 바닥으로 널브러졌다.

수영은 다리가 후들거렸지만 김 여사를 부축해서 방으로 들어갔다. 입을 막고 있는 테이프를 뜯어내고 손목에 감고 있는 건 어찌나 칭칭 감아놨는지 아무리 해도 되지 않았다.

"화장대 서랍에 가위 있을 거야."

화장대 서랍을 열자 작은 가위가 있었다. 손이 떨려서 몇 번이나 가위를 떨어뜨렸다.

"너 괜찮니?"

가운데 부분을 잘라내고 팔목에 붙은 테이프를 뜯고 있는데 김 여사가 물었다.

"괜찮아. 엄마는 다친 곳 없어?"

"괜찮아. 문자 내가 보낸 거 아니야."

그딴 건 상관없었다. 밖에서 연신 퍽퍽, 쿵쿵, 소리가 나서 혹시 석에게 무슨 일이 생겼을까 봐 걱정이 돼서 미칠 것 같았다.

"엄마, 핸드폰 어디 있어?"
"그 남자가 문자 보내고 가져갔어."
"사장님 다치면 어떡하지?"
문을 열고 나가서 확인할 수도 없고 발을 동동거리고 있는데 김 여사가 그녀의 손을 꼭 잡았다.
"혼자 온 거 아닌 것 같았어."
"누가 또 있었어?"
"현관 입구에 누군가 서 있는 걸 봤어. 같이 왔나 봐."
그럼 들어와서 도와줄 것이지. 수영은 누군지도 모르는 남자가 원망스러웠다.
"엄마 뭐 없을까?"
"무슨 소리야?"
"그냥 뭐든지, 가만히 있을 수는 없잖아."
"네가 나가서 뭘 어쩌게? 네가 있으면 오히려 방해될 거야."
수영은 손가락을 잘근잘근 씹으며 안절부절못했다. 온 신경이 거실로 쏠려 있어서 퍽, 소리가 날 때마다 심장이 철렁했다.
"안 되겠어."
밖에선 연신 누가 맞는지 알 수 없는 소리가 들리고 불안해서 도저히 견딜 수가 없었다. 주변을 두리번거리다 화장대 위에 있는 뿌리는 미스트가 눈에 들어왔다.
언젠가 그녀가 김 여사의 생일 선물로 사다 준 거였다.
"눈에 저걸 뿌리면 되지 않을까."
망설임 없이 화장대로 다가갔다. 하나로는 안 될 것 같아 화장대 서랍을 열다 가위가 떠올랐다. 황급히 바닥에 떨어져 있는 가위를 집어 들었다.

"뭐 하려는 거야?"

"나 나가면 문 잠가. 알았지?"

"수영아."

나가려는 그녀의 손목을 김 여사가 황급히 잡았다.

"가만히 있는 게 도와주는 걸 수도 있어."

"저 소리를 듣고도 어떻게 가만히 있어. 그럴 수 없어. 나 저 사람 다치는 거 못 봐."

"그럼 네가 방에 있어. 엄마가 갈게."

"엄마보다는 내가 나아. 나 달리기 잘해. 여차하면 밖으로 도망칠 테니까 엄마는 문이나 꼭 잠그고 있어."

"너 저 사람 정말 사랑하는구나."

"……."

"네가 강 사장 다치는 거 못 보듯이 나도 너 다치는 거 못 봐. 내가 나갈 테니까 문 잠그고 밖으로 나오지 마."

손에 들고 있는 걸 뺏으려고 하기에 얼른 뒤로 물러났다.

"내 걱정하는 거라면…… 걱정 마. 달리기 잘한다고 했잖아. 그럼 나 나간다."

수영은 문손잡이를 잡고 숨을 깊게 들이켰다. 벌컥 문을 열고 나오자마자 소리를 꽥, 질렀다.

"움직이지 마!"

한 손엔 스프레이를, 다른 손에 가위를 움켜잡고 들이켠 숨을 내뱉지도 못했다. 제일 먼저 눈에 들어온 건 거친 숨을 몰아쉬고 있는 석을 구 비서가 뒤에서 안고 있는 모습이었다.

현관 입구에 두 명의 남자가 더 있었다. 한 남자는 벽에 비스듬히 기대서 불난 집 구경하는 폼이었고, 어딘가 낯이 익은 듯한 남자도 그다지 도움을 준 것 같아 보이지는 않았다.

두 남자를 빠직 노려본 수영은 천천히 시선을 돌렸다. 노랑머리는 볼록한 배를 드러낸 채 대자로 뻗어 있고, 기럭지가 긴 남자는 거의 반으로 꺾인 채 구석에 처박혀서 움직임도 없었다. 둘 다 몰골이 엉망이었다.

그때 구 비서가 심각한 말투로 석을 불렀다.

"사장님."

"왜?"

"저 좀 웃어도 됩니까?"

"안 돼."

정작 웃음은 아군인지 적군인지 모를 두 남자가 터트렸다. 풋, 푸웃, 하하하.

구 비서까지 쿡쿡, 웃기 시작했다. 오로지 석만 웃지 않았다. 웃지 않고는 있지만 표정이 변하고 있는 건 알 수 있었다. 지옥의 사자처럼 무시무시하더니 눈빛도 표정도 조금씩 가라앉고 있었다. 입술을 꾹 다물고 있는 모습이 웃음이 터지려는 걸 간신히 참고 있는 것 같기도 하고.

"이 팔 풀어."

"움직이지 말라고 했잖습니까. 우리 진 비서께서."

석은 눈살을 찌푸리면서도 여전히 웃음을 참고 있는 듯했고 구 비서는 더는 웃어서는 안 될 것 같은지 괜히 헛기침을 했다.

"저기 나란히 눕고 싶어?"

"절대 아닙니다."

구 비서가 석을 놓아주고 뒤로 황급히 물러났다.

둘이 뭐 하는 건지.

수영은 어이없어 하면서도 석이 다친 곳이 없는지 빠르게 살폈다. 그가 성큼 걸어서 그녀에게 다가왔다.

손에 들고 있는 스프레이와 가위를 가져가더니 이리저리 살폈다. 이걸로 도대체 뭘 하려고 했던 건지 가늠하는 눈치였다. 곧 소파 위로 휙 던져 버렸다.

"괜찮아요? 다친 곳 없어요?"

"넌, 괜찮아?"

"내가 먼저 물었잖아요. 괜찮은 거예요?"

"보시다시피."

그가 팔을 가볍게 들었다 내리며 어깨를 으쓱해 보였지만 수영은 안심이 되지 않아 머리에서 발끝까지 꼼꼼히 살폈다.

"진짜 다친 데 없는 거 맞죠?"

"없다니까."

"다행이에요. 정말 다행이에요."

빤히 쳐다보고 있는 그의 시선과 마주치자 그제야 긴장이 탁 풀렸다.

"근데 저 사람들은 어떻게 된 거예요? 설마…… 주, 죽은 건 아니죠?"

"구 비서 죽었나 확인해 봐."

석은 농담인지 진담인지 알 수 없는 표정으로 툭 말을 내뱉고는 그녀를 품에 꼭 끌어안았다.

"숨 쉬고 있습니다."

남자 둘을 발로 툭툭 건드려 본 구 비서가 심드렁하게 말했다.

"들었지? 불행히도 죽지는 않았다네."

"이 상황에서 농담이 나와요?"

얼마나 무서웠는데, 얼마나 불안했는데. 석이 오기 전에도 무섭고 두려웠지만 방에 들어간 뒤에도 그에 못지않았다. 퍽퍽, 하는 소리가 들릴 때마다 석이 맞는 건 아닌지, 칼도 들고 있었고 야구 방망이도 있었는데 그가 손끝 하나라도 다치면 정말 못 견딜 것 같았다.

그런데도 그는 태연했다. 오히려 그녀를 더 걱정했다.

"농담한 거 아니야. 구 비서가 말리지 않았으면 아마……."

"그만 말해요."

수영은 온몸으로 그의 무사함을 느끼고 싶어 품으로 더 파고들었다.

"사장님이 다치지 않았으면 됐어요. 무사하니까 이제…… 됐어요."

"어머님은?"

"아, 엄마!"

그녀가 화들짝 놀라 돌아서는 순간 방문이 열리고 김 여사가 나타났다.

"괜찮으십니까?"

석의 질문에 김 여사는 고개를 끄덕였다. 꽤 놀랐는지 얼굴은 창백하고 여전히 멍해 보였다.

"구 비서, 진 비서하고 어머님 모시고 나가."

"네."

구 비서가 김 여사를 부축했다. 몇 걸음 걷지도 못하고 휘청하는 걸 보고 그녀도 곁으로 다가가 얼른 손을 잡았다.

"사장님은요?"

"뒷정리하고 따라갈게. 집에 가 있어."

승강기를 타고 내려와 차에 타고도 수영은 이대로 가는 게 맞나 걱정이 되었다.

"구 비서님, 사장님 괜찮으실까요?"

"괜찮은 거 봤잖아. 걱정하지 마."

"진짜 어디 다치신 데 없는 거 맞겠죠? 소리가 엄청 요란하게 나던데."

"요란했지. 나 사장님 곁에 오래 있었어도 저런 모습 처음 봐. 내 말도 안 들리는 거 같았어. 막아서다 나도 한 대 맞을 뻔했는데 그 주먹에 맞았으면……. 으으."

구 비서는 생각도 하기 싫은 듯 진저리를 쳤다. 수영은 멀어지는 아파트를 걱정스럽게 쳐다보았다. 그때 김 여사가 그녀의 손을 꼭 잡았다. 걱정 말라는 듯 손을 토닥였다.

"김 박사님, 구 비서입니다. 죄송하지만 지금 사장님 댁으로 와

주셨으면 합니다.”

짧게 통화를 마친 구 비서와 룸미러를 통해 시선이 마주쳤다.

“일찍 퇴근한 보람도 없네.”

“그러게요.”

집까지 오는 동안 구 비서는 아무것도 묻지 않았다. 도착해서 얼마 지나지 않아 나이 지긋한 중년 남자와 젊은 여자가 들어왔다. 의사와 간호사였다.

전화를 받은 두만은 소리를 버럭버럭 지르며 불같이 화를 냈다.

‘그놈이 그예 일을 저질렀네. 소귀를 달고 사나 사람 말을 왜 그렇게 못 알아들어? 그 돈 없다고 당장 굶어 죽는 것도 아닌데, 솔직히 지 놈은 그동안 받은 이자와 남은 물건 판 돈으로 어느 정도 챙겼잖아. 내 이놈을 당장……. 그래서 진 비서는 괜찮아?’

괜찮다고 했는데 몇 번이나 다시 물었다. 생각할수록 화가 나는지 감히 누구 며느리한테 손을 대냐며 했던 말을 귀가 따가울 정도로 반복했다.

이런 일이 있었다고 알려주기 위해 전화를 했을 뿐인데 목청도 큰 분이 소리를 질러대니 괜히 전화했다는 생각까지 들었다.

‘됐어. 내가 알아서 할 테니까 넌 이제 이 일에 상관하지 마.’

그럴 수는 없었다. 수영의 일이고 어쩌면 구장본이 시작일지 모른다는 생각도 들었다. 다른 사람들까지 달려들면 수영이 더 위험

해질 수도 있었다. 그런 일은 절대 일어나게 해서는 안 된다.

두만과 통화를 끝내고 구장본을 직접 찾아갔다.

"이런 소문이 진짜였나 보군."

"제 여자한테 사람을 보냈더군요."

사람이라고 표현한 건 그가 할 수 있는 최대한의 예의였다. 구장본을 직접 만나 대화를 나눈 적은 없었다. 부친과 저녁을 먹는 자리에서 잠깐 마주친 적은 있지만 인사만 나눴을 뿐이었다. 두만을 통해서 대충 이야기는 들었었다.

고아로 자랐고 뒷골목을 전전하다 우연히 누군가의 목숨을 구해줬는데 시장 사람들 상대로 돈놀이를 하는 사람이었단다. 그때 이후 구장본은 그 사람 밑에서 일도 배우고 공부도 했다고 들었다. 일가친척도 없는 사람이라 구장본을 자식처럼 대했는데 몇 년 후 큰 사고로 병원에 입원하게 되면서 모든 일을 구장본이 맡아서 하게 되었다고 했다.

'병원에 꽤 오래 입원해 있었는데 구 사장이 지극 정성이었지. 매일 병원을 찾아갔다고 하더군. 그런데도 결국 퇴원은 못했어. 그 일로 한동안 이상한 소문이 돌기는 했었지.'

두만은 소문은 소문일 뿐이라고 했지만 석은 긴장을 늦추지 않았다. 소문이 어떻든 그는 상관없었다. 40대 중반이라는 구장본은 몸집이 크고 눈매가 날카로웠다.

"난 그저 못 받은 돈을 받아오라고만 했는데 우리 애들이 좀 과한 행동을 했나 보군."

과한 행동? 석은 짙은 눈썹을 확 추켜세웠다. 구장본의 느긋한 말투에 화가 불끈 솟았다.

"그래서 제가 과한 행동에 걸맞게 보답했습니다."

"연락받았네. 그래서 기분이 좋지는 않아."

"저 또한 마찬가지입니다."

구장본은 잠시 깊은 생각에 빠진 얼굴이었다. 한참 동안 그를 물끄러미 쳐다보면서 아무 말도 하지 않았다.

"강두만 사장님이 일을 점잖게 하시기는 했지. 그렇다고 내가 양아치처럼 했다는 건 아니야. 다만 확실한 걸 좋아하지. 돈을 받을 수 있는 사람들한테만 빌려주자. 이게 내 생각이고 판단이 서지 않으면 절대 주머니에서 돈을 꺼내지 않았지. 가끔 내 판단에 실수가 있기는 했지만 돈을 못 받은 적은 거의 없었어. 지금껏 일하면서 딱 두 번 돈을 받지 못했는데 그중 하나가 진 사장님이야."

"사장님 개인적인 일을 듣기 위해서 온 게 아닙니다."

그가 딱 잘라 말하자 구장본은 여유롭게 다리를 꼬고 앉아 다시 말을 시작했다.

"돈 없어서 굶어본 적 있나? 부친이 있으니 그런 일은 없었겠지. 하지만 난 그랬던 시절이 있어. 받을 수 없는 돈이라고 포기하고 있었는데 집을 샀더란 말이지. 내가 무슨 생각을 했겠나."

"사장님이 실수한 건 돈 받을 상대를 잘못 택한 거고, 하필 그 사람이 제 여자라는 겁니다."

"그 돈이 누구 돈일 것 같나."

"증거 있습니까?"

구장본은 어이가 없는지 픽 웃으며 고개를 가로저었다.

"그래서 지금 나한테 사과라도 하라는 건가?"

"겨우 사과나 받자고 이곳을 왔겠습니까?"

두 사람의 시선이 팽팽히 부딪쳤다. 석은 눈 하나 깜짝하지 않았다. 기필코 오늘 한 번으로 다시는 이런 일을 벌이지 않겠다고 확답을 받을 생각이었다.

"강 사장님께서 하나밖에 없는 아들이 고집이 엄청 세다고 하더니 듣던 대로군. 거기다 순진하기까지 하다니. 겉에서 보기에 멀쩡한 사무실이지만 저 문 뒤에 누가 있는지 알고 혼자 온 건가?"

"제가 그런 걸 겁낼 사람으로 보입니까?"

문 뒤에 누가 있는지 궁금하지도 않고 겁도 나지 않았다. 두만은 갈 거면 함께 가자고 했지만 부친까지 이 일에 끼어들게 하고 싶지 않았다.

"무모한 건지…… 그래도 그 용기는 가상하네. 우리 술 한잔할까?"

"전 아무하고나 술 같이 안 마십니다."

"날 너무 깎아내리는군. 좋아. 어차피 큰 기대를 하고 보낸 건 아니었어. 그런데 말이야. 자네가 묵사발을 만들어놓은 한 놈이 내 친동생이나 다름없는 아끼는 아이거든. 오랫동안 병원 신세를 져야 할 텐데 우리 이걸로 비긴 셈 치자고. 손해는 내가 더 보는 것 같은데 그래도 어쩔 수 없지. 실은 나도 강두만 사장님과 척을 두는 건 바라지 않아."

"다시는 이런 일 없어야 할 겁니다. 이 자리에서 확답을 해주시죠."

"내가 대답만 하고 약속을 지키지 않으면 어쩔 텐가?"

"제가 어떻게 할 거 같습니까? 궁금하시면 보여 드릴 수 있습니다."

구장본은 껄껄 웃음을 터트렸지만 그는 웃지 않았다. 수영이 관계된 일인데 웃음이 나올 리가.

"약속하지. 정말 술 한잔 안 할 텐가?"

그는 거절했다. 여전히 구장본은 그에게 아무나였으니까.

그의 거절에 구장본은 그다지 기분 나쁜 표정은 아니었다. 속은 쓰리겠지만 그가 사무실을 나올 때까지 안쪽 문은 열리지 않았다.

석은 곧장 오피스텔로 향했다. 두만은 무슨 생각을 하는지 창가에 서서 그가 들어온 줄도 모르고 있었다.

"술 드시고 계셨습니까?"

테이블에 반쯤 남은 술잔 하나가 덩그러니 놓여 있었다.

"볼일 봤으면 진 비서한테 가야지 왜 여기를 와?"

두만이 소파로 다가와 앉자 그도 맞은편에 앉았다.

"구 비서하고 좀 전에 통화했습니다. 김 박사님을 다녀가시게 했답니다."

"김 박사를 왜? 다친 곳 없다고 하지 않았어?"

"다친 곳은 없습니다. 어머님이 많이 놀라신 거 같아서 오시라고 했답니다."

"잘했네."

두만은 고개를 끄덕였다. 한차례 폭풍이 몰아친 것 같아 아직도 가슴이 서늘했다. 태연한 척하지만 석도 편해 보이지는 않았다.

"넌 괜찮은 거냐?"

"괜찮습니다. 걱정하고 계실까 봐 잠깐 들른 겁니다."

"효자 났네. 네가 언제부터 내 걱정을 그렇게 했다고."

말은 퉁명스럽게 했지만 내심 기분이 좋은 건 어쩔 수 없었다. 늘 무뚝뚝한 녀석이 주변을 살필 줄도 알고, 어쩌다 통화해도 겨우 안부만 묻고 끊더니 걱정된다고 이렇게 찾아오기까지 하다니.

이렇게 아들을 변하게 한 게 수영이 때문이라는 생각이 들자 이제야 제대로 된 짝을 만난 것 같다는 생각도 들었다.

"구 사장한테 전화 왔었다."

"그럴지도 모른다고 생각했습니다."

"겁 없는 놈이라고 하더구나."

"놈이요?"

"말이 그렇다는 거지. 설마 나한테 내 아들을 놈이라고 했겠어? 구 사장 전에 비하면 많이 유해졌어. 한때는 젊은 사람이 피도 눈물도 없다는 소리까지 들었는데."

"전 그 사람에 대해서 관심 없습니다. 약속만 지키면 저도 조용히 있을 겁니다."

"약속은 지키는 사람이니 그런 일은 없을 거다. 오늘도 애들이 너무 과했던 거지 구 사장 뜻은 아니었을 거야. 그나저나 더 끌 거 없이 다음 달이라도 식을 올리는 게 어떻겠냐?"

슬그머니 눈치를 보며 물었는데 대답이 없었다. 일처리는 똑 부러지게 하면서 제 결혼 문제는 왜 저렇게 답답하게 구는지.

"혹시 너 혼자만 좋아하는 거냐?"

"아닙니다."

"아닌데 왜 그렇게 미적거려? 그러다 누가 채가기라도 하면……."

"절대 그런 일 없습니다."

"절대 같은 소리 하고 있네. 이제 24살이면 반짝반짝할 나이인데 내 눈에 예쁘면 다른 사람 눈에도 예쁘다는 거 몰라? 짝사랑도 아니고 둘이 같이 좋아한다면서 뭐가 문제야?"

"아직 결혼에 대해서 둘이 진지하게 이야기한 적 없습니다."

"그동안 둘이서 뭐 한 게야? 회사에서 함께 있고 끝나고도 만났을 거 아니야. 둘이 먼 산만 쳐다보고 있었어?"

속이 터져서 목소리가 쩌렁쩌렁 울렸다. 더 기가 막힌 건 석의 깔끔한 대답이었다.

"꽤 바빴습니다."

"백화점을 통째로 사들일 정도로 쇼핑을 하고 다닌 것도 아닐 테고, 현장에서 둘이 같이 막노동을 한 것도 아닌데 바쁘기는 뭐가 바빠?"

"정말 자세히 알고 싶으십니까?"

"그래. 어디 속 시원하게 말……."

두만은 답답한 마음에 어디 들어나 보자고 하려다 입을 꾹 다물었다. 물론 석이 속속들이 말할 리 없겠지만 한다고 해도 아들의 은밀한 사생활까지 들을 생각은 없었다.

"흠흠, 어쨌든 되도록 빨리 날짜 잡도록 해. 이번 일로 진 비서 어머님도 걱정 많을 거다. 부모 심정이야 다 똑같지."

"네, 조만간 같이 찾아뵙겠습니다."

"그 말은 지난번에도 했었다."

"그럼 쉬십시오. 전 그만 가보겠습니다."

두만은 석이 인사를 하고 나가는 뒷모습을 물끄러미 쳐다보았다. 누구 자식인지 참 잘났다 싶었다. 나도 저런 때가 있었는데.

"아, 한 가지 더 드릴 말씀이 있습니다."

"뭔데?"

"다음부터는 집으로 오세요. 오피스텔 월세로 나갔습니다."

"여기 내 명의인데 누구 맘대로 세를 내놔?"

"2년 전에 제 명의로 돌린 거 잊으셨습니까?"

"그랬나?"

그래도 그렇지. 어쩌다 올라오면 머물 곳이 있어서 편했는데 아무리 제 명의로 돌렸다지만 새삼스럽게 돈독이 오른 것도 아닐 테고 말도 없이 월세로 낼 건 뭐란 말인가.

"여기 아니면 갈 곳이 없는 건 아니지."

"괜히 잘살고 있는 세입자 내보내지 마시고 그냥 집으로 오세요."

내 것 내 맘대로 한다는데 제 놈이 무슨 상관이야. 불만 가득한 시선으로 노려보는데도 석은 별문제 없다는 표정이었다.

"집으로 가면 서로 불편할 거잖아."

"자주 오시는 것도 아닌데 그 정도는 괜찮습니다."

두만은 석이 인사를 하고 나가자 닫힌 문을 멀뚱멀뚱 쳐다보다 미간을 좁혔다. 집으로 오라는 건 내심 반가운 소리이기는 한데, 자주 오시는 것도 아닌데 그 말은 왠지 앞으로도 자주 오지 말라는 뜻처럼 들렸다.

어찌 보면 변한 것 같기도 하고 어느 땐 똑같은 것 같기도 하고.

"술맛이 왜 이래?"

얼음이 녹은 술은 네 맛도 내 맛도 아니었다.

석은 오피스텔을 나와 구 비서와 다시 통화한 뒤 아파트에 들렀다. 말끔히 정리된 걸 확인하고 수영의 방에서 잠깐 머물렀다. 익숙한 공기가 폐부를 파고들자 지난 시간들이 주마등처럼 스쳐 지나갔다.

학교에서 본 여학생을 현준과 함께 찾아간 진 사장 집에서 다시 만났을 때, 대학생이 되고 열심히 학교 생활하면서 아르바이트를 하던 모습. 그리고 함께 보냈던 시간들.

긴 시간이었던 것 같은데 어제 일처럼 선명했다.

집에 도착했을 땐 2시가 넘어 있었다. 달빛이 고요히 내려앉은 정원은 고즈넉했다. 거실 불은 환하게 켜져 있었다.

"왜 이렇게 늦었어요?"

냉장고에서 생수를 꺼내 드는데 목소리가 들렸다.

"안 잤어?"

"사장님이 안 들어왔는데 어떻게 자요?"

"구 비서가 잠든 거 확인하고 돌아간다고 하던데."

"저희 때문에 못 가시는 거 같아서 잠든 척했어요. 엄마는 주무시는 거 맞고요."

석은 생수병을 식탁에 내려놓고 수영을 가만히 끌어안았다.

"오지 않아서 걱정했어요."

"내가 있으면 어머님이 불편하실 거 같아서 천천히 온 거야. 아파트에 들러서 가방도 챙겨왔고."

"아침 일찍 가려고 했는데."

수영이 그의 품으로 더 파고들었다. 함께 있고 싶은 마음은 간절하지만 그럴 수는 없었다.

"들어가서 자."

"괜찮으면 차 한잔할래요?"

"그럼 한잔 마실까? 대신 난 술 한잔 마실게."

"내가 준비해서 갈 테니까 들어가서 씻어요."

석은 고개를 끄덕이고 수영의 이마에 가볍게 입을 맞춘 뒤 방으로 들어왔다. 씻고 나오자 수영이 기다리고 있었다. 테이블에 얼음이 들어간 술 한 잔과 치즈를 올린 비스킷, 얼그레이 차 한 잔이 놓여 있었다.

맞은편 의자에 앉아서 술을 한 모금 마셨다. 수영이 비스킷 하나를 그의 입에 넣어주었다.

"저녁은 먹었어?"

"구 비서님이 죽을 사와서 엄마랑 조금 먹었어요. 사장님은요?"

"나도 간단히 먹었어."

수영은 한참 동안 말없이 차를 마셨고 석은 술을 마시며 그녀를 빤히 쳐다보았다.

"할 말이 있는 거 같은데?"

"네."

"말해."

"엄마한테 이야기 들었어요."

"뭘?"

"그동안 사장님이 엄마 찾아왔던 거요."

말하지 말라고 했는데 하셨나 보네. 석은 다리를 꼬고 앉아 시선을 마주치지 못하는 수영을 빤히 쳐다보았다.

"내가 어머님 찾아간 게 기분 나쁜 거야?"

"아니요. 실은 잘 모르겠어요. 엄마는, 우리 엄마는 제가 조건 좋은 남자와 결혼하기를 원했어요."

"딱 나네."

"그동안 선을 보라고도 하셨고요."

"선?"

농담처럼 받아넘기려고 했는데 선을 보라고 했다는 말에 이마 위로 푸른 힘줄이 툭 튀어나왔다.

"당연히 안 봤죠. 진짜 한 번도 안 봤어요."

그나마 조금 안심이 되었다. 수영이 다른 남자를 만나는 모습은 상상도 할 수 없었다.

"진작 내 이야기를 했으면 좋았잖아."

"지난번 엄마 쓰러지셨던 날 말했었어요."

"사귀는 사람 있다는 말에 쓰러지셨던 거야?"

"아니요. 이모하고 통화하다가……. 저도 그 일 때문에 모든 걸 알게 된 거구요."

수영은 목이 타는지 차를 한 모금 마시고는 손가락을 꼼지락거렸다. 석은 눈을 가늘게 좁혀 떴다.

"진짜 하고 싶은 말이 뭐야?"

"전 엄마가 조건 보고 제 결혼을 받아들이는 게 싫어요."

"그게 어때서? 어머님 입장에서는 딸이 능력 있는 남자와 결혼하기를 바라는 게 당연한 거 아니야?"

"능력 있는 거 좋죠. 하지만……."

"말했지만 그게 나야. 완벽한 조건인 남자가 네 앞에 있는데 걱정을 왜 해?"

"그렇게 쉽게 말할 상황이 아니니까 문제죠."

"진수영."

그가 나직한 목소리로 이름을 부르자 수영은 자그맣게 대답을 하고는 시선을 마주쳤다.

"사장님을 사랑하는 제 마음까지 오해받을까 봐 두려워요."

"누가 오해를 해. 내가?"

석은 별 이상한 말을 다 들었다는 듯 어이없어 했다. 남은 술을 단숨에 털어 넣고 차분히 이야기를 시작했다.

"언젠가 고등학교를 간 적 있었어. 은사님이 그곳 교감선생님으로 오셨거든."

"……."

"그때 3학년 교실을 지나가는데 어느 여학생이 화를 엄청 내고 있더군. 몸이 불편한 여학생을 놀려주려고 누가 사진 가지고 장난을 친 거 같았어. 당장 나와서 사과하라고 소리치는 모습을 지켜봤었지. 당돌하고 기특하고 참 예쁘더군."

수영은 눈을 깜박였다. 그런 비슷한 일이 그녀도 있었다. 결국 남자아이 두 명이 사과를 했었다.

'사과는 내가 아니라 강희한테 해야지. 그것도 몰라?'

그때는 꿈이 있고 모든 일에 당당했었다. 아닌 건 단호히 아니라고 말할 수 있었는데 김 여사한테 만나는 사람이 있다는 말을 왜 그렇게 하지 못했는지.

"며칠 후 그 아이를 현준과 함께 찾아간 집에서 만났어. 담배 피우는 현준한테 어찌나 잔소리를 하는지……. 그때도 엄청 예뻤지."

"설마."

"그때부터였다고는 말 못해. 자꾸 생각이 났어. 대학 들어가고 난 뒤 찾아가서 지켜본 적도 있었어."

"저, 저를요?"

"잠깐이라도 얼굴을 보고 나면 이상하게 안심이 되었거든. 한 번이 두 번 되고 또 반복되다 보니 어느새 내 안에 네가 들어와 있었지. 술 취해서 만났던 날 우연 아니야. 졸업하고 나면 우리 회사에 입사하게 해서 곁에 두려고 했는데, 더 이야기해?"

수영은 울컥해서 눈물이 핑 돌았다. 가슴이 뜨겁게 벅차올랐다.

"왜 아무 말도 안 해?"

"무슨 말을 해야 할지 잘 모르겠어요. 그냥 엄청난 고백을 들은 거 같고, 또 한편으로는……."

"주변에서 맴돈 내가 무서워?"

고개를 가로젓자 석은 그녀의 표정을 조심스럽게 살폈다. 무섭다니, 오히려 혼자가 아니었다는 생각만으로도 힘들었던 시간들이 위로받는 기분이었다.

"사장님이 처음 직원 구한다고 했을 때 속으로 얼마나 좋았는지 몰라요. 힘들 때마다 생각했거든요. 생각만 해도 기운이 났으니까."

"전혀 내색 안 했었잖아."

"어떻게 내색해요. 그러다 쫓겨나면 어쩌려고."

"그러니까 순전히 일자리 없어질까 봐 내 곁에 있었다?"

"말을 해도 꼭, 나 지금 고백하는 거거든요?"

수영은 밉지 않게 그를 흘겨보면서 입을 삐죽 내밀었다. 술 취한 날도, 비 오는 날 그의 집에 따라간 것도 이 남자가 아니었다면 절대 하지 않았을 행동들이었다.

"이리 와."

"왜요?"

퉁명스럽게 대꾸하자 석이 빙그레 웃고는 그녀의 손을 잡아끌었다. 수영은 마지못해 끌려가는 척하다 그의 무릎에 살며시 엉덩이를 걸치고 앉았다.

"내 마음은 확고해. 앞으로도 변하지 않을 거야."

"저도 변함없어요. 다만."

"뭘 걱정하는지 알아. 내가 다 알아서 할게."

"오늘도 사장님 저 때문에 힘드셨잖아요."

"오늘 같은 일은 다시 없을 거야."

그의 목소리에 힘이 잔뜩 들어가 있었다. 그녀가 아니었다면 그가 이런 일을 겪지 않아도 되었을 텐데, 다치지 않아 다행인데 너무 많이 미안했다.

"사장님."

"말해."

"정말, 정말 이런 나라도 괜찮아요?"

"지금 이 상황에서 적절한 질문은 아닌 거 같은데."

그의 말이 맞다. 그의 무릎에 앉아 품에 꼭 안겨 있으면서 할 질문은 아니었다. 그의 마음을 알고 그녀의 마음 또한 그 어느 때보다 확고한데 어리석은 질문을 했다는 생각이 들었다.

"미안해요. 그리고 사랑해요."

"사랑만 받을게."

석이 그녀를 더 꼭 끌어안았다. 더없이 푸근하고 든든했다. 밤이 점점 더 깊어갔다.

"저 이제 그만 가봐야 할 거 같아요."

"조금만."

"사장님 피곤하시잖아요."

"안 피곤해."

귓가에 그의 뜨거운 호흡이 느껴지고 허벅지를 쿡쿡 찔러오는 감각에 수영은 어쩔 줄을 몰랐다.

"엄마가 깨어 있을지도 몰라요."

"주무시다가 깨시는 편이야?"

"엄마한테는 낯선 곳이잖아요. 아까 그런 일도 있었고."

"음, 좀 아쉽네."

"앞으로 시간 많잖아요. 내가 많이 사랑해 줄게요."

"당연하지. 그래서 말인데 우리 다음 달에 결혼할까?"

"네, 네?"

수영은 그의 품에서 고개를 번쩍 들고 소리를 질렀다. 그러다 목소리가 너무 컸나 싶어 얼른 입을 틀어막았다.

"결혼하자는 말이 소리 지를 정도로 놀랄 일이야?"

"아니, 그게……."

"사랑한다고 해서 평생 함께할 수 없다는 말 나한테는 안 통해."

"그건 우리한테 해당되는 말은 아니죠."

"잘 아네. 그럼 우리가 다음 달에 결혼하지 말아야 할 이유를 지금 당장 딱 하나만 말해봐."

"하나요?"

차라리 몇 가지를 말하라고 하면 이런저런 이유를 대보겠지만 딱 하나만 말하라니, 선뜻 떠오르는 생각이 없었다.

일을 더하고 싶다고 하면 결혼해서 하면 된다고 할 테고,

나이? 할 거 다 해놓고 나이는 무슨.

엄마 핑계를 대면 알아서 한다고 할 게 뻔했다.

"없…… 어요."

"그럼 됐네."

"그래도…… 다음 달은 너무 빠르지 않아요?"

하루라도 빨리 석과 함께 있고 싶지만 김 여사한테 만나는 남자가 있다는 말을 한 지 얼마 되지도 않았다. 다음 달에 결혼한다고 결코 좋은 소리를 들을 것 같지 않았다.

"나와 결혼하는 게 싫은 건 아니지?"

"그럴 리가 없잖아요."

"그럼 됐어. 잠깐 기다려 봐."

석이 그녀를 번쩍 안아서 침대에 앉혔다. 드레스 룸에서 작은 종이 가방을 들고 온 그가 그녀의 옆에 앉아서 크기가 다른 상자 네 개를 꺼내 침대에 놓았다.

"이게…… 뭐예요?"

"태양을 줬으니까 달, 별, 지구 그리고 왕관."

그녀가 무슨 소리냐고 묻는 시선으로 쳐다보자 석이 상자를 하나씩 열었다.

"귀걸이는 다음에 해야겠네."

가는 줄에 별 두 개가 매달려 있는 귀걸이는 너무 앙증맞고 귀여웠다.

"귀를 안 뚫었다는 걸 생각 못했어."

"사장님."

"이건 반지."

그가 다이아가 박힌 왕관 모양의 반지를 그녀의 손에 끼어주었다. 수영은 아무 말도 못하고 딱 맞춘 듯 끼어진 반지를 멍하니 쳐다보았다.

"현장에서 일할 때 내 별명이 왕이었어. 뭐든 열심히 하고 잘했거든. 그래서 회사 이름을 군주라고 지었지. 이 반지는 진수영이 나만의 퀸이라는 뜻이야."

"……."

"그리고 이건 내 마음의 집합체."

체인 모양의 팔찌엔 태양과 별 달 그리고 왕관까지 대롱대롱 달려 있었다. 팔찌가 그녀의 손에 채워졌다.

"분위기 있는 곳에서 멋지게 프러포즈하고 싶었는데, 오늘 다른 생각하지 말고 내 생각하면서 푹 자라고 미리 주는 거야."

"사장님."

"나만의 퀸이 되어줄 거지?"

수영은 와락 석의 품으로 달려들었다. 뜨거움이 울컥 솟구쳐 눈앞이 뿌예졌다. 보잘것없는 그녀를 그의 태양이라고 했었다. 이제는 퀸이 되어달란다. 이렇게 감동을 주는 남자를 어떻게 사랑하지 않을 수 있단 말인가.

"어차피 올해 안에 할 생각이었어. 보시다시피 모든 준비는 되어 있잖아."

"이런 법이 어디 있어요? 난 아무것도 해준 게 없는데……."

"왜 없어. 지금 네가 내 곁에 있는 것만으로도 난 충분해."

뜨거운 눈물이 볼을 타고 주르륵 흘렀다. 훌쩍이는 그녀를 석이 두툼한 팔로 더 꽉 끌어안았다.

"아직 대답 안 했어."

수영은 품으로 더 파고들면서 고개를 끄덕였다.

"하루라도 빨리 너와 함께 있고 싶어."

"저도 그래요."

"그럼 다음 달에 결혼 날 잡아도 되지?"

"……."

"왜 대답이 없어?"

"그게……."

머뭇거리며 그의 품에서 살짝 벗어나자 석의 시선이 집요하게 그녀를 살폈다.

"제 상황 아시잖아요. 전 정말 사장님께 드릴 수 있는 건 제 마음뿐이에요."

"그거면 충분하다고 했잖아. 내가 원하는 건 딱 하나야. 날 사랑하는 네 마음 그리고 너."

"……."

"그리고 지금은 뜨거운 키스."

뭔가 해야 할 말이 더 있을 것 같은데 그가 다가오자 아무 생각도 할 수 없었다. 키스는 뜨겁고 달콤하고 강렬했다. 수영은 몸이 뒤로 기울어지자 그의 목에 두 팔을 감았다. 팔찌에 달린 펜던트들이 서로 부딪히는 소리가 희미하게 들렸다. 키스가 깊어질수록 호흡도 가빠지고 가슴은 널을 뛰듯 쿵쾅거렸다.

언제 방을 나왔는지 느끼지도 못했는데 키스가 멈추고 발이 땅에 닿았다.

"잘 자."

정신을 차리지도 못한 채 수영은 석이 열어놓은 방 안으로 들어갔다. 닫히는 문 사이로 근사하게 웃고 있는 석의 모습이 보였다가 이내 사라졌다.

열둘

수영은 퇴근을 하고 곧장 집으로 향했다. 아침에 김 여사를 아파트에 데려다주고 출근을 했는데 하루 종일 마음이 편치 않았다. 하필 이럴 때 성미도 부부 동반 모임에 가야 해서 올 수가 없다고 했다.

아파트 앞에 도착했을 때쯤 석에게 전화가 걸려왔다.

"저 집 앞에 도착했어요."

[어느 집?]

"당근 아파트죠. 사장님은 어디세요?"

석은 오후에 구 비서와 함께 광주 현장에 내려갔다가 다음 달부터 들어가는 주택 공사 현장에 들른다고 했다.

[평창동으로 가는 중이야. 저녁 먹고 들어갈 거야.]

"네, 저녁 맛있게 드시고 조심해서 들어가세요."

[그게 끝이야?]

"더 하실 말씀 있어요?"

혹시 해야 할 일이 있는데 안 하고 온 게 있나 싶어 승강기에 타려다 말고 멈춰 섰다. 시청도 다녀왔고 서류 정리도 다 해놓고 왔는데. 아무리 생각해도 빠진 건 없었다.

"저 구 비서님이 말씀하신 것까지 다 해놨는데요."

[나한테 할 말 있지 않아?]

"아, 내일 점심 약속 취소됐어요. 그것도 구 비서님께 연락했는데."

핸드폰이 잠잠했다. 뭐가 또 있나. 아무리 생각해도 없었다. 그 사이 위에서 누가 눌렀는지 승강기가 올라가 버렸다.

"하실 말씀 있으면 얼른 하세요."

[나도 기다리는 중이야.]

"뭘요?"

[나한테 할 말이 있을 거 같은데 안 해서.]

그러니까 그게 뭐냐고요? 다시 곰곰이 생각해도 없었다. 이럴 땐 마냥 기다려서는 끝나지 않는다. 어쩔 수 없이 방법을 바꿔야겠다는 생각이 들었다.

"저 화장실 급한데……."

그러니까 얼른 말을 하라고요. 수영은 귀를 종긋 세우고 핸드폰에 귀에 바싹 가져다댔다.

또 말이 없었다.

"사장님?"

그때 구 비서 귀 막아. 하는 소리가 들렸다. 구 비서가 들으면 안 되는 말인가. 그러니 더 궁금했다.

핸드폰을 통해서 구 비서의 목소리가 들렸다.

[운전 중인데 귀를 어떻게 막습니까?]

[차를 옆으로 세우고 막든지, 어쨌든 귀 막아.]

도대체 무슨 말이기에 차까지 세우라는 건지. 기다려도 승강기가 위에서 내려오지 않고 있어서 계단으로 향했다.

[어디 가?]

"지금 저한테 하는 말씀이세요?"

[그래. 발자국 소리가 들려서.]

"승강기가 안 내려와서 계단으로 올라가는 중이에요. 그런데 도대체 무슨 말을 하라는 거예요?"

[나 안 보고 싶어?]

"네?"

수영은 5층까지 올라와서 잠시 걸음을 멈췄다. 창밖으로 아파트 놀이터에서 놀고 있는 아이들의 모습이 보였다. 그네를 타고 미끄럼틀을 타는 아이들의 얼굴은 해맑았다. 까르르 웃음소리가 5층까지 들렸다.

[진 비서 눈치가 꽝이네. 내가 무슨 말을 듣고 싶어하는지 정말 모르는 거야?]

계단을 다시 올라가다 말고 어이가 없어서 풋, 웃음이 다 나왔다. 그러니까 석은 지금 사랑한다는 말을 듣고 싶은 거였다. 애도 아니고 정말.

"그럼 처음부터 그렇게 말씀하실 것이지 전 제가 할 일을 다 안 했는지 알고 고민했잖아요."

[그러니까 눈치가 꽝이라는 거지. 얼른 말해.]

"사장님이 하시면 되죠. 그럼 저도 말했을 텐데."

[난 구 비서가 옆에 있잖아.]

9층까지 올라가자 숨이 제법 가팠다.

[내가 듣고 싶은 건 이런 야한 숨소리가 아닌데.]

"아, 진짜. 옆에 구 비서님 계시다면서 그런 말씀을 하시면 어떡해요?"

[구 비서 차에서 내렸어.]

"정말 차를 세웠단 말이에요?"

너무 기가 막혀서 말도 나오지 않았다. 수영은 헉헉대며 겨우 10층에 도착했다.

[밤에 아파트 앞으로 가는 수가 있어. 더 기다려야 해?]

"내가 진짜 못살아."

[그래서 언제 들려줄 거야?]

"지금 당장이요. 사장님. 사랑해요."

숨이 차서 잠깐 호흡을 가다듬고 빠르게 말을 쏟아냈다.

"지금 당장 사장님을 안고 싶을 정도로 너무너무 간절히 사랑해요."

수영은 석의 대답을 기다리지 않고 얼른 통화 종료 버튼을 눌렀다. 얼핏 끊기기 전에 구 비서의 목소리가 들렸다.

아우, 닭살, 진 비서 그렇게 안 봤는데…….

"뭐야. 구 비서님도 같이 있었잖아."

얼굴이 확 달아올랐다. 발을 동동 구른 수영은 애먼 핸드폰만 노려보았다.

"왔니?"

현관문을 열고 들어가자 김 여사가 저녁 준비를 하고 있었다.

"나가서 먹을까 했는데 벌써 식사 준비하는 거야?"

"너 좋아하는 닭볶음탕 하는 중이야. 거의 다 됐어."

"맛있겠다. 근데 엄마 괜찮아? 어디 아픈 데 없어?"

"낮에도 전화해 놓고 뭘 자꾸 물어? 난 괜찮아."

많이 놀랐을 텐데, 아침에도 출근하지 말까 묻는 말에 회사가 개인 사정 따져 가며 다닐 수 있는 곳이냐며, 공과 사는 구분하라면서 오히려 그녀를 나무랐었다. 수영은 걱정스럽게 김 여사를 쳐다보았다.

"옷 갈아입고 나오지 왜 그러고 서 있어?"

"어? 알았어. 금방 나올게."

방으로 들어온 수영은 편한 옷으로 갈아입다 반지와 팔찌를 보고 눈매를 곱게 휘었다.

'나만의 퀸이 되어줄 거지?'

퀸이라니. 그는 멋진 프러포즈를 못했다며 아쉬워했지만 그녀는 이보다 더 멋진 프러포즈는 없을 거라고 했다. 진심이었다.

"보고 싶다."

목걸이 펜던트를 만지고 반지에 입을 맞추고 팔찌를 손으로 쓰다듬자 그리움이 밀려왔다.

"아직 멀었니?"

"지금 나가."

후다닥 옷을 갈아입고 방을 나와 욕실에서 손을 씻은 뒤 식탁에 가서 앉았다.

"와. 진짜 맛있다."

수영은 국물을 살짝 떠서 먹고는 엄지손가락을 척 들어 올렸다.

"많이 먹어."

"응, 엄마도. 다리는 엄마 거, 난 날개."

김 여사 앞에 다리 하나를 놓아주고 그녀의 접시에도 날개를 내려놓는 순간 접시가 눈 깜짝할 사이에 바뀌었다.

"네가 다리 먹어."

"왜? 난 날개가 더 맛있는데."

"날개 먹으면 바람피운대. 앞으로는 닭 날개 먹지 마."

그녀가 기가 막힌다는 표정으로 쳐다보자 김 여사는 아예 날개 하나를 더 집어서 앞의 접시에 옮겨 담았다.

"엄마, 설마 그런 말을 믿는 거야?"

"아니."

"그런데 왜 먹지 말라는 거야?"

"믿지는 않지만 찜찜하잖아. 다리도 맛있어."

"난 전혀 안 찜찜해. 다리보다 날개가 더 맛있고."

날개 하나가 김 여사의 입으로 들어갔다. 수영은 냉큼 김 여사의 접시에 놓인 날개를 가져와 입속에 쏙 넣었다.

김 여사가 흘겨보는데도 모른 척 맛있게 먹었다.

“음, 맛있다. 왜 닭 날개는 두 개뿐일까? 게다가 너무 작아.”

“그 사람이 그렇게 좋니?”

수영은 아쉬워하며 입맛을 다시다 말고 멈칫했다. 어제 김 여사는 그동안 석이 집으로 찾아왔다는 말만 하고 아무것도 묻지 않았다. 둘만 있던 시간이 워낙 짧기도 했고 구 비서가 돌아간 뒤 김 여사가 잠이 들어서일 수도 있겠지만 그게 내내 마음에 걸렸었다.

“강 사장이 널 많이 좋아하는 것 같더라.”

“나도 많이 좋아해. 근데 엄마, 나 엄마가 말한 조건…….”

“네가 무슨 말을 하려는지 알아. 조건 보고 좋아하는 거 아니라는 것도 알고.”

“…….”

“혹시 두 사람 결혼 이야기 있었니?”

“응.”

“그랬구나.”

김 여사는 고개를 끄덕이며 식사를 계속했다. 수영은 할 말이 많았지만 일단 식사를 하고 대화를 나눠야겠다는 생각이 들었다.

식사를 하는 내내 김 여사는 아무런 말을 하지 않았다.

“설거지는 내가 할게.”

“됐어. 차 마실래?”

“좋지. 내가 준비할게.”

물을 올려놓고 김 여사가 좋아하는 키위 말린 것과 그녀는 얼그레이를 준비했다. 차를 준비해서 거실로 나와 잔을 내려놓으려다 문득 생각이 나서 물었다.

"낮에 외출했었어?"

"아니."

"근데 테이블은 어떻게 된 거야?"

어제 분명 박살이 났는데 그것보다 더 크고 비싸 보이는 원목 테이블이 있었다. 마치 처음부터 그 자리에 있었던 것처럼 자연스러웠다. 전에 것보다 연한 갈색 소파하고 더 잘 어울렸다.

"낮에 택배로 보냈더라."

"누가?"

"강 사장."

수영은 앞치마를 벗어놓고 다가오는 김 여사를 쳐다보다 원목 테이블을 보며 인상을 찌푸렸다.

"전화가 왔기에 마음은 고마운데 부담스럽다고 했더니 너한테 보낸 거래."

"나한테?"

"너 불편한 거 싫다고 보냈다는데 뭐라고 할 수가 있어야지. 일단 고맙다고만 했어. 왜 그러고 서 있어. 앉아."

"엄마, 나 할 말 있어."

"나도 있어. 그러니까 앉아."

그녀가 소파에 앉자 김 여사는 은은한 초록빛으로 우러난 키위차를 한 모금 마셨다. 수영은 목이 바싹 말랐지만 차를 마시지는 않았다.

"나 결혼해도 일할 거야. 돈 벌어서 엄마 생활비 줄게. 하지만."

"너 결혼하면 엄마 이사 갈 거야."

"갑자기 그게 무슨 소리야?"

"이모네 근처로 갈 생각이야. 낮에 잠깐 통화했는데 부동산에 알아보고 전화 왔더라. 10월쯤 비는 집이 있대."

"엄마."

"넌 조건 좋은 남자 만나라고 한 내가 속물스럽겠지만 내가 할 수 있는 게 그것뿐이라고 생각했어. 이 집, 이모 돈이 반이야. 반은 아빠가 이모한테 돈을 보내면서 나중에 필요할 때 주라고 했었대. 나도 장례 치르고 한참 지나서 알았어."

지난 시간을 이야기하는 김 여사의 목소리는 차분했다. 장례 치르고 돈을 갚으라며 사람들이 찾아왔었다는 말을 할 때는 어제 일이 떠올라서인지 잠시 말을 멈추고 한숨을 몰아쉬었다.

"생각 많이 했어. 내가 돈을 벌면 그 사람들이 어떻게 나올지, 너한테까지 찾아가면 어떻게 하나. 결국 너한테 못된 엄마가 되기로 마음먹었지. 나도 알아. 처음부터 내가 좋은 엄마 아니었다는 거."

"……."

"월세에 아르바이트하는 돈으로 겨우 먹고사는데 설마 돈 달라고 찾아오지는 않겠지 했는데 다행히 더는 오지 않았어."

"왜 말하지 않았어?"

"말하면 뭐가 달라지는데? 얼마나 불안했는지 몰라. 너까지 그런 기분 느끼게 하고 싶지 않았어. 몇 달 동안 네 주변을 지켜봤어. 학교 끝나고 아르바이트 가는 모습, 집에 올 시간쯤 되면 버스 정류장 근처에서 지켜보기도 했고."

전혀 몰랐다. 언제나 데면데면했고 꼴란 돈 번다고 유세 떤다는 말을 들을 때마다 몸보다 마음이 더 힘들었다. 그런데 엄마도 결코 편한 시간을 보낸 게 아니라는 생각이 들자 눈물이 핑 돌았다.

"그래서 그렇게 집에 오는 시간을……."

"매일 지켜볼 수는 없으니까. 봐도 불안하고 안 봐도 불안하고."

김 여사는 목이 마른지 차를 연거푸 마시고는 잔을 내려놓았다. 수영은 무슨 말을 해야 할지 아무 생각도 나지 않았다.

"그 사람들이 다시 안 올 거 같다는 생각이 들 때쯤 이모네 집에 가기 시작한 거야. 너 많이 힘들었다는 거 알아. 모르면 사람도 아니지. 네가 번 돈 아끼고 아껴 쓰면서 매일 생각했어. 졸업하면 조건 좋은 남자 만나서 결혼시켜야지. 더는 이런 고생하게 하지 말아야지."

"……."

"나야 원래 못된 엄마였으니까 더 못된 엄마 되는 거 아무 상관없었으니까."

그래도 말을 하지. 그랬으면 엄마의 불안한 마음이 조금이라도 덜어질 수 있었을 텐데. 더 조심하고 더 신경 썼을 텐데.

수영은 주르륵 흐르는 눈물을 닦을 생각도 하지 못했다.

"그동안 못된 말한 거 미안해. 너 고생시킨 거 미안해."

"아니야. 아니야. 엄마."

"너한테 난 죄인이야."

"왜 엄마가 죄인이야. 아니야. 절대 아니야."

"너한테 차마 말할 수 없는……."

"엄마."

수영은 황급히 김 여사의 옆자리로 가서 꼭 끌어안았다. 무슨 말을 하려고 하는지 알 것 같았다. 하지만 듣고 싶지 않았다. 김 여사 입으로 지난 시간들을 말하게 하고 싶지 않았다. 그 고통을 다시 느끼게 할 수는 없었다.

"우리 지난 시간은 더 말하지 말자."

"수영아, 엄마가……."

"그만, 그만 말해."

다 알고 있으니까 말하지 마. 지난 일들은 그냥 묻어두자. 누가 더 힘들고 누가 더 아픈지 굳이 꺼내서 확인하지 말자.

수영은 속으로 맴도는 말을 꾹 삼켰다.

"엄마, 낳아줘서 고마워요."

김 여사의 몸이 움찔했다. 이내 서럽게 울음을 터트렸다. 수영은 김 여사를 더 꼭 끌어안았다.

"행복하게 살게. 그러니까 엄마도 이제 편안해졌으면 좋겠어."

그녀가 행복하기를 바라는 마음만큼 아니, 그보다 더 그녀 또한 김 여사가 행복하기를 바란다. 지금 이 순간 그녀가 할 수 있는 말은 그게 전부였다.

❖

한 달 뒤에 결혼하자는 석의 제안은 김 여사의 반대로 가을로 미뤄졌다. 석은 많이 아쉬워했지만 웬일인지 더 말을 하지 않았다.

그는 여전히 바빴다. 거제도 건은 매매를 했고 광주 공사현장은 건물이 모두 올라가 다음 달부터 실내 인테리어 공사에 들어간다.

"오늘은 나 먼저 퇴근할게. 사장님께도 말씀드렸어."

"네, 좋은 시간 보내세요."

구 비서는 요즘 선본 여자와 뜨거운 연애 중이다. 석을 통해서 진작 둘 사이를 알고 있다는 말을 듣고 얼굴을 어떻게 보나 걱정했는데 기우였다.

'내가 원래 눈치가 빨라. 회사에서는 지금처럼 편하게 지내는 게 좋겠지?'

당연한 말씀, 변한 건 없었다. 그녀는 비서로서의 일에 충실하고 퇴근 후엔 석과 함께 시간을 보냈다. 김 여사는 그녀가 집에 들어오는 시간을 예전처럼 신경 쓰지는 않았지만 이모네 가고 없을 때를 제외하면 11시 30분 전에 들어갔다.

수영은 책상을 정리하고 사장실 문을 노크했다.

"들어와."

"언제 나가실 거예요?"

"음, 30분 뒤."

"오늘 약속 잊으신 거 아니죠?"

"그럴 리가. 준비 다 해놨어."

"그냥 식사 같이하는 건데 무슨 준비를 했다는 거예요?"

오늘은 김 여사가 석을 집으로 초대했다. 그동안 데려다주면서 집 앞에서 몇 번 마주친 적은 있지만 정식으로 집에 초대를 받은 건 처음이었다.

"이리 와."

하루 종일 바빴고 지금도 할 일이 남았는지 석은 서류에서 시선을 떼지 않고 손만 내밀었다. 수영은 잠시 머뭇거리다 그에게 다가갔다. 그가 내민 손을 꼭 잡았다 놓아주자 그제야 고개를 들고 그녀를 쳐다보았다.

"나가 있을 테니까 일해요."

"그냥 곁에 있어."

"신경 쓰이잖아요."

"금방 끝나. 여기 앉아."

석이 무릎을 톡톡 두드렸다. 수영은 고개를 가로저었다.

"이 일 급한 거야."

"그러니까 나가 있겠다고 하잖아요."

"서류 읽고 생각하고 사인할 땐 오른손과 눈 그리고 머리만 쓰면 돼. 그렇게 계속 고집부리면 더 늦어질 텐데."

고집불통, 그냥 나가 버릴까 하다가 그게 더 신경 쓰이게 할 것 같아 망설이다 그의 무릎에 살짝 걸터앉았다.

"이거 안 하신다고 하더니 하실 거예요?"

"고민 중이야. 장 위원님한테는 못한다고 거절했는데 의원님 어머님이 전화를 하셨어. 다시 생각해 달라고."

"의원님 아버님이 몸이 불편하시다고 하셨죠?"

"응, 어떻게 할까?"

"꼭 사장님이 해주기를 바라시는 거 같은데……. 아, 오해하지 마세요. 다른 뜻 있는 건 아니에요."

"다른 뜻 뭐?"

그동안 수영은 일에 관해서 궁금한 건 질문을 했지만 그의 결정에 의견을 말한 적은 없었다. 늘 바쁘게 일하는 걸 보면 혹시 건강을 해칠까 그게 제일 걱정이었다.

"아직도 어머님이 말씀하신 거 때문에 신경 쓰고 있는 거야?"

"……."

"일을 줄이려고 한 건 너와 함께 시간을 보내고 싶어서였어. 물론 그다지 효과는 없는 거 같지만."

"알아요."

큰 공사는 맡지 않으려고 한다는 걸 알고 있었다. 그럼에도 불구하고 그는 늘 바빴다. 새로이 공사 맡은 것도 몇 건 있고 이미 진행 중인 것도 있었다. 개인 주택을 짓는다는 게 소문이 났는지 문의 전화도 계속 오고 있었다.

"네 마음을 내가 믿는데 뭘 걱정하는 거야? 그런 걱정할 시간 있으면 나한테나 더 신경 써."

"지금도 신경 많이 쓰고 있는데 혹시 부족하다고 생각하시는 거예요?"

"충분하기도 하고 부족하기도 하고."

"무슨 말이에요?"

솔직히 그녀가 신경 쓰는 건 없었다. 점심은 외식, 저녁 또한 밖에서 먹거나 석의 집에서 먹는다. 아침마다 야채나 과일 주스를 갈아서 가져다주기는 하지만 그마저도 김 여사가 준비해 주는 거였다.

"나한테 바라는 게 있으면 말해봐요."

"다 해줄 거야?"

"당연히 해주죠."

"이 세상에서 제일 맛있는 거 먹고 싶어."

아침 준비는 무리고 점심 도시락을 싸올까? 저녁도 직접 준비할 수는 있는데.

수영은 머릿속으로 열심히 할 수 있는 걸 떠올렸다. 이내 한숨을 푹 내쉬고 기죽은 목소리로 말했다.

"학원이라도 다녀야 할까 봐요."

"무슨 학원?"

"음식 솜씨가 별로거든요. 할 줄 아는 것도 거의 없고."

"내가 먹고 싶은 건 학원에서 배우지 않아도 되는데."

"정말요? 그럼 해줄게요."

그가 원하는데 뭐든 못할까 싶었다. 그녀가 눈빛을 반짝이자 석은 한껏 깊어진 눈매로 그녀를 바라보았다. 순간 이건 아니다 싶어 벌떡 일어나려고 했지만 그가 더 빨랐다. 허리를 안고 있는 팔이 더욱 옥죄어왔다.

"약속 있는 거 잊었어요?"

"방금 전에 대답했던 거 같은데."

"시, 시간 없단 말이에요."

"충분해."

"일해야 한다면서요?"

"네가 협조하면 금방 끝나."

도대체 이 상황에서 뭘 협조하라는 건지. 그녀는 벗어나려고 바동대고 석은 두 팔로 꼼짝도 못하게 잡고는 목 주변을 혀로 핥고 다녔다.

"으으, 정말 이럴 거예요?"

"나 긴장돼."

"긴장을 왜……."

목소리가 너무 진지해서 움직임을 멈추고 쳐다보자 방금 전까지의 표정은 온데간데없고 꽤 심각해 보였다.

"무슨 걱정 있는 거예요?"

그는 대답은 않고 그녀의 보랏빛 블라우스 단추를 하나씩 풀어 나갔다.

"팬티도 보라색이야?"

"네?"

어느새 레이스가 달린 보라색 브래지어가 훤히 드러나 있었다. 수영은 아무래도 석에게 속은 것 같아 눈을 사납게 치켜뜨며 그를 노려보았다.

"처음 초대받았는데 늦게 가서 미움받게 할 거 아니지?"

그럼 당장 내 몸에서 손 떼고 하던 일 빨리 마치고 나가면 되잖아욧. 한마디 하고 싶었지만 이미 그는 그녀의 스커트 지퍼를 내리고 있었다.

아. 이 남자를 정말 어쩌면 좋을까.

며칠 전 점심시간에 구 비서가 없는 틈을 타고 어찌나 진하게 키스를 하는지 정신을 차렸을 땐 소파 위에 누워 있었다.

그날 일이 떠오르자 얼굴로 열이 확 올랐다.

"잔뜩 기대하는 얼굴인데?"

"그런 거 아니거든요?"

"그럼 무슨 생각을 하기에 이렇게 얼굴이 빨개졌을까."

그는 다 안다는 표정이었고 수영은 뭐라고 항변할 말이 떠오르지 않았다. 석은 정말 맛있는 음식을 먹는 아이처럼 그녀의 가슴을 쪽쪽 소리가 나도록 빨았다.

"난 음식이 아니…… 으읏."

"나한테는 세상에서 네가 제일 맛있어."

한쪽은 그의 입술에 희롱당하고 다른 쪽은 커다란 손이 연신 주물러 댔다. 짜릿한 전율이 등을 타고 빠르게 퍼졌다. 그는 그녀를 자극하는 방법을 너무 잘 알고 있었다. 도저히 거부할 수 없게 만드는 능력까지 있으니 초조하고 불안했던 마음은 어느새 그를 갈구하기 시작했다. 고개를 한껏 젖히고 가슴을 그에게 내밀었다.

"최대한…… 빨리요."

"으음, 마음이 변했나 보네."

씨익, 웃는 모습이 어찌나 얄미운지 눈을 흘기면서도 그녀는 그의 가슴에 손을 대고 어루만졌다. 매끄러운 와이셔츠 속 탄탄한 가슴이 손바닥에 느껴졌다.

"옷 구겨지면 안 되니까 벗어요."

"내 벗은 몸을 보고 싶은 건 아니고?"

"그냥 입 다물고 있으면 안 돼요?"

"그렇게 해보던지."

못할 것도 없지. 수영은 그의 얄미운 입술을 덥석 삼켜 물었다. 웃고 있는 아랫입술을 쪽쪽 빨다 혀를 밀어 넣었다. 여유 있는 척하더니 그는 금세 뜨겁고 가쁜 숨결을 토해냈다. 꼬물거리는 혀를 낚아채 강하게 빨아 당겼다.

그녀를 바닥에 내려놓은 석이 급하게 바지를 벗어 던졌다. 그녀의 스커트와 속옷도 한꺼번에 벗기고는 의자에 옷을 올려놓는 것도 잊지 않았다.

수영은 단추가 모두 풀어진 블라우스와 위로 추켜 올라간 브래지어만 걸친 채 석을 뜨겁게 바라보았다. 그는 와이셔츠만 입고 있었다. 셔츠 아래 튼튼한 허벅지와 그 사이를 위풍당당하게 비집고 나온 그의 중심을 보는 순간 목이 마르고 눈앞이 아찔했다.

"당장 들어가도 되겠는데?"

"읏."

멍하니 그의 몸에서 시선을 떼지 못하고 있는데 굵은 손가락 하나가 허벅지 사이를 비집고 쑥 들어왔다.

수영은 신음을 삼키며 얼른 그의 어깨를 꽉 잡았다. 손가락이 빠르게 몸 안을 들락거렸다. 잠시 후 손가락이 빠져나가자마자 몸이 홱 돌려지고 허리가 쑥 끌려갔다. 그녀는 책상을 짚고 몸을 숙였다.

"빨리하고 싶은데 그래도 맛은 봐야지."

"아흣."

한쪽 무릎을 꿇고 앉은 그가 그녀의 엉덩이를 잡아 벌리고 틈 사이를 혀로 길게 핥았다. 이미 매끈한 애액이 흐르는 숲 속은 그의 뜨거운 혀가 닿자 소름이 돋을 정도로 짜릿했다.

그는 그녀를 맛있게 핥아 먹었다.

"아으으으."

수영은 참을 수 없는 쾌감에 몸을 부르르 떨었다. 자극을 받는 건 몸의 일부분인데 온몸으로 아찔한 전율이 파도를 탔다.

"아앙, 사장님."

클리토리스를 혀로 콕콕 찔러대다 쪽 빨아들일 때는 허리를 비틀며 앙앙거렸다. 마침내 그가 몸을 일으켰을 땐 벌써 온몸의 진이 다 빠진 것 같았다.

그가 몸을 가르고 들어오자 수영은 숨이 턱 막히는 쾌감에 비명도 지르지 못했다. 그는 여전히 그녀가 감당하기에 벅찼다.

"시간이 없다는 게 아쉽네."

이를 악문 소리가 뒤에서 들렸다. 그녀의 허리를 움켜잡은 석이 빠르게 허리를 움직였다. 퍽퍽, 살이 부딪히는 소리, 뜨거운 신음.

속도가 빨라질수록 수영은 몸이 점점 뜨거워지고 풍선처럼 부풀어 오르는 느낌이었다.

이러다 펑 터지는 건 아닌지.

다리가 후들거리고 책상을 짚고 있는 손이 충격을 견디지 못하고 자꾸 미끄러졌다. 그는 연신 그녀의 안을 파고들었다. 몸은 힘든데 촘촘히 주름진 속살은 그를 열렬히 반겼다. 의지와 상관없이 그를 꽉꽉 조이기를 반복했다.

"아흑, 그, 그만."

"지금 멈추면 난 계속 흥분한 상태로 있어야 할 텐데, 그래도 괜찮겠어?"

속도를 늦춘 그가 얄밉게 말했다. 아, 진짜 얄미워 죽겠어.

수영은 그를 원망하면서도 원했다. 고지 앞에서 뱅뱅 돌고 있는 욕망이 선을 넘게 해달라고 그녀를 재촉했다. 그 선을 넘으면 눈부신 쾌락이 그녀를 덮칠 거라는 기대감이 샘솟았다. 그 황홀한 느낌을 알기에 그만하라는 말과 달리 몸을 요염하게 비틀었다. 당당하게 그녀를 차지하고 있는 그의 중심을 삼키고 조였다.

"사장님, 빨리!"

닿을 듯 말 듯한 욕망의 경계를 뛰어넘고 싶었다. 결국 애원하는 목소리가 나왔다. 그는 기다렸다는 듯이 부딪쳐 왔다. 그 힘이 너무 강해서 비명도 지를 수 없었다. 푹푹, 쑤시고 들어올 때마다 몸이 풍랑을 맞은 배처럼 휘청거렸다.

그의 숨소리가 거칠어지는 게 느껴졌다. 석은 배고픈 맹수처럼 달려들었다. 통째로 그에게 삼켜지는 느낌이었다.

"아흐읏."

마침내 고지를 훌쩍 뛰어넘은 수영은 몸을 바들바들 떨면서 경련했다. 수많은 불꽃들이 눈앞에서 터졌다. 아찔한 쾌감과 황홀감이 파도처럼 덮쳐 왔다.

그 순간 석이 단말마의 비명을 지르며 몸을 강하게 부딪쳐 왔다.

"아쉬운 식사가 끝났네."

마음속으로는 사장님 나빠요. 라고 소리치고 싶었지만 반박할 기력도 없었다. 석이 그녀를 번쩍 안고 소파에 앉았다. 품에 꼭 끌어안고 이마와 볼에 키스하면서 여전히 몽롱한 그녀를 달랬다.

"내가 한다고 했잖아요."

수영은 투덜거리면서도 뒷정리까지 하고 옷을 입혀주는 그의 손을 밀어내지 못했다. 기력을 모두 소진해서 손가락 하나 까닥할 수 없었다.

그는 뭐가 좋은데 싱글싱글 웃고 있었다.

"자꾸 웃을 거예요?"

"좋은 걸 어떡해. 싫었어?"

그렇게 물으면 할 말이 없었다. 절대 싫지 않았으니까.

다 알면서도 저렇게 묻는 걸 보니 더 얄미웠다.

"몰라요."

"그럼 가면서 생각해. 늦겠다."

말끔하게 옷을 챙겨 입은 그가 그녀를 벌떡 일으켜 세웠다.

"배가 좀 부른데 어머님이 맛있는 음식을 해놓으셨으면 어떡하지?"

"자꾸 날 음식에 비교할 거예요?"

"당연하지. 세상에서 제일 맛있는데."

팽, 토라진 그녀가 먼저 사무실을 나오자 뒤에서 유쾌한 웃음소리가 들렸다.

"참, 아까 하던 일 안 끝났잖아요."

“이미 한다고 말했어. 의원님 어머님이 직접 전화를 하셨는데 못한다고 할 수가 있어야지.”

문득 생각이 나서 승강기에 올라타서 물었더니 기가 막힌 대답이 들려왔다. 수영은 얄미워 죽겠다는 듯 그를 찌릿 노려보았다.

퇴근 시간인데도 다행히 차가 밀리지 않았다. 정확히 약속한 시간에 아파트에 도착했다.

“어? 이모 왔어?”

초인종을 누르자 성미가 활짝 웃는 얼굴로 반겼다.

“귀한 손님이 온다는데 가만히 있을 수가 있나. 어서 와요.”

“인사드리겠습니다. 강석입니다.”

성미는 그날 커피숍에서 만난 후 통화만 했었다.

‘그래. 우리 이 일은 무덤까지 가져가자. 근데 왜 나만 대나무 숲이 된 건지 모르겠다.’

힘들게 해서 미안하다고 하자 성미는 이번 생은 대나무만 키우다 갈 것 같다며 농담 아닌 농담을 했다.

김 여사도 반갑게 석을 맞았다.

“그냥 편하게 오랬더니 뭘 이렇게 많이 사왔어?”

석이 한쪽에 박스 세 개를 내려놓자 김 여사는 조금 당황한 듯 하더니 장미와 안개꽃이 섞인 꽃다발을 받아 들고는 수줍게 웃었다.

“세상에, 무슨 음식을 이렇게 많이 차렸어?”

테이블을 치우고 준비한 커다란 상 위엔 음식이 가득했다. 꽃게탕과 장어구이 갈비찜, 잡채. 각종 전과 나물들. 도대체 이 많은 걸 언제 다 준비한 거야.

"왜 다 서 있어. 어서들 앉아."

그녀와 석이 나란히 앉고 맞은편에 김 여사와 성미가 앉았다. 김 여사는 말이 없었고 석은 성미가 묻는 말에 열심히 대답하면서 음식을 먹었다.

"식사하게 그만 좀 물어봐. 뭐가 그렇게 궁금한 게 많아?"

김 여사가 핀잔을 주자 성미가 새치름히 눈을 흘기며 장어구이를 석 앞에 갖다 놓았다.

"신기해서 그러지. 벌써 수영이가 결혼을 하다니. 언니는 좋겠다. 멋진 사위도 생기고."

"넌 며느리 볼 거잖아."

"이제 고등학생인데 언제 키워서 며느리를 봐."

"금방이야."

수영은 잡채를 집으려다 말고 김 여사를 힐끔 쳐다보았다. 편안해 보였다. 살짝 들뜬 표정인 것도 같았다.

"재가 왜 저래. 수영아?"

문득 부르는 소리에 수영은 멍하게 성미를 쳐다보았다.

"잡채가 널 거부하니? 왜 들고 쳐다보고만 있어?"

모두의 시선이 그녀를 향해 있었다. 상 아래로 석이 그녀의 손을 꼭 잡았다.

"아, 다른 거 먹고 싶은데 손이 자꾸 잡채한테만 가네. 아무래도 엄마가 너무 맛있게 해서 그런가 봐."

"뭐가 먹고 싶은데? 그나저나 이러다 상이 한쪽으로 쏠릴 거 같지 않니?"

정말 반찬이 모두 석 앞으로 몰려 있었다. 수영은 어이가 없기도 하고 웃음이 나왔다.

"다른 사람은 입이 아닌가 봐. 네 엄마가 다 강 서방 앞에만 갖다 놨어."

"네가 먼저 그랬잖아."

"난 장어 하나였거든. 나머지는 다 언니가 한 거고."

"쓸데없는 소리 그만하고 얼른 먹기나 해."

"아무리 내가 소띠지만 풀만 내 앞에 있는 건 너무한 거 아니야?"

성미가 투덜대자 석이 얼른 반찬을 맞은편으로 옮겼다.

"아유, 그냥 한 소리야. 난 음식할 때 옆에서 계속 집어 먹었더니 배불러. 장어를 왜 내 앞에 갖다 놔. 이거야말로 강 서방 먹어야지."

반찬이 계속 왔다 갔다 했다. 수영이 냉큼 장어를 그녀의 앞으로 가져왔다.

"장어가 어지럽겠네. 먹을 사람 없으면 내가 먹지 뭐."

하나를 입에 넣고 오물거리자 간도 딱 맞고 양념이 골고루 배어서 꽤 맛났다. 김 여사가 슬그머니 일어나 장어 두 접시를 들고 와서 성미와 석 앞에 내려놓았다.

"전 많이 먹었습니다. 어머님 드세요."

장어가 다시 김 여사 앞으로 갔고 성미가 또 냉큼 옮겼다.

"강 서방, 그냥 먹어. 장모님이 다 생각이 있어서 자꾸 먹으라는 거잖아.”

“사실 오기 전에 배가 고파서 사무실에서 조금 먹고 왔습니다.”

“에구, 그럴 줄 알았으면 좀 더 일찍 오라고 할 걸 그랬네. 뭘 먹었는데?”

무심코 대화를 듣고 있던 수영은 쿨럭, 기침을 했다. 석이 건네주는 물을 마시고도 진정이 되지 않아 얼굴이 벌게질 정도였다.

성미가 쯧쯧, 혀를 찼다.

“천천히 먹어. 배가 많이 고팠나 본데 너도 강 서장 먹을 때 좀 먹지 그랬어.”

가만히 있으면 좋을 텐데 석이 눈치도 없이 한마디 더 했다.

“같이 먹었습니다.”

“같이 먹었는데 재는 왜 저래?”

“수영이는 맛만 봤습니다. 그래도 어머님이 주신 밥은 다 먹을 수 있습니다.”

어쩌면 저렇게 태연하게 말을 하는지. 정말 한 대만 딱 때렸으면 좋겠다.

에필로그

하늘은 높고 바람은 기분 좋을 정도로 따사로웠다. 수영은 배를 가만히 감싸고 정원을 걸었다. 결혼한 지 벌써 1년째. 이 주 전부터 회사를 나가지 않는다.

김 여사는 그녀의 결혼식 일주일 후에 이사를 갔다. 들어올 세입자가 그날밖에 안 된다고 해서 미룰 수 있는 상황도 아니었다.

월급 받은 돈으로 생활비를 보낸다고 했더니 월세 들어오는 걸로 충분하다며 신경 쓰지 말라고 했다.

아마도 조건 좋은 남자 운운했던 게 계속 신경이 쓰이는 것 같았다.

결혼 이야기가 나온 뒤 김 여사는 많이 변했다. 무뚝뚝한 성격은 여전했지만 챙겨주려는 마음을 충분히 느낄 수 있었다. 처음으로 엄마의 손을 잡고 밖에서 저녁을 먹고 영화를 본 날은 밤새 잠을 이루지 못했다.

'아기 낳고 일 계속할 거면 말해. 도와줄 테니까.'

김 여사가 직접 만든 베넷저고리와 아기 용품을 줄 때는 펑펑 울었다. 마음이 너무 아프고 고맙고 많은 감정들이 한꺼번에 밀려와 절제가 되지 않았다.

결혼식 전날은 김 여사와 같이 잠을 잤다. 그 또한 혼자 방을 쓰고 난 뒤 처음이었다. 수영은 가슴을 쭉 펴고 숨을 크게 들이켰다.

3주 전 임신 소식을 알고 일주일 후에 회사를 그만두었다. 일을 더 하겠다고 했지만 행동이 어찌나 빠른지 새로운 비서를 채용하는 바람에 어쩔 수가 없었다.

"밖에 너무 오래 있는 거 아니에요? 그만 들어와요."

결혼 전부터 집안일을 해주던 장 씨 아주머니는 회사를 다닐 때는 얼굴을 거의 볼 수 없었는데 요즘은 점심을 함께 먹는다. 딸같이 생각하라며 말을 편하게 하라고 해도 저렇게 고집을 부렸다. 누구를 닮은 것 같기도 하고.

"괜찮아요. 아직 연락 안 왔죠?"

"4시까지 오신다고 했으니까 곧 오시겠네요."

"그러고 보니 아주머니 가실 시간이 지났잖아요. 얼른 가세요."

"오늘은 준비해 놓을 것도 있고 해서 오후 시간 비워놨어요. 이제 다 끝났어요."

밖에서 식사하면 된다고 하는데도 오랜만에 친정 엄마 오는데 그건 아닌 것 같다며 음식 장만을 해놓고 간다고 했다.

결혼하고 김 여사는 서울에 거의 올라오지 않았다. 집들이 때와 두 달 전 세놓은 아파트에서 살던 사람이 갑자기 외국 발령이 났다며 새로운 임차임과 계약할 때. 그때도 그날로 내려간다고 하는 걸 석이 붙잡아서 겨우 하룻밤 머물고 내려갔다.

가끔 석과 함께 내려가면 바쁜데 뭐 하러 왔냐며 하면서도 내심 반가워하는 게 보였다.

"반찬은 냉장고에 넣어놨고 찌개는 데우기만 하면 돼. 밥은 6시쯤 먹을 수 있게 시간 맞춰놨으니까……."

아주머니는 간다고 하면서도 이것도 있고 저것도 있고, 현관에서 한참을 서 있었다. 이러다 끝이 없겠다 싶어 결국 그녀가 등을 떠밀었다.

수영은 혼자 남게 되자 따듯한 레몬차를 끓여서 다시 정원으로 나갔다. 은행나무 아래 벤치에 앉아서 차를 마셨다.

옆에 내려놓은 핸드폰이 부르르 떨었다. 명지였다.

[아줌마, 잘 지내고 있어?]

"나야 잘 지내지. 넌 공부하는 거 힘들지 않아?"

[힘들지. 근데 은근히 재미있어. 이상하게 대학 다닐 때는 잘 안 돌아가던 머리가 여기 오니까 발동 걸렸나 봐.]

"그러다 거기서 눌러 사는 거 아니야?"

[그럴 수도 있고 아닐 수도 있고.]

"너 혹시 공부는 핑계고 누구 생긴 거 아니야?"

늘 외롭다는 말을 달고 살더니 언제부턴가 조용했다. 혹시나 해서 찔러본 말인데 성미의 대답이 애매했다.

[그 또한 그럴 수도 있고 아닐 수도 있고.]

"뭐야?"

성미가 까르르 웃음을 터트렸다. 석과 결혼 이야기가 오고 가기 전 메일로 사귀는 남자가 있다고 보냈다가 한밤중에 전화를 받았다.

'난 공부하느라 정신없는데 남자한테 관심도 없던 넌 뜨거운 연애를 한단 말이지. 왠지 세상이 불공평하게 느껴진단 말이야. 그리고 이게 지금 메일로 전할 상황이야? 당장 첫 만남부터 빠짐없이 다 불어.'

장장 두 시간 넘게 통화하고도 부족하다며 그다음 날도 전화를 했었다. 그리고 그녀의 결혼식 날 고맙게도 참석해서 진심으로 축하해 주었다.

"너 솔직히 불어. 남자 생겼지? 혹시 노랑머리야?"

[머리는 까매.]

오오, 진짜 생겼나 보네.

수영은 전화기를 귀에 바싹 댔다.

"어떤 남자인데? 빨리 말해."

[아직은 썸 타는 중. 자세한 이야기는 나 다음 달에 들어가니까 그때 이야기해 줄게.]

"그때까지 어떻게 기다려?"

대충이라도 말하라고 했지만 성미는 궁금증만 잔뜩 만들어놓고 전화를 끊었다.

"차라리 말을 하지나 말지."

툴툴거리다 이내 피식 웃었다. 그녀 또한 석을 만나면서 솔직하게 말하지 않았다는 게 떠올랐다. 그러고 보니 임신 이야기를 하지 못했네. 문자를 보낼까 하다가 그만두었다.

성미가 있는 곳은 지금쯤 밤일 테니 잠들기 전에 잠깐 전화한 걸 거다.

그때 주차장으로 차가 들어오는 소리가 들렸다. 잠시 후 석과 함께 김 여사와 성미가 들어왔다.

"얼굴 보니까 마음에 드는 집이 있었나 보네?"

임신 소식을 전하면서 석이 먼저 서울로 올라오는 게 어떻겠느냐고 했단다. 회사도 나가지 않는데 혼자 있는 것보다 장모님이 곁에 있으면 안심이 될 거라며.

함께 사는 건 싫다고 해서 석이 먼저 근처에 집을 몇 군데 봐두었고 오늘은 김 여사와 성미가 올라와서 결정을 한다고 했다.

"빈집으로 하기로 했어. 신혼부부가 살다 나간 집이라 깔끔하고 좋더라."

"아, 그 집? 잘됐네."

그녀도 이틀 전 석과 함께 미리 가서 봤었다. 1층이고 멀지 않은 곳에 공원이 있어서 괜찮겠다 싶었다.

"넌 이모는 안 보이니?"

"당근 보이지. 근데 코가 왜 그래?"

한 달 전 약속이 있다고 올라와서 점심시간에 잠깐 봤을 때보다 코가 더 높아진 것 같았다. 또 손을 댔나 보네.

"살짝 높였어. 표 많이 나?"

"엄청."

"정말? 자연스럽게 잘된 거 같은데 아닌가."

심각한 표정을 짓는 성미를 보고 김 여사는 고개를 절레절레 흔들었고 수영은 쿡쿡 웃었다.

"나는 안 보여?"

말없이 옆에서 지켜보고 있던 석이 서운하다는 듯 말했다.

"세상에서 제일 멋있는 사람인데 안 보일 리가 없잖아요."

여전히 멋있고 근사한 사람, 회사에서는 구 비서마저 가끔 고개를 흔들 정도로 빈틈없고 까다로운 남자지만 집에서는 달랐다. 세심하고 부드럽고 달콤하고 뜨겁다.

"아주 꿀이 뚝뚝 떨어지네. 언니, 우리 먼저 들어가자. 같이 있다가는 우리까지 몸이 녹을 거 같아."

성미가 김 여사를 데리고 안으로 들어가자 석은 기다렸다는 듯 그녀의 허리에 팔을 둘렀다.

"정원 좀 돌다 들어갈까?"

수영은 고개를 끄덕이며 석의 어깨에 머리를 기댔다.

"고마워요."

"뭐가?"

"바쁜데 일부러 시간 내줘서. 엄마가 출발하면서 전화했었어요. 정말 가까이 살아도 괜찮으냐고 묻더라고요."

"그래서 뭐라고 했어?"

"엄마가 더 피곤할지도 모르니까 잘 생각하라고 했죠."

석의 입술이 그녀의 이마에 쪽 소리를 내며 닿았다 떨어졌다.

수영은 방그레 웃으며 그의 볼에 키스했다.

"오면서 어머님이 가슴이 벅차다고 하셨어."

"엄마가요?"

"여러 의미가 있겠지."

그녀가 고개를 끄덕이자 석이 그녀를 더 바싹 끌어안았다. 수영은 하늘을 올려다보았다. 높고 푸르렀다.

"사랑해요."

바람이 살랑살랑 피부를 스치고 지나갔다.

"나도 사랑해."

정원을 한 바퀴 돌고 들어가자 김 여사는 차를 준비하고 있고 성미가 승리의 미소를 지으며 뿌듯하게 소리쳤다.

"내가 이겼어. 언니 오천 원."

"그게 무슨 소리야?"

"차 준비 끝나기 전에 난 두 사람이 들어온다에 걸고 언니는 아니다에 걸었거든."

"뭐야. 유치하게."

"유치한 게 재미있는 거야. 아, 나 오늘도 오천 원 벌었다."

"오늘도? 내기 자주 하나 봐?"

"버스가 5분 안에 온다 아니다. 오늘 시장에 가면 싱싱한 갈치가 있다 없다. 내일 비가 온다 아니다. 등등. 많았지. 그래서 버스비는 언니가 냈고 갈치도 언니가 샀고……."

"우산은 엄마가 샀겠지."

"아니. 내가 부침개 했지. 분명 일기예보엔 비가 안 온다고 했는데 아침에 일어나니까 내리더라고. 그다음부터는 날씨 갖고 내기는 안 해. 전에도 한 번 내가 졌거든."

성미와 수다를 떠는 동안 석은 편안한 옷으로 갈아입고 나왔다. 요즘 매일 바쁘게 일하더니 오늘 하루는 쉬겠다고 했다.

"차 마신 거 같은데 너도 한 잔 더 마실래?"

"응. 난 레몬차."

요즘은 새콤달콤한 게 당겨서 과일도 키위를 달고 살았다. 김 여사가 차를 준비해서 테이블에 내려놓았다.

"차 마시고 우리는 내려갈 거야."

"왜? 며칠 있다가 가지."

"가서 정리해야지."

"그럼 하루만 자고 가."

"아침에 집 보고 간 사람이 되도록 빨리 이사할 수 있는지 물었거든. 빈집으로 올지 몰라서 연락 준다고 했는데 이왕 이사할 거 빨리하는 게 좋을 것 같아."

"그 사람은 언제 이사 오고 싶다는데?"

"빠를수록 좋다고 하더라."

도대체 얼마나 빨리 이사를 오려고 하는 건지 모르지만 아쉬웠다.

"이삿짐센터도 전화해야 하고 빨리 이사하려면 얼른 가서 정리해야지."

"전화는 여기서 해도 되고 어차피 포장이사 할 거잖아."

"이제 귀찮도록 보게 될 텐데 뭘 애처럼 보채?"

무뚝뚝한 성격 또 나왔다. 그래도 이젠 아무렇지 않았다. 성격이 그런 걸 뭐. 하며 가볍게 넘겼다.

"그럼 저녁은 먹고 가. 아주머니가 엄마 온다고 해주고 갔어."

성미도 몇 시간 늦는다고 뭔 일 있겠냐며 옆에서 거들었다. 결국 이른 저녁을 먹기로 했다.

"몸 따뜻하게 하고 임신 초기니까 몸조심하고……."

김 여사는 집을 나가면서 하지 말 것과 해야 할 것을 줄줄이 이야기했다. 좋은 생각만 하고 음식도 반듯한 것만 먹고, 바쁘다면서 뭔 할 말이 그리 많은지 정원에서 한참을 서 있었다.

"그만 좀 해. 언니. 수영이 스트레스받겠다."

"스트레스받으면 절대 안 돼. 항상……."

"언니 제발 좀."

성미가 못 말리겠다며 김 여사의 등을 떠밀었다. 그때 혼잣말처럼 김 여사가 중얼거렸다.

"난 그렇게 못했으니까."

성미도 들었는지 멈칫했다. 수영은 안타까운 시선으로 김 여사를 쳐다보았다.

"엄마 많이 귀찮아질 거야."

"내가 왜?"

"매일 맛있는 거 해달라고 할 거고, 좋은 곳 보러 가자고 할 거고. 여튼 내가 많이 귀찮게 할 거거든."

"하나도 안 귀찮아. 뭐든 원하는 거 있으면 말해. 내가 할 수 있는 건 다 해줄 거니까."

"여기 증인이 두 명이나 있으니까 나중에 딴말하기 없기다?"

수영은 김 여사와 손가락을 걸고 약속을 받아냈다. 성미가 눈을 찡긋하는 걸 보고 살며시 미소를 보냈다.

대문을 나오자 구 비서가 기다리고 있었다.

"구 비서님 웬일이세요? 혹시 회사에 무슨 일 있어요?"

"내가 있는데 무슨 일이 있을 리가. 어머님 모셔다 드리러 왔지…… 요."

"갑자기 무슨 요예요?"

"이젠 퇴사했으니 비서가 아니라 사모님으로 모셔야지……요."

어색하게 우리 사이에 그러지 말라고 해도 구 비서는 당연한 거라고 했다.

"제가 모셔다 드리겠습니다. 타시죠."

구 비서가 문을 열고 기다렸지만 김 여사는 버스 한 번 타면 된다며 그럴 필요 없다고 했다. 그사이 눈치 빠른 성미가 차에 쏙 올라타 버렸다.

"언니, 시간 없다면서 왜 그러고 있어?"

"그래. 엄마. 가서 할 일 많다며? 어서 타."

마지못해서 타면서도 김 여사는 석에게 미안해하는 표정이었다. 그러면서도 고맙다는 말을 잊지 않았다. 수영은 차가 골목을 떠난 뒤에도 한참 그 자리에 서 있었다.

"들어가자."

"네."

대답을 하고도 꼼짝을 하지 않자 석이 그녀를 번쩍 안아 올렸다.

“아쉬워도 좀 참아. 이제 곧 이사 오시면 매일 볼 거잖아.”

“아쉽기도 하지만 좀 전에 엄마가 한 말이 자꾸 생각이 나서요.”

난 그렇게 못했으니까. 그 말을 듣는 순간 울컥했다. 아이는 원했지만 남편의 아이가 아니었다. 얼마나 힘들었을지 상상도 되지 않았다.

“알아. 아까 울 것 같은 표정이었어.”

“그렇게 표 났어요? 그러면 안 되는데.”

걱정스럽게 말하자 계단을 오르던 석이 잠시 멈춰 서서 그녀의 입술에 입을 맞췄다.

“앞으로의 시간만 생각해. 우리가 행복하게 사는 게 어머님을 기쁘게 하는 거야.”

“알아요. 당연히 지금 너무너무 행복하고요. 나 태명도 지었어요. 태양 어때요?

“음, 태양은 하나뿐인데.”

수영은 빙그레 웃으며 펜던트를 만지작거렸다. 그가 목에 걸어주면서 했던 말이 떠올랐다. 나한테 태양은 너야. 했던 그 목소리, 눈빛. 감동까지.

“나한테 태양은 당신이에요. 그러니까 우리 아이도 태양이 맞죠.”

“그런가.”

석은 만족해하며 그녀의 배 위에 입술을 꾹 눌렀다.

"태양아. 얌전히 있다가 나중에 만나자."

저녁 햇살이 쏟아지는 정원은 가을바람이 살랑였다. 수영은 그의 목을 꼭 끌어안으며 사랑한다고 속삭였다.

"참, 아버지도 이사하신다고 전화 왔었어."

"아버님이요? 어디로요?"

"어디일 거 같아?"

굳이 대답을 듣지 않아도 알 수 있을 것 같았다. 수영은 고개를 절레절레 흔들며 웃었다. 임신 소식을 전할 때 어찌나 좋아하시는지 핸드폰이 쩌렁쩌렁 울렸었다.

잘했다. 잘했어. 아주 잘했어.

아직 아이를 낳지도 않았는데 수고했다는 말까지 들었다. 옆에서 듣고 있던 석이 핸드폰을 가져가 그렇게 큰 소리로 말하면 아기가 놀란다고 하자 갑자기 조용조용 말을 해서 한참을 웃었었다.

"아, 너무 행복하다."

이렇게 행복해도 되나 싶을 정도로 행복이 넘쳐서 세상이 더할 수 없이 아름답게 느껴졌다.

"사랑해요."

내 남편, 내 아이의 아빠. 나의 태양. 당신을 사랑합니다.

– 끝 –